KB141680

깡통인생

빈 그릇을 채우리라

저자와
협의하여
인지 생략

깡통인생
빈 그릇을 채우리라

지은이 | 윤 기
펴낸이 | 一庚 장소임
펴낸곳 | 답게

초판 발행 | 2019년 10월 15일
초판 2쇄 | 2020년 1월 15일

등 록 | 1990년 2월 2일, 제 21-140호
주 소 | 04994 서울시 광진구 면목로 29(2층)
전 화 | (편집) 02)469-0464, 02)462-0464
         (영업) 02)463-0464, 02)498-0464
팩 스 | 02)498-0463

홈페이지 | www.dapgae.co.kr
e-mail | dapgae@gmail.com, dapgae@korea.com

ISBN 978-89-7574-316-0
ⓒ 2020, 윤 기
나답게 · 우리답게 · 책답게

＊ 책값은 뒤표지에 있습니다.
＊ 잘못 만들어진 책은 구입하신 서점에서 교환해 드립니다.

깡통인생

빈그릇을 채우리라

著者 윤기

도서출판 답게

서
문

회상해보니 넘어온 산도 있었고 건너온 강도 있었습니다. 그리고 그 너머에 파도치는 큰 바다가 있었습니다. 이런 산과 바다를 어떻게 넘고 건너왔을까.

사람 복이 많았습니다. 고향 어르신의 남다른 애정이 있었고 친구들의 조건 없는 우정이 있었습니다. 무엇보다도 나를 깨닫게 해준 공생원 가족들이 있었습니다. 아이들의 한 마디 한 마디가 제 복지 인생 속 새로운 프로그램의 계기가 되었습니다.

어린 시절 산이 교실, 바다가 선생님이었다고 생각을 할 만큼 풍부한 자연 경험이 나를 언제나 새로운 일에 도전하는 꿈 많은 사람으로 키워준 것 같습니다.

친자식보다 더 나를 사랑해 주신 이귀동 목사님. 공생원 초창기부터 6·25전쟁 직전까지 찍은 귀한 사진과 필름 20여 장을 주신 목포 사진관의 조남기 사장님. 이 책에 사용되지는 않았지만, 사진을 통해 아버지의 복지 세계를 알게 해 주셨습니다.

친구 복도 많다고 생각합니다. 술도 못 하고 골프도 못 치는 나에게 참 많은 힘이 돼주었습니다. 친구들의 따뜻한 향기로움이 나에게 힘을 준 덕분에 지금도 일본에서 안심하고 활동할 수 있습니다. 감사합니다. 딸은 아빠 친구분들이 최고로 훌륭하다고 말해줍니다.

사실 친구만이 아니라 선배님도 계십니다. 자기를 위해 울지 않고 저를 위해 울어주는 이억순 선배.

부지런하게 달려온 복지 인생길에 고마운 분들이 많습니다. 제게 복지의 철학을 알게 해주신 분들을 한일 양국 손꼽아 보니 100명이 훌쩍 넘어 나중에 소개해드리려 합니다.

젊은 날 총각 시절에 왜 내가 공생원 일을 해야 합니까. 하나님께 원망도 많이 했습니다. 어디로 도망치고 싶었습니다. 너무나 젊은 내가 걱정되어 주위 어르신들이 날마다 "아버지처럼", "어머니처럼 해야 한다."라고 말씀하셔서 저는 숨이 막혔습니다.

"시대가 다르고 인물이 다르고 그릇이 다릅니다. 저는 그렇게 할 수 없습니다. 제 방식대로 하겠습니다. 남을 흉내 내는 일은 안 하겠습니다."라고 선언했습니다. 이것이 활력소가 됐고 마음속 평안을 찾아주었습니다.

반세기 동안 계속 부모님과 대화를 하면서 달려왔습니다. 그 가운데 우선 감사를 배웠습니다. 인간으로 태어나 남을 돕는 일을 할 수 있는 것은 감사였습니다. 부모님이 고생하신 걸 생각하면, 저는 감히 고생한다고 말할 수가 없었습니다. 저의 사전에는 고생이라는 단어가 없습니다. 너무나 고생하신 부모님을 생각하며 눈물과 감사만 있을 뿐입니다.

아버지의 감성에 감사했습니다. 고아들 얼굴에 웃음을 되찾아 주려고 음악선생을 찾으신 것은 아버지의 고아 사랑 감성이었습니다. 눈이 녹으면 물이 된다. 이것은 과학입니다. 그러나 눈이 녹으면 봄이 온다. 이건 감성입니다. 아버지의 고아 사랑 감성이 어머니 윤학자에게 감동을 줬고, 윤학자는 윤치호를 사랑함으로써 공생원의 역사가 가능했습니다. 남과 대화하는 데 무엇이 필요한가. 감성이라 생각됩니다.

감동은 많은 아이에게 기쁨을 주었습니다. 그래서 마음속에 늘 감동적인 프로그램을 생각해 왔습니다. 이는 "복지는 문화다"라는 새로운 복지 세계 창조를 위해 저를 달리게 해준 힘이었습니다.

일요일 이른 아침, 오전 5시부터 1시간 동안 NHK-E 텔레비전에서 방송되는 "마음의 시대: 종교 · 인생"이라는 프로그램이 있습니다. 2019년 6월 23일엔 "공생-고아가 가르쳐준 것"이라는 부제로, 한국 목포의 '공생원'에서 일본 '고향의 집'에 이르는 역사와 한일 복지현장을 무대로 한 사회사업가 윤기의 생각이 방영되었습니다.

NHK 나고야 방송국의 수석 디렉터 코지마小嶋一適(현 기후 방송국) 씨로부터 기획 이야기가 나온 것은 2018년 가을 경이었습니다. 코지마 씨는 고치 지국에 부임하면서 제 어머니 다우치 치즈코에 대해 알게 되었고, 제 강연을 들은 계기로 저와의 인터뷰를 방송으로 만들고 싶다는 마음을 담고 있었습니다.

2019년 11월에 김치와 우메보시(일본의 매실장아찌)를 언제나 먹을 수 있는, 한일 어르신들의 공생 시설 고향의 집이 개설 30주년을 맞이하였습니다. 고향의 집은 사카이에서 시작하여 오사카, 고베, 교토, 도쿄로 확대되었습니다. 지금 한일 관계는 정치, 경제적으로 혼탁한 격랑에 흔들리고 있지만, 그렇기에 지금에야말로 올바른 뜻을 전하고 싶어서 취재에 응했습니다.

벚꽃 철부터 초여름 내 고향의 집과 공생원에서 취재가 이어졌습니다. 항구도시 목포에서 시작된 어머니와 아내, 딸 3代를 이은 한국 사랑 이야기와 일본에서 노인 개호 시설을 만들며 생각한 어르신들에 대한 마음을 담았습니다.

방송이 나간 후, 이를 한 권의 책으로 묶으면 좋겠다며 많은 성원을 보내주셔서, 인터뷰 내용을 정리하여 가필·편집·출판을 하게 되었습니다. 부족한 내용이지만 장소임 도서출판 답게 대표님의 열정과 봉사에 감동하여 용기를 내어보았습니다. 이 글을 읽어주신 여러분들이 이 마음의 여정 가운데 어디선가 서로 만날 수 있는 접점이 생긴다면 기쁘겠습니다.

원고 정리를 도와준 고(故) 양문철, 정훈, 은미희, 김현옥, 장경숙, 이미선, 황준하 씨에게 감사드립니다.

여러분이 있어 행복합니다.

2019년 재일동포 어르신들의 안식처
고향의 집에서

차
례

1장

폭풍과 절벽

운명

바다에는 꿈과 그리움이 있다. 어릴 적 유달산 산마루에 올라 다도해를 바라보던 때의 설렘은 아직도 내 가슴에서 출렁이고 있다. 섬과 섬 사이로 지나가는 돛단배는 바람 부는 대로, 물결치는 대로 미지를 향해 가고 있었다. 그 배 하나만 있다면 어디든 갈 수 있을 것만 같았다. 수평선 너머는 나에게 언제나 꿈과 그리움의 세상이었다.

나는 목포에 있는 대반동 갯마을에서 자랐다. 뒤쪽은 해를 맞이하는 유달산이 있고, 앞쪽은 등대가 손짓하는 다도해가 있었다. 한국인 아버지와 일본인 어머니 사이에서 태어난 나는 태어나자마자 죄인 아닌 죄인의 운명이 되었다. 내 혈관에 흐르는 일본인의 혈통을 두고 어린 시절 나는 아이들로부터 '쪽발이'라는 말을 들어야만 했다. 내 출생은 한·일 간 진통의 산물일까.

1928년, 목포항에서 노방전도를 하는 한 기독교 전도사가 있었다.

그는 다리 밑에서 굶주림과 추위에 떨고 있는 고아들을 집으로 데려와 함께 생활하였다. 공생원의 시작이었다. 전도사의 이름은 윤치호. 나의 아버지다. 거지들은 항상 아버지 뒤를 줄줄이 따라다녔고 사람들은 나한테까지 '다리 밑에서 주어온 고아 새끼'라고 놀려댔다.

난 태어날 때부터 여러 사람과 같이 사는 운명이었던가 보다. 내 인생의 첫 집이 고아원이었으니 말이다. 비록 가난한 사람들이 모여 사는 자갈밭 마을이었지만 바다가 한 눈에 보였다. 집은 동남쪽으로 문이 트여 겨울에는 찬 바람을 막아주었고, 여름에는 시원한 바람이 부는 양지 바른 곳이었다.

내가 태어났을 때 처음 들었던 말은 일본어였을까. 한국어였을까. 야스오카 하루安岡ハル는 나의 외할머니 존함이고, 조산사였던 외할머니가 나를 받았으니 분명 처음 들었던 말은 일본어였으리라. 조선총독부 관리의 아내로 목포에 오게 되었으나 병으로 남편을 잃고 조산사 일을 하면서 딸 하나만 보고 사셨는데 손자를 얻었으니 얼마나 기쁘셨을지.

어머니는 28세에 결혼을 했다. 당시에는 만혼이었다. 어머니는 산달이 되자 목포시 상반정에 있는 친정에 가서서 나를 낳았다. 내가 태어날 때까지 공생원에는 휴식을 취할 만한 작은 공간조차 없었다. 그 무거운 몸으로 낮에는 고아들을 돌보고, 저녁에는 유달산을 넘어 친정집에 머물러야 했다.

나의 출생은 그야말로 큰 사건이었다. 결혼하기 전, 몸이 허약했던 어머니는 수술을 하여 자식을 못 낳는 석녀 판정을 받아 아버지의 청혼을 거절했다. 하지만 아버지는 어머니의 걱정에 이렇게 말했다.

"고아들을 키우는 나에게 자식 못 낳는 여성을 보내주신 것은 하나님의 축복이오. 우리들 사이에 친자식이 생긴다면 아무래도 보이지 않는 차별이 생길 테고, 그러면 고아를 키우는데 곤란하지 않겠소?"

진심 어린 아버지의 말씀에 어머니는 수많은 사람들의 반대에도 불구하고 마침내 결심했고, 사람들의 높은 관심 속에서 부부가 되었다. 하지만 인간은 하나님의 능력을 알 수가 없다. 내가 태어난 것이다. 기대하지도 않았던 아들을 안은 아버지는 "하나님이 주셨으니 하나님께 바칩니다."라며, 내 이름을 기독교의 첫 자를 따서 '기基'라고 지었다.

나는 태어나자마자 복덩이가 되어 일본. 한국 양쪽에서 잡아당겼다. 아버지가 파평 윤씨 종손이었으니 윤씨 집안에서는 대를 이을 나를 보려고 했고, 외할머니는 외동딸이 귀하게 낳은 손자여서 윤씨 집안에 보내기는커녕 독점하여 키웠다. 부족함 없이 풍요로웠던 살림은 나를 독차지할 수 있는 큰 명분이었다. 가끔 윤씨 친척들이 오시면 나를 안아보겠다고 서로 다투었다.

내가 3살이 되던 1945년. 나라에 큰바람이 불었다. 그 바람은 나와 내 가족의 운명을 바꿔 놓았다. 그것은 일본의 패전이요. 조선의 해방이었다. 일본의 억압 속에서 숨죽여 살던 사람들은 모두 뛰쳐나와 목이 쉬도록 '조선 독립 만세!'를 불렀다. 감격에 겨운 사람들은 서로 부둥켜 울었고 지칠 줄 모르고 만세를 불렀다. 공생원의 형들은 아버지가 한국 사람이니 너도 만세를 불러라 권하며 나를 끌고 나갔다. 어머니는 창가에 기대어 아버지와 내 모습을 보며 조용히 눈물을 흘렸다. 남편 나라의 독립과 해방이 오기만을 기다렸던 어머니였으나, 정작 그날이 오니 목메어 아무 말도 못 했다.

일본인들은 한국에서 더 살 수 없어 쫓겨났고, 그동안 벌어들였던 수많은 재산을 가져가지 못한 채 빈손으로 돌아가야만 했다. 한국인과 결혼을 했다고는 하지만 어머니를 향한 사람들의 시선은 차가웠다. 친척 중에는 일본년 버리고 새장가 가라며 노골적으로 소리를 지르는 이도 있었다.

외할머니는 목포에서 남편을 병으로 잃고 하나뿐인 딸을 조선인에게 주고 고향으로 떠나야만 하는 외로운 신세가 되었다. 어느 날 외할머니는 어머니에게 말씀하셨다.

"치즈코, 나와 일본으로 가자. 청미와 기. 둘을 위해서라도 같이 떠나자. 네 남편은 그저 고아들 키우는 일만 생각하는 사람이야. 너와 자식들은 안중에도 없어. 더 믿어서는 안 된다."

"어떻게 남편을 두고 떠나요?"

"치즈코, 남편이 목숨이 위태로울 수도 있어."

"어머니."

어머니는 일본으로 쫓겨 가야만 하는 당신의 운명 앞에서 한없이 고개를 떨어뜨렸다. 운명은 어머니의 뜻대로 되지 않았다. 아버지와 무슨 말씀을 나누었는지는 모르나, 마지못해 결정된 일본행에 어머니는 한없이 눈물을 흘리셨다. 철부지였던 나는 일본에 가는 것이 마냥 좋기만 했다.

1946년 4월, 우리는 어머니의 고향인 일본의 고치로 떠났다. 배 위에서 바라본 바다의 풍경은 아기자기한 목포 앞바다와는 달리 다소 위압적이었다. 어디를 봐도 온통 검푸른 바다뿐이었다. 가도 가도 끝이 없는 풍경을 바라보면서 나는 바다가 우리를 아버지에게 데려다줄 거라 생각했다.

고치로 온 후로 나는 잘 먹지도 못했고 점점 생기를 잃어갔다. 그리고 해변에서 틈만 나면 아버지를 불렀다. 함께 있을 때는 느끼지 못했던 아버지가 그리웠다. 목포에서 흐르는 해류가 동지나해東支那海를 거쳐서 고치까지 통하는 것은 아닐까. 물결 따라가면 거기에 내 고향 목포가 있지 않을까. 나는 일본에 있으면서도 유달산과 다도해를 잊지 못했다. 나의 탯줄은 목포항의 말뚝에 매여 있었다.

한국을 떠나온 그 해 가을, 내 동생 향미가 태어났다. 외할머니의 조산사 일도 꾸준히 늘어갔고 차츰 안정을 찾아갔다. 하지만 조선에서 살다가 아이들만 데리고 들어온 어머니를 바라보는 고향 사람들의 시선은 차가웠다. 어머니는 그 냉대 속에서 제2의 고향, 목포와 아버지를 그리워했다. 어머니는 고치에 온 이래 남편과 공생원 아이들이 걱정이 되어 잠을 이루지 못했다.

7세에 외할아버지를 따라와 목포에서 유년 시절을 보낸 어머니는 자원봉사로 아이들에게 음악을 가르치다가 아버지를 만났다. 다도해로 침몰하는 아름다운 석양, 물새들과 공생원 아이들의 노래, 선창가의 아낙네들, 만선의 귀항, 여객선의 고동 소리, 통통선의 교향악, 어머니에게 목포의 모든 것은 그리움이었다. 그것은 나에게도 마찬가지였다.

나는 당시 계속되는 설사와 열로 먹지조차 못해 탈진한 상태였다. 주변에서는 가망이 없다고 포기한 생명이었다. 어머니는 나를 이유로 할머니께 '죽더라도 아버지 앞에서 죽어야 한다.'며 용기를 내어 말했다. 세 남매를 데리고 다시 목포로 왔다.

비자도 정규 연락선도 없던 그때, 어떻게 현해탄을 건너왔는지. 밀항 외에는 다른 길이 없었을 텐데. 어머니의 용기에 그저 놀랍기만 하다. 어디서 그런 용기가 나왔을까?

목포에 돌아온 나는 거짓말처럼 건강이 좋아졌다. 그래서 나는 누나에게 두고두고 원망의 대상이 되었다. 누나는 일본의 고치에서 유치원을 다니는 동안 하루하루가 신나고 즐거웠는데 나 때문에 한국에 돌아와서는 또다시 고아 팔자가 되었다고 타박했다. 일본에 있었으면 자신이 더 행복했을 것이고, 어머니도 목포에 다시 안 왔으면 고생도 안 하고 그렇게 젊은 나이에 돌아가지도 않았을 거라고 했다.

어쩌면 누나의 말이 맞을지도 모른다. 하지만 일본에서 한국으로 돌아온 것은 나의 생명소생이었다. 뭐라 말하든 나는 기적이라 생각했다. 어머니의 목숨과 바꾼 생명이지만, 하나님이 나를 다시 목포로 부른 일은 분명 어떤 큰 뜻이 있었을 거라 생각한다.

나는 고아원을 하는 아버지 덕으로 항상 고아들 속에 있었다. 빛바랜 내 사진들은 모두 고아들과 함께 있는 사진이다. 고향에서 자라는 동안 나는 내 운명을 한번 바라볼 수 있게 되었다. 이전에는 바다와 산, 그리고 아이들이 나를 가두고 있다고만 생각했다. 한국과 일본 사이에 갇힌 버려진 아이라고 생각했다. 하지만 아니었다. 나는 자유인이었다. 지금까지 이 생각은 변함이 없다.

어머니

일본은 섬나라이며 크게 홋카이도北海道, 혼슈本州, 큐슈九州, 시코쿠四国 등으로 나누어진다. 혼슈와 규슈 사이에 있는 시코쿠가 어머니의 고향 이다.

어머니는 한국이 일본에 합방된 지 2년 후인 1912년 10월 31일에 태어났다. 공교롭게도 태어난 날과 돌아가신 날이 같은 날이다. 태어난 날과 돌아가신 날이 같은 분이 두 분 계시는데, 한 분은 어머니이고 또 한 분은 일본의 메이지유신을 이끈 사카모토 료마坂本龍馬라고 고치현 지사를 지낸 하시모토 타이지로橋本大二郎지사는 내게 말했다.

남국의 토사, 태평양의 거친 파도를 정면으로 맞이하는 곳 가쓰라하 마에는 메이지유신 때 사스마(현 가고시마 현)와 조오수(현 야마구지 현)의 열혈 지사들과 함께, 도쿠가와 막부를 타도하는 데 결정적 역할을 한 사카모토 료마의 동상이 의연하게 서 있다.

산과 바다로부터의 농산물과 해산물이 많고 예부터 이모작을 할 정도로 따뜻한 기후에 인심이 풍부한 곳이다. 당시로써는 교통이 불편한 섬이었으니 보수성이 강할 것 같은데, 진취성 또한 강한 지역임을 알 수 있는 것은 이 고장 출신들의 큰 인물들이 말해주고 있다.

대대로 이 고장에 와서 살기 시작했을까. 고치에서 4km쯤 떨어져 있는 고치시 와카마츠쵸高知市 若松町 8번지가 어머니가 출생한 곳이다. 옛날엔 토사군土佐群 시모지무라下知村라 했다. 태평양의 큰 파도가 깊숙이 들어와 고치의 선착장까지 덮치기에 그곳에는 집보다 큰 방파제가 있다. 자연의 혜택이 풍요한 곳에는 재해도 있는 법. 일본열도가 맞이하는 태풍의 십중팔구가 이 고치와 마주한다.

어머니는 이곳에서 7세 때 조선총독부 근무하시는 아버지를 따라 목포에서 살았으며, 돌아가실 때까지 한국에서 사셨다. 한국에서의 생활이 50년이다.

무남독녀 외동딸인 어머니는 엄한 교육을 받았다. 사물을 보는 법, 말하는 법, 식사할 때의 예절, 남의 말을 들을 때 갖추어야 할 몸가짐 등, 모든 면에서 겸손한 태도를 배웠다. 어머니는 몸과 마음의 자세를 중요시하면서도 개성과 자유를 귀하게 생각하였다. 타고난 재능이 많아서 바느질이나 자수는 물론이고 서예, 그림, 음악에 이르기까지 솜씨와 재주가 뛰어났다.

그때는 일본이 한국을 통치했고 모두 가난했다. 일본 사람들은 그런 한국 사람들을 천민시하며 차별했다. 가난한 사람들을 괴롭히며 멸시하고 있었다. 일본에서 출생한 어머니로서는 같은 사람을 차별하고 있는 일본 사람이 왠지 부끄러웠다.

고치에서 유년 시절을 보낸 어머니는 목포에 와서 처음으로 한국 음식을 맛보게 되었다. 매콤하고 자극적인 맛. 처음 느낀 일본과 한국의 식문화 충돌이었다. 하지만 어머니는 점차 목포에 적응하게 되었고, 풀 한 포기, 꽃 한 송이도 여간 정겹지 않게 되었다. 유달산을 바라보고 다도해에서 불어오는 시원한 바람과 함께 목포는 그렇게 제2의 고향이 되었다.

크리스천으로서의 하나님 사랑, 음악가로서의 예술 사랑, 교사로서의 진리 사랑, 어머니로서의 고아 사랑, 아내로서의 남편 사랑, 그리고 일본인으로서의 속죄하는 화해 사랑을 지닐 수 있었던 건 목포에서의 소녀 시절이 크게 영향을 주었다.

어머니는 하나님이 가르친 사랑의 삶을 실천하고 싶었다. 고등학교 은사인 다카오마 쓰타로高尾益太郎[1] 선생의 추천으로 공생원에서 음악을 가르치게 됐는데 그곳에서 윤치호를 만났다. 결혼할 당시에는 주변의 걱정과 반대가 심했다.

아버지가 정열적이라면 어머니는 온화하고 조용했다. 아버지가 무질서했다면 어머니는 절제했다. 아버지는 산골에서 태어났어도 바다였고, 어머니는 큰 물결이 치는 태평양에서 태어났어도 산 같은 인생이었다. 아버지는 한국이었고 어머니는 일본이었다. 나는 한국이 낳았고 일본이 키웠다. 정확히 말해 나를 키운 근본은 목포의 유달산 기슭과 어머니를 낳으신 고치라고 말할 수 있다.

고치. 그곳은 내 핏줄에 흐르고 있는 피의 원향이 아닌가. 그래서 어

---

[1] 다카오 마쓰타로高尾益太郎: 당시 영국의 에든버러 대학(Edinburgh University)에서 영문학을 전공 했으며, 매우 도량이 크고 폭넓은 인간관계를 가진 사람으로 신실한 크리스천으로서 인류애를 품은 휴머니스트였다.

머니의 고향은 내 고향이기도 하고, 내 생명의 원류가 숨 쉬는 곳이고, 인생의 근본이 있는 곳이다. 어쩌다 나는 어머니의 자식이 되었을까. 이 필연적인 운명의 열쇠. 그 사랑의 고리가 있는 곳이 바로 어머니의 고향이다.

독실한 크리스천이었던 외할머니의 영향을 받은 어머니는 어려서부터 교회에 나갔다. 어머니의 소녀 시절 사진을 보면 주일학교 선생, 오르간 반주 봉사 등 교회가 전부였고 그 속에 있는 어머니는 언제나 미소 가득한 행복한 모습을 하고 있었다. 어머니는 봉사의 생애였다.

'내가 주릴 때 너희가 먹을 것을 주었고, 목마를 때 마시게 하였고, 나그네 되었을 때 영접하였고, 벗었을 때 옷을 입혔고, 병들었을 때 돌아보았고, 옥에 갇혔을 때 와서 보았느니라. 너희가 여기 내 형제 중에 지극히 작은 자 하나에게 한 것이 곧 내게 한 것이라.'

－마태복음 25장 35절

어머니는 예수 그리스도의 가르침을 따라 말씀 그대로를 실천한 분이다. 이보다 큰 사랑은 없는 것이다.

어머니의 입은 참으로 바위처럼 무거웠다. 결코 한쪽으로 기우는 법이 없이 중심이 있었고, 흐트러진 자세를 본 적이 없다. 언제나 일찍 일어나 머리를 잘 정리했고, 아프단 말은 좀처럼 하지 않았다. 그리고 거짓말을 못 했다. 그것이 어머니의 천품이었다.

우아한 성품, 정결한 지조, 순도 높은 사랑, 겸손한 사람, 어머니를 이렇게 표현하는 것은 결코 과한 게 아니다. 고향 사람들이 정성을 모아 고치에 '사랑의 어머니, 윤학자'의 기념비를 세울 정도니까 말이다. 돌은 목포에서 가져왔다. 한국 고아의 어머니가 태어난 곳이라고, 고치 사람들은 이를 매우 자랑스럽게 생각한다.

어머니는 아이들에게도 존댓말을 썼다. 잘 보고 잘 듣고 조용하게 생각했다. 온화한 표정, 따뜻한 손길에 무엇 하나 요구하지 않고, 손수 궂은일을 먼저 하시는 성품이었다. 살아가는 모습 자체가 감동이고 교육이었다.

경단련(일본경제단체연합회)의 후원회장에게도 무엇이 어떻게 어렵다는 이야기는 안 하고, 감사하다는 이야기만 했다. '마음이 있으면 도와주니까'라고 하시던 어머니의 표정은 사회사업가가 아니었다. 사회 사업적인 마인드보다는 인간 사랑에 대한 진실한 마음이 있었다.

내가 중학교에 다니던 무렵, 학교에서 돌아오니 어머니가 정원에 앉아 울고 있었다. 어머니의 손에는 편지가 들려 있었다. 하염없이 흐르는 눈물 속에 겨우 하신 말씀 한마디.

"바다 저쪽에 고치가 보인다."

내 눈에 보이는 것은 바다에 떠 있는 두어 척의 배가 전부였는데 고치가 보인다니. 그때는 어머니 마음을 다 헤아리지 못했다. 그 편지에는 외할머니가 고치에 있는 '천송원' 양로원에 입소했다는 내용이 쓰여 있었다. 한 분밖에 없는 어머니를 모시지 못한 채, 당신은 이역만리 한국에서 부모 없는 고아들을 돌보고 있다. 남편이 옆에 있었다면 일본 양로원에 계신 어머니를 한번 뵙고 오겠다고 의논도 할 수 있었으련만, 남편은 행방불명되고 한·일간 왕래가 허락되지 않을 때였으니 어머니의 마음이 얼마나 아팠을까? 그런 것도 모르고 나는 왜 우냐고 물었으니 어머니로써 어린 나에게 무슨 설명을 할 수 있을까?

"바다 저쪽에 고치가 보인다."고 밖에 할 수 없는 당신의 운명 앞에서 얼마나 마음이 아팠을까.

어머니는 조용히 성경을 읽으셨으며 남 앞에서 크리스천이라고 말하지 않았다. 예배를 드릴 때는 마지막 축도시간에 먼저 문밖으로 나왔다. 좋은 설교를 하신 목사님의 이미지를 간직하고 싶은 마음이었다.

어머니의 조용한 성품은 내 신앙의 교사였다. 나에게 조그마한 용기가 있다면 그것은 아버지의 유산이요, 내게 조그마한 미덕이 있다면 그것은 어머니의 교훈이다. 그래서 나는 늘 아버지의 용기 앞에 감탄하고 어머니의 겸손 앞에 머리 숙인다.

아버지의 약속

1909년 6월 13일생 윤치호는 13세에 소년가장이 되었다. 소년가장이 된 윤치호는 어느 날 씨름판에서 우승해 소를 몰고 왔다. 그리고 미국인 선교사, 마틴 줄리아(Julia A. Martin[2])의 전도로 예수를 믿었다. 선교사는 그를 피어선 성경 학교에 보냈고 윤치호는 선교사와 함께 전국 순회 노방전도를 했다. 윤치호 전도사는 달리는 소방차를 멈추게 한 후 "불을 끄는 것보다 예수 믿는 것이 더 급하다."라고 전도하여 경찰서의 신세를 진 전설의 사나이다. 하나님 이외의 다른 신을 믿어서는 안 된다고 신사참배 반대 설교로 48번이나 경찰에 구속되기도 했다. 예수를 흠모하여 목수가 되어 나사렛 목공소의 사장이 되었다. 집 없는 거

---

2) 줄리아 마틴(한국이름 마율례, 1869~1944)은 1908년 9월 조선땅을 밟아 1940년 미국으로 돌아갈 때까지 33년 동안 목포에서 가난한 이들의 대모(代母)로 살았다. 목포정명여학교 교장을 지낸 그는 함평과 진도, 신안 등지에서 가난하고 고단한 이들과 이웃하며 살다가 귀국해 독신으로 생을 마쳤다. 일흔다섯 해 삶 가운데 반평생을 조선에 바친 것이다. 그는 1940년 미국으로 돌아온 후 영양실조로 4년 후에 소천하였고 그의 무덤은 LA 한인타운에서 15분 정도 떨어진 Inglewood Memorial Park에 있다.

리의 천사들을 데리고 와 생활을 함께했다. 공생원의 시작이었다. 그리고 그들에게 자립의 길을 열어주기 위해 대중엿방을 운영했다. 이것이 내 아버지 윤치호의 프로필이다.

아버지의 직업이 무엇이었냐고 누가 묻는다면 나는 대답하지 못한다. 하늘 아래 있는 직업 가운데서는 고를 수 없기 때문이다. 아버지는 목수였고, 전도사였고, 무산 대표를 지지하는 변사였다.

나는 아버지의 불같은 신앙이 용기와 웅변과 열정의 원천이라고 믿고 있다. 세상에 아버지만큼 믿음직스러운 분은 없다. 하지만 아버지 윤치호는 수없이 많은 남의 자식들은 데려와 키우면서도 정작 자기 자식은 원하지 않았다. 이유인즉 친자식이 생기면 고아들을 키우는 데 방해가 된다고 생각했기 때문이다. 이 세상에서 내 아버지만큼 스케일이 큰 사람을 본 적도 들은 적도 없다.

아이들 먹을거리를 구하러 잠시 다녀온다고 나가면 한 달이고 두 달이고 걸렸다. 돌아오는 길에 어려운 사람을 만나면 그 사람에게 있는 것을 털어주고, 그것도 모자라 옷까지 벗어주는 통에 항시 빈털터리였다. 나는 유달산 고개를 넘어 다닐 때, 마을 아주머니들로부터 너의 아버지가 있을 때는 동네 사람 걱정을 다 해줘서 든든했었다는 말을 수없이 들었다. 우리 아버지에게는 '너'와 '나'가 없고 모두가 가족이었다. 공생 공화국의 대통령이었고, 거지들의 대장이었고, 예수 그리스도의 열두 제자보다 열심히 전도하는 전도사였다. 국적도 대수롭지 않았다. 식음을 전폐하고 일본 여자를 파평 윤씨 집안으로 맞이할 수 없다는 어머니 권채순의 눈물도 소용없었다. 예수 그리스도를 믿으면 모두가 형제자매라는 신앙이 있었다. 우리들의 국적은 천국에 있다고 믿었기 때문에 가능한 일이었다.

해방 후, 민주주의와 공산주의, 찬탁과 반탁으로 서로 갈라져 으르렁거리며 싸웠다. 하루도 조용할 날이 없었다. 하지만 아버지는 그 어느 쪽도 아니었다. 아버지에게는 사상의 경계선이 없다. 굳이 사상이 있었다면 그것은 세상 사람들이 다 잘 사는 것이었다. 고아들에게 집을 마련해주고 잘 먹여주고 잘 입혀서 나중에 사회의 일꾼으로 만드는 것이 아버지의 사상이었다.

아버지에 대한 내 최초의 기억은 나를 업고 수영하는 것에서부터 시작된다. 어린 나는 아버지의 등에 업혀 물속으로 들어갔는데 무서운 줄도 몰랐다. 물에 빠지면 언제든 나를 구해줄 수 있는 아버지가 계셨기 때문이었을 것이다.

내가 유달 초등학교에 입학하던 해의 봄, 눈 수술을 하게 되었다. 도라홈(전염성 만성 결막염)이라는 병이었다. 아버지는 나에게 "울지 않으면 돈을 주겠다."고 약속했다.

나는 어린 마음에 돈을 준다는 아버지의 약속을 상기하며 아파도 참았다. 그러나 돈을 준다고 약속하신 아버지는 어디론가 가고 없었다. 나 말고도 책임져야 할 생명이 많으니 아버지로서는 한시도 한가하게 내 곁에 있을 수 없었을 거다. 사람들은 그런 아버지를 돈키호테라고 했다.

그러다 6 · 25전쟁이 터졌고 누구의 안전도 장담할 수 없었다. 인민군이 소련의 탱크를 앞세우고 쳐들어온다고 했다. 사람들의 입에서 입으로 전해지는 소문들은 끔찍했다. 형들은 아버지와 어머니가 위험하다고들 했다. 공산군은 기독교인을 싫어하고 일본인도 싫어하니 안전을 장담하지 못한다고 걱정했다. 아버지는 기독교인이었고 어머니는 일본 사람이었으니 어찌 안전을 보장받을 수 있을까.

인민군이 목포로 들어오는 것보다 한발 앞서 아버지가 돌아왔다. 교통이 끊겨 서울에서부터 걸어오셨다는 아버지의 몰골은 형편이 없었다. 아버지가 돌아왔다는 소문을 듣고 경찰서장이 걱정되어 찾아왔다.

"사람들을 마구 죽인다고 들었소."

경찰서장은 걱정스러운 표정으로 말했다.

"죽이기는 뭘 죽여요. 총 들고 조용히 내려오고 있소. 죄 없는 사람 죽일 리가 없소."

아버지는 당신이 본대로 이야기했다. 아버지는 언제나 그랬다. 어떤 큰일이 생겨도 늘 아무렇지도 않은 듯 대처했다. 하나님 앞에서는 하나도 무섭고 대단할 게 없던 아버지였다.

1951년 1월, 나는 이때를 잊을 수 없다. 이날은 목포에 눈이 내렸다. 유달산 언덕을 올라갈 때, 뒤에서 부는 바람이 한층 사납게 달려들었다. 모자 대신 타월을 머리에 두르고 앞서가는 재균 형의 뒤를 따라 나는 굴러가듯 고개를 넘어 내려갔다. 재균 형의 구두통이 덜그럭거렸다. 6·25동란이 발발한 지도 어느덧 반년으로 접어들었고, 공산군과 연합군의 사투는 한시의 틈도 없이 계속되었다. 피로 물들인 한반도의 신년은 혹한과 기아로부터 시작되었다.

20분쯤 걸었을까? 큰 거리의 빵집에는 개점 전부터 배급을 기다리는 사람들이 줄을 잇고 있었다. 방첩대의 본부가 있는 건물 앞에 가서 제일 잘 보이는 곳에 진을 쳤다. 구두를 닦는 손님은 군인들이었다. 때로는 미국 병사도 있었다. 재균 형과 나는 며칠 전부터 이곳에 출근했다. 오전에는 사람들의 모습이 별로 없었으나 눈이 그치자 갑자기 거리에는 활기가 찼다.

"구두 닦으세요. 구두요!"

그때였다. 한 군인이 손짓했다. 군인의 가슴에 빛나는 배지가 여러 개가 달린 것이 계급도 꽤 높은 모양이었다. 재균 형과 나는 달려갔다.

"따라 오너라."

그는 우리를 데리고 방첩대 안으로 들어갔다. 나는 가슴이 뛰었다. 바로 이 안에 아버지가 잡혀 와 계시기 때문이었다. 나는 행여 아버지를 만날 수 있을까 해서 여기저기 두리번거리며 군인을 따라 복도를 나아갔다.

군인은 자신의 사무실로 들어가더니 군화를 내밀었다. 재균 형은 그가 내민 군화를 닦기 시작했다. 나는 앞에서 보고만 있었다.

"너희들 형제냐?"

재균 형과 나를 번갈아 가며 바라보던 군인이 물었다.

"부모가 다른 형제입니다."

"그런 형제가 어디 있나? 너희들 불량배구나?"

"아닙니다. 공생원이라는 고아원에서 살고 있습니다."

군인은 놀란 표정을 지었다.

"공생원이라니, 바닷가의 고아원 말이냐?"

"어떻게 알고 계세요?"

나도 놀라 물었다.

"내가 학생 시절에 독립운동을 하다가 일본 경찰에 쫓겨 해안 쪽으로 도망갔던 적이 있지. 공생원이라는 고아원이었다. 그때 상처를 입었는데 원장 선생이 사흘간이나 나를 숨겨주고 치료해주었다. 그 원장 이름이 윤치호라고 기억한다. 내가 잡혀갈 때 원아들이 부르던 노래가 있었는데 혹시 아느냐?"

울 밑에서 봉선화야. 내 모양이 처량하다.
길고 긴 날 여름철에 어여쁘신……

그는 낮은 소리로 몇 소절을 들려주었다.
"군인 아저씨, 이 애가 원장 아들이에요."
재균 형의 말에 군인은 믿을 수 없다는 듯이 나를 바라보더니 이내 끌어안았다.
"네 아버지는? 네 아버지는 전쟁통에 돌아가셨느냐?"
"아닙니다. 지금 여기에 잡혀 와 있어요."
재균 형이 말했다.
"세상에 이런 인연이 또 어디 있겠느냐. 잠깐만 기다려 보아라."
군인은 부하에게 아버지가 무슨 일로 잡혀 왔는지 확인하고 모셔오라고 했다. 얼마 후, 문을 열고 들어오는 아버지를 본 순간 나는 달려갔다.
"아버지! 아버지!"
나는 아버지의 다리를 붙잡고 울었다.
"어떻게 된 것이야? 너희들이 여기를 어떻게……"
재균 형과 나는 군인 아저씨 쪽으로 시선을 돌렸다.

"저를 기억하십니까? 한동운이라고 합니다. 일본 경찰에게 쫓겨 공생원으로 숨어들었던 학생이 바로 저입니다. 그때는 여러 가지 신세를 졌습니다. 일경에게 잡힌 후 선생님이 마음에 걸렸습니다."

"그때의 한 군이 자넨가?"

"네. 맞습니다."

아버지의 얼굴은 초췌했으나 표정만큼은 부드러웠다.

"한 군, 그때는 우리 민족에게 희망이 있었네. 한데 지금 이게 뭔가? 왜 어째서 우리 민족끼리 싸우고 있는가? 나는 알 수 없네. 일제강점기에는 일경에게, 지금은 사상대립으로 같은 민족끼리 죽임을 당하고 죽이고 있으니 참으로 한반도의 운명이 안타깝네."

"원장 선생님, 말씀 안 하셔도 그 심정 저도 압니다. 저도 동감입니다. 거지 대장이라고 불리시면서 여러 사람에게 사랑받으시고…… 용기와 지혜로 민중을 깨우치셨지요."

당시 8세의 나에게는 그 말이 무엇을 의미하는지 알지 못했다. 나는 가지고 있던 빵 봉지를 아버지께 드렸다.

"나는 괜찮으니 가지고 가서 아이들과 나눠 먹어라."

내가 들은 아버지의 말이었다. 며칠 후, 아버지는 한동운 씨의 도움으로 풀려날 수 있었다. 그러나 아이들을 먹여야 할 식량이 바닥나는 것을 보고 가만히 앉아서 굶을 수는 없는 일이라며 광주로 식량을 구하러 떠났다. 그리고 지금까지 소식이 없다. 그때는 몰랐다. 그 순간이 영원한 이별의 순간이 될 줄은……

내 최초의 선물

공생원에서의 일이다. 우리는 저녁을 먹기 전에 언제나처럼 축구를 하고 있었다. 운동장 입구 쪽 사무실에서 웅성거리는 소리가 들렸다.

"그래. 사회사업을 하는 사람은 애들을 이렇게 키워도 되냐고요. 원장님, 말 좀 해 보세요. 예수 믿는 사람들이 애들에게 도적질을 시켜도 되냐고요."

어머니는 언제나처럼 고개를 숙이고 잘못했다고 용서를 빌고 있었다.

"모두 저의 부족한 탓입니다."

고구마 밭 주인 아주머니가 원숭이처럼 도망가는 애들을 뒤쫓아 공생원까지 온 것이다. 도시락을 싸가지 못하는 공생원 아이들은 점심때가 되면 죽 한 그릇을 먹으려고 다시 유달산을 넘는다. 이때 고구마 밭에서 서리를 했던 모양이다. 빌고 있는 어머니에게 아주머니는 흥분한 상태로 덤벼들었다. 아이들은 가만히 있을 수 없었던지 아주머니에게 돌을 던졌다.

　넘어진 아주머니는 분을 참지 못하고 "도둑질에 이제 싸움질까지 하기냐. 이것들 당장 경찰에 고발을 해야겠구만!"하면서 돌을 주워 어머니에게 던지려고 했다. 그 순간 나도 모르게 아주머니를 향해 돌을 던졌다. 깜짝 놀란 어머니는 무례한 아들 대신 자신을 벌해 달라며 엎드려 빌었다.

　"모두 내 죄입니다. 아이들이 배고픈 것도, 고구마를 도둑질한 것도, 아들이 버릇없는 행동을 한 것도, 다 아버지 없는 아이 탓입니다. 두 번 다시 이런 일이 없도록 할 테니, 부디 용서해 주십시오."

　아주머니는 몇 번이고 엎드려 빌고 있는 어머니에게 조금은 분이 풀렸는지 집으로 돌아갔다. 그날 밤, 늦게 돌아온 철용이를 붙들고 재균형이 말했다.

　"앞으로 도둑질할 때는 기도를 하고 해라. 그러면 하나님이 지켜주지 않겠냐. 공생원도 시끄럽지 않고."

　어머니는 속상한 마음을 감추지 못한 채, 혼자 방에서 기도하고 계셨다.

　"아버지 하나님, 어린 자식을 사랑해 주십시오. 타인을 용서하고 이웃을 사랑하는 마음을 키워 주십시오. 저 아이들이 배불리 먹을 수 있도록 나에게 힘을 보태주십시오. 배가 고파 지은 죄를 벌할 수 없습니다. 저 아이들을 잘못 인도한 나를 벌하여 주십시오."

　나는 어머니의 기도에 놀랐다. 어머니를 이토록 고통을 주고 있는 하나님과 이웃에 대한 원망이어야 하는데, 원망하기는커녕 아들의 용서를 빌고 있는 것이 아닌가. 나는 힘이 빠져 버렸다. 이렇게 무시당하고 곤란을 겪으면서도 어떻게 하나님께 위로를 받을 수 있는 것일까. 그 하나님은 어머니만의 하나님인가. 어머니는 언제나 보이지 않는 힘으로 나를 인도하려 했다. 하지만 나는 그렇게 하면 할수록 어머니로부터 멀어져 갔다.

나의 관심은 오직 먹는 것의 해결이었다. 그것의 해결책 중 하나는 마을 아이들과 '먹기 게임' 축구 시합이었다. 마을 아이들은 공생원 아이들이 체격이 작았기 때문에 이길 줄 알고 언제나 게임에 응해주었다. 우리는 연습을 하지 않아도 호흡이 척척 맞았고 팀워크가 좋아 번번이 게임에서 이겼다. 빵이나 과자나 엿같이 먹는 것도 그때그때 달라져 얼마나 즐거웠는지 모른다.

마을 아이들은 억울해하며 다음 일요일에 다시 하자고 건의를 해온다. 그럴 때마다 문제가 되는 것은 일요일 예배였다. 긴긴 설교는 언제나 그 말이 그 말 같이 들렸다. '빨리 설교가 끝나야 축구를 할 수 있는데'하면서 끝나기만을 기다렸다.

일요일 아침, 나는 예배당이 있는 강당 벽에 이렇게 써 붙였다.

"주 예수를 믿으라. 그리하면 설교가 일찍 끝나 축구를 하리라."

어머니는 화도 내지 않고 밤을 새워 기도했다. 공생원의 선생들은 나를 벌주려고 궁리하고 있고, 형들은 나에게 이렇게 말했다.

"단기 몇 년, 몇 월, 며칠, 몇 시, 몇 분, 몇 초에 지구와 행성이 부딪혀 지구는 멸망한대."

정말로 지구가 멸망할까. 그렇다면 하나님도 공부도 더더욱 의미가 없겠구나 생각하고, 나는 일요일이 되자 또 글을 써 벽에 붙였다.

"하나님은 안 계신다. 지구는 망한다."

그런데도 어머니는 나를 혼내지 않았다. 오히려 아들의 죄를 당신의 죄로 생각하고 하나님께 용서를 빌었다. 하지만 직원들은 자기 자식 하나 올바르게 키우지 못한다고 어머니를 노골적으로 비난했다. 어머니의 진실한 기도에도 불구하고 나는 생각을 바꾸지 않았다. 어머니에게 못된 짓을 계속했다.

내가 원하는 길은 공생원이 아니었다. 아버지와 어머니의 사랑이 충만한 평범한 가정이었다. 고아도 아닌 내가 고아 취급 받는 게 싫었다.

그러던 어느 날, 바다 건너 미국에서 생일선물이 왔다. 내 앞으로 처음 배달된 우편물이었다. 도대체 누가 나에게 선물을 보내온 것일까. 가슴이 뛰었다. 6·25전쟁으로 전쟁고아들이 많아진 시기였다. 세계 우방국 민간단체의 원조 활동이 시작되었다. 거지 대장 아버지 시대엔 누구도 도우려고 안 했던 고아원이지만, 외국 원조가 시작되면서 목포에만 5~6개의 고아원이 더 생겼다. 기독교 아동복지회가 공생원을 돕는 스폰서십 프로그램을 실시하기 위해 우리 사진을 찍어간 적이 있다. 그때 찍은 내 사진을 보고 선물을 보내왔다고 했다.

"먹을 것이면 좋겠다."

"축구 할 수 있게 운동화가 있으면 좋겠다."

인철이와 석오는 내게 바싹 다가와서 말했다. 아름다운 포장을 뜯으니 안에서 사진 한 장과 카드가 나왔다. 안경을 끼고 키가 큰 40대 여성이었다.

자기 자식을 키우기도 힘든 세상에 만난 적도 본 적도 없는 나에게 선물을 보내줬다. 바다 건너 저 멀리 미국에 계시는 이분은 분명 따뜻한 사람일 거라는 생각이 들었다. 선물은 탁구 세트였다. 일제히 환호성이 터졌다.

주걱같이 생긴 탁구 라켓을 난 그때 처음 보았다. 달걀처럼 둥근 하얀 공을 어떻게 갖고 노는지를 몰라서 탁구 라켓으로 하늘로 치켜 놀기를 했다.

"바보야, 탁구도 모르냐"라며 윤식 형이 내 머리를 쳤다. 그리고는 나를 강당으로 데리고 갔다. 내 오른손에 탁구채를 쥐여주더니 탁구를 가르쳐주었다. 난 그때까지만 해도 탁구는 꼭 오른손으로 쳐야 하는 줄 알았다. 사실 내 운동신경은 왼쪽이 더 발달했었는데 말이다. 그렇게 나의 탁구 인생은 시작되었다.

메이 호그 여사

나는 어머니의 사랑을 전하고 노래하고 찬양하는데 정성을 다했다.

어머니는 특별하지 않았으나 평범함이 있었다. 거창하지 않지만 소박함이 있었다. 큰 소리는 없었으나 조용함이 있었다. 자랑이 없었고 겸손이 있었다. 말수는 적었으나 한마디 한마디가 오래도록 가슴에 와닿는 진실이 있었다.

어머니는 자신이 '크리스천'이라는 말은 안 했지만 매일 기도와 성경을 잊지 않았다. 게임을 하면서도 거짓말을 못 하시는 순진함이 있었다. 큰 소리 한번 안 치신 어머니, 꾸지람 한번 안 한 어머니. 공부하라고 한마디 안 한 어머니. 조용하고 온화하신 어머니. 당신은 고린도전서 제13장의 사랑의 어머니처럼 느껴진다.

어머니 복이 나만큼 있으면 나와 보라고 천하에 외치고 싶다.

피도 한 방울 안 섞이고 국적과 민족도 다른 태평양 건너 미국에 있는 메이 호그Mag Hoag라는 분이 나의 양어머니가 되어 주셨다. 나는 그분의 가족이 몇 분이나 되는지 알지 못한다.

사진으로만 보고 편지를 교환했을 뿐이다. 편지도 내가 스스로 쓰지 않고 내 생일이나 크리스마스, 또는 부활절 등에 보내준 선물에 대한 답례 편지였다.

나는 1976년 일 · 미 크리스천 대회가 로스앤젤레스에서 열렸을 때 미국에 갔다. 그때 버지니아 주 리치먼드에 있는 기독교 아동 복리회(한국은 어린이재단 초록우산)를 방문했는데 총재인 밀스 박사가 나를 반갑게 환영해 주었다. 나는 밀스 총재의 집에서 아내와 함께 1주일을 보내는 동안 총재님과의 교제는 매우 유익했고, 나를 아시아의 동생이라고 불렀다.

나는 나를 도와준 메이 호그 여사를 만나고 싶었으나 일정이 서로 맞지 않아 포기할 수밖에 없었다. 후회막급이다. 그 후, 메이 호그 여사가 1976년 한국을 찾아오셨다. 그러나 만나 뵙는 연이 아니었는지 공교롭게도 나는 수선화 합창단을 인솔하고 일본을 순회공연 중이었다. 모처럼 한국까지 오셨는데 가슴이 아팠다.

메이 호그 여사가 나와 누나를 양자 양녀로 삼아 도와준 사연은 이렇다.

6 · 25동란으로 수십만의 전쟁고아가 발생하자 미국기독교 아동복리회는 한국 고아 돕기 운동을 펼쳤다. 당시 중국에 있던 밀스 총재는 폭탄이 떨어지는 서울까지 와 사무소를 개설했다. (한국 NGO) 그리고 한국고아들을 돕기 시작했다.

전국의 고아원에서는 아이들의 사진을 찍어 미국에 보냈다. 미국인들은 아이들 사진만을 보고 도와줄 아이를 선정했다. 소위 스폰서십 프로그램이었다.

나는 어린 시절 운동을 좋아했다. 어떤 운동이든 가리지 않고 했다. 운동에 열중하고 있으면 모든 것을 잊어버린다. 바다에서는 물고기가 되고, 운동장에서는 축구선수가 되었다. 이렇게 온종일 뛰고 돌아다니니 몸에 살이 붙을 리 만무했으며 얼굴은 검게 타 그야말로 숯검정이었다. 고아들 가운데서 아무도 나를 원장 아들이라고 상상하지 못 했다.

이렇게 뛰어놀던 어느 날. 운동장에서 놀고 있는데 집합 종이 울렸다. 나는 선생님이 있는 곳으로 달려갔다.

"지금부터 사진을 찍는다. 너희들의 양부모가 되실 분들에게 사진을 보내야 하니 얼굴을 바닷가에 가서 씻고 오너라. 학비도, 선물도 보내 주실 거다. 빨리 다시 여기로 집합한다."

나는 첫 번째로 사진을 찍었다. 그리고 이 사실을 잊어 먹어갈 즈음 내 생애 최초의 편지와 선물이 도착한 것이다. 당시 편지엔 이렇게 쓰여 있었다.

미국 기독교 아동 복리회에서 너를 소개받은 것을 감사하게 생각하고 있다. 6·25 동란으로 너와 같은 고아들이 많다고 들었다. 너와 너의 누나를 내 가족으로 맞이하기로 했다. 미국과 한국에서 떨어져 살고 있어도 앞으로는 함께이다. 식사할 때나 잘 때도 너희들을 위해 기도하겠다. 한국의 이야기, 친구들, 공생원, 너의 생활

등을 알려 달라. 탁구 세트를 보낸다. 친구들과 함께 놀아라. 너와 너의 누나를 위해 기도한다.

메이 호그 여사의 선물을 계기로 탁구에 푹 빠진 나는 중학교에 진학해서 친구와 국치관이라는 탁구장에 가서 탁구를 했다. 그처럼 싫던 학교가 이제는 매력 있는 곳으로 바뀌었다. 세상 모든 일이 다 재미있게 느껴졌다. 탁구선수가 될 정도로 실력이 늘었다.

어머니는 여전히 공생원과 원생들에게만 매달려 계셨다. 당신의 자녀들에 대해서는 전혀 관심이 없는 듯했다.

"그런가. 우리에게는 관심이 없단 말이지. 좋다. 그러면 나는 나의 길을 갈 것이다. 어머니 신세 같은 것 안 지고."

양어머니 메이 호그 여사가 보내준 탁구 세트는 나에게는 큰 자신감을 심어주었다. 어머니에게 반발하면서 의지하고, 또 반발을 거듭해 온 나에게 하나의 전기를 마련해 준 셈이다.

나는 탁구 선수로 광주고등학교에 입학했다. 눈앞이 밝아졌다. 무언가 자랑스러웠다.

메이 호그 여사는 나에게 바라는 것이 없었다. 무조건 사랑을 주셨다. 메이 호그 여사, 그녀는 나로부터 그 어떤 보답도 받지 못했다. 나를 사랑하고 내가 18세를 넘었을 때 공생원의 또 다른 아이 2명을 도왔다.

메이 호그 여사는 사랑을 무언으로 실천하셨다. 메이 호그 여사의 선물이 우연이었을지도 모른다. 그러나 암울하기만 했던 소년 시절에 보내준 탁구공과 세트는 나에게 꿈과 희망과 용기를 심어주었다. 어른들의 관심이 얼마나 중요한 일이었는가를 알게 해주고 있다.

생각해 보면 아버지와 나는 2대에 걸쳐 미국인 여성들로부터 정신적, 물질적 도움을 받았다. 기이한 운명이다. 아버지는 마틴 줄리아라는 선교사로부터 그리스도의 사랑을 전해 받았으며, 선교사가 준 장학금으로 신학교에 다니셨다. 아들도 메이 호그 여사로부터 학비와 사랑을 받았다.

두 분 모두 타계하셨다. 두 분의 명복을 빌며 묘소에 찾아가 꽃 한송이라도 바치고 싶은 충동이 일고 있다. 공생원 설립 90주년 기념의 해에 아버지의 은인 마틴 줄리아 묘소에 한 송이 꽃을 바쳤다. 이번에 나의 양 어머니 메이 호그 여사에게 한 송이 꽃을 드리는 차례. 감사해야 할 일이 많은 건 그 만큼 사랑받는 증거다.

인생은 사랑을 받고, 사랑을 주고, 도움을 받고 도움을 주는 것이다. 세계의 어린이들에게 사랑을 주는 한국인이 요즘 나눔 문화가 성숙해졌다. 한국의 시민 사회도 지구촌의 어린이를 돕고 있다.

이름도 셋 고향도 셋

윤태산尹泰山(代言公派31代孫). 이 이름은 파평 윤씨 족보에 올라 있는 내 이름이다. 윤 기尹基, 이 이름은 아버지가 하나님에게 바치신다며 기독교의 '기'자를 따서 지어 주신 이름이다. 다우치 모토이田內基, 이것은 아버지가 어머니와 결혼하시면서 무남독녀인 어머니 집안의 대를 잇기 위해 일본 호적에 올린 이름이다. '윤'이 '다우치'가 되었고 국적과 호적이 일본인으로 된 까닭을 말해본다.

이 복 많은 인생의 사연은 이러하다. 아버지의 고향은 전라남도 함평군 대동면 상옥리이다. 모처럼 찾아가면 마을 사람들이 오랜만에 고향을 찾아왔다면서 무척 반겨준다. 뒤로는 칠성산이 북서풍을 막아주고 앞에는 문전옥답이 넓게 펼쳐져 있어 가을에는 황금 물결이 넘치고 마을 앞으로 강이 흐르고 있어 벼농사를 짓기에 아주 좋은 곳이다. 상옥리 마을이 한눈에 보이는 곳에 아버지 윤치호가 선교사님과 함께 만들었다는 옥동교회가 있다. 이 조그마한 교회에서 훗날 한국의 사회복지역사에 큰 족적을 남기신 윤인식 장로, 윤병진 장로 등이 배출되었다니 사뭇 놀랍다. 두 분 모두 아버지의 영향을 받아 교인이 되었고 사회사업을 하게 되었으니 후손으로서 영광이 아닐 수 없다.

칠성산을 마주 보고 있는 조그마한 노적봉 산마루에는 윤씨 가문의 5대를 거슬러 올라가는 조상님들의 묘가 있다. 그곳에 세워진 묘비들은 어머니가 손수 마련했다. 내가 고등학교에 다니던 때 가을에 목포에서부터 말이 끄는 수레에 묘비를 싣고 와서 새롭게 산소를 꾸몄다. 상옥리 마을 사람들은 일본 여자가 한국 풍습을 따라 남편 조상의 묘를 아름답게 꾸미는 일이 자랑스러웠는지 칭찬이 많았다. 그리고는 일본 사람이지만 양반이라고 했다. 어머니는 그때 이미 당신이 묻힐 곳을 상옥리 노적봉에 있는 윤씨 선산이라고 생각한 것 같다.

그러나 평생을 고아들과 함께 지냈고 고아들의 눈물과 웃음과 노랫소리가 들리는 공생원 뜰이 더 좋지 않았을까. 아니면, 바다 저쪽 고향 고치가 보인다고 하실 정도로 고치를 그리워하며 홀로 계시는 외할머니 곁으로 돌아가시기를 희망하지 않았을까?

고향 고치에는 다우치 집안의 묘도 있다. 나는 자연스럽게 "훗날 어머니의 산소는 어디에 준비할까요?"하고 물었을 때. 어머니는 의외의 대답을 하였다.

"아버지 고향은 옥동이다이."

아버지는 시신도 못 찾아 지금도 행방불명 상태다. 먼저 가신 남편을 외롭게 기다리겠다는 어머니의 지아비에 대한 사랑 앞에 가슴이 뭉클해지고 머리가 숙어진다.

상옥리 옥동마을 사람들은 한국인의 풍습과 가문 대대로 내려오는 예의범절을 잘 갖추어야만 인간이라며, 이러한 전통을 지켜온 자신들의 가문에 대한 자부심이 대단하며 은근히 뽐내기도 한다. 어쩌다 옥동마을에 예고도 없이 찾아가면 마을 사람들은 친손자라도 맞이하듯 반겨준다. 지금 살아 계시는 분들은 나와 아버지를 잘 알지 못하지만, 마을의 영웅처럼 전설이 되어 내려오는 이야기를 잘 알고 있다는 듯이 한결같이 반겨준다.

어찌 고향을 잊을 수 있겠는가? 내 어린 시절의 추억과 꿈과 인생의 목표를 심어준 곳이며 일본 여성이었던 어머니를 최초의 시민장으로 명복을 빌어준 곳이 목포였다. 목포라는 말만 들어도 따스함과 고마움에 눈물이 나올 것 같다. 목포는 나에게 국적보다 인간이 우선한다는 시민 정신을 심어주었다.

목포하면 떠오르는 분들이 많다. 역전의 맬라콩, 북교동의 옥단이, 평화극장 외팔이, 뒷개의 대갈수, 또 아버지를 따라다녔던 천사떼들, 이들은 목포의 명물들이다. 그리고 아버지를 직접 도와주셨던 분으로 차남석, 정병조, 김용진, 김정중, 이재홍, 김문옥(가수 남진아버지), 정중섭, 강기천, 이훈동, 손용기, 조효석, 차남수, 강수성, 차범석, 이귀동, 김준형, 최섭 등 모두가 고마운 은인들이다. 그 외에도 많이 계신다. 일일이 기록할 수 없어 죄송할 뿐이다.

목포는 항구다. 시내에 자리 잡고 있는 유달산은 높이가 228m밖에 안 되는 작은 산이지만 톱으로 잘라낸 듯한 기암절벽과 일등바위, 마당바위 위에서 바라다보이는 다도해의 절경은 가히 일품이다. 구름도 쉬어 간다는 유선각이며 세 마리의 학이 사랑하는 임을 찾아 날다가 섬이 되었다는 삼학도가 있고 병풍이 아니라 한 마리의 용이 누워있어 큰 파도와 바람을 막아주는 고하도가 있는 곳이 내 고향 목포이다.

산위에서 부는 바람 시원한 바람
그 바람은 좋은 바람 고마운 바람

어릴 적에는 윤석중 선생님의 노래처럼 시원한 바람을 맞으며 유달산을 넘어 학교에 다녔다. 여름철이면 배를 타고 바람 따라 뱃놀이를 했던 다도해, 그곳은 나의 꿈의 보고였고 내 인생의 영양제였다.

일 년에 한두 번 들리는 곳이 어머니의 고향이며 나의 본적지로 되어 있는 고치高知시이다. 남국의 토사(土佐)라고 불리는 이곳은 벼를 이모작 할 수 있는 뜨거운 태양과 야자수 그늘이 남국적이다. 내 고향 목포처럼 잔잔한 파도가 아니다. 집채보다 큰 태평양의 파도가 우리를 삼킬 것처럼 덤벼드는 고치는 내가 찾을 때마다 "오가에 리나 사이어서오세요."라는 인사말로 반갑게 맞이해준다.

어머니는 무남독녀였으나 어머니에게는 외할머니와 큰 외할머니가 계셨다. 큰 외할머니는 무라타村田 집안으로 시집을 갔다. 무라타씨는 일본군 장교였다. 러 · 일 전쟁을 승리로 이끈 걸 큰 자랑으로 여기신다. 내가 처음으로 그분을 뵌 것은 와상노인(臥上老人)이 된 후였다. 누워계시면서도 온종일 방송을 듣고 일기예보나 한국의 뉴스를 나에게 들려주시던 자상한 분이었으며 키가 크고 상당한 미남자였다. 고치시高知市는 그분을 러 · 일전쟁의 공로자로서 경의를 표하며 우대한다는 팻말이 집 앞에 붙어 있었다.

　나의 외할아버지는 조선총독부 목포부 관리였으나, 어머니가 20대였을 때 목포에서 돌아가셨다. 술을 좋아하신 것이 원인이라고 했다. 고치 사람들은 술을 좋아한다. 고치에서 개최되었던 전국여성 교장 회의에서 나는 영광스럽게도 기념 강연을 하게 되었다. 회의가 끝나고 2부 순서로 파티가 시작되자 모두가 술잔을 들고 "여기는 고치다. 고치식으로 술을 마시자!"라며 권유를 받았던 기억이 새롭다. 술을 좋아하는 것이 고치의 기질이라면 술을 한잔도 못 마시는 나는 외가를 닮지 않은 거 같다.

　어머니의 일생을 다룬 영화가 제작되어 고치를 비롯하여 일본 전국의 여러 곳에서 상영되었다. 이것이 계기가 되어 고치의 각계 인사들이 중심이 되어 어머니의 기념비를 시내 중심지에 크게 세워줬다. '사랑의 기념비, 한국 고아의 어머니가 출생한 곳'이라고 새겨져 있다.

　고치는 예로부터 전후 일본을 재건한 요시다 시게루 총리를 비롯하여 유명 정치인을 많이 배출한 곳이다. 기념비가 세워지던 날, 하시모토 류타로橋本龍太郎(전 일본 총리)의 동생인 하시모토 다이지로橋本大二郎는 이 고장에서 4선을 지낸 고치현 지사로써 기념사에서 "앞으로 다우치 여사처럼 이웃을 사랑하는 고치 출신이 많이 나왔으면 좋겠다."고 한 말이 인상 깊었다.

　고치에서는 매년 어머니가 태어나신 날이자 돌아가신 날이기도 한 10월 31일에 기념 예배, 기념 강연, 기념 만찬 등 한·일 교류회가 열리고 있어 나도 빠지지 않고 참석하고 있다.

이렇듯 아버지의 고향이자 윤태산이라는 이름을 나에게 준 윤씨들이 모여 사는 상옥리가 나의 고향이요, 나를 키워주고 사랑해 준 목포도 나의 고향이다. 또한 언제나 나를 반겨주고 자랑스럽게 여기는 고치도 나의 고향인 것이다.

2장

자연이 교실

배고픈 설움

내가 어머니의 태중에 있을 때, 나는 어머니 뱃속에서 아이들의 웃음소리와 울음소리, 그리고 싸우는 소리와 노랫소리를 들었다. 아이들이 웃을 때면 어머니는 기뻐했고, 아이들이 울면 어머니는 괴로워했다. 그리고 아이들이 싸울 때면 긴 한숨을 쉬었다.

내가 배 속에 있을 때 어머니는 아침저녁으로 유달산을 넘었다. 잠자리가 없어서였다. 부른 배를 안고 돌산을 넘을 때 어머니는 얼마나 힘들었을까. 혼자 몸으로도 넘어가기 고단했을 그 산길을 어머니는 나를 뱃속에 담고서도 힘들다, 싫다, 마다하지 않고 넘나들었다. 어머니가 유달산을 넘을 때마다 나는 내딛는 걸음 하나하나 파동으로 느끼며 함께 넘었다. 어머니는 비록 힘드셨을지 몰랐지만 나는 함께 걷는 그 산길이 즐거웠다. 수많은 아이에게서 벗어나 오롯이 둘만 함께하는 그 시간이 나는 더없이 행복했다.

어머니가 간 곳은 외할머니가 계시는 친정이었다. 어머니는 밤이 되

면 친정으로 가 지친 몸을 뉘었다 날이 밝으면 다시 공생원으로 돌아
왔다. 신혼 방 하나도 마련하지 못한 채 결혼한 아버지가 원망스러울
법한데도 어머니는 그저 아이들 걱정만 했을 뿐, 아버지를 원망하지
않았다.

어머니의 간절한 기도 덕분이었을까? 내가 태어났을 때 마침내 방
이 생겼다. 그렇게도 원하던 방이 생긴 거다. 집 한 채도 아닌 방 한 칸
의 행복이라니. 어머니의 간절한 기도는 나를 변화시키고 내 안의 욕
심을 버리도록 만들었다. 행여 내 마음이 헛된 욕심을 부릴 때면 어머
니의 기도가 회초리처럼 나를 때렸다.

매일 아침 샤워를 할 때마다 어머니의 그 간절했던 기도가 떠오른
다. 어머니는 방 한 칸을 달라고 기도했는데 나는 비록 내 개인이 소유
한 집은 아니지만 여러 채의 집이 있다. 목포와 서울, 일본에 집이 있는
것이다. 이 얼마나 행복하고 분에 넘치는 일인가. 게다가 공생원이 있
고 훈련원이 있고 고향의 집이 있으니 잠자리 걱정은 안 해도 된다. 그
저 모든 것이 감사할 따름이다.

정말로 가난했던 아버지와 어머니의 고달팠던 삶이 있었기에 지금
이와 같은 나의 사회복지 인생이 있다고 생각한다. 잠자리 걱정도 하
지 않고 먹을 것 걱정이 없으니 어찌 감사하지 않을 수 있겠는가. 그러
니 매일 감사하는 마음으로 노래하고 있다. 고생이라는 것은 일찌감치
아버지 어머니가 다 해버린 통에 나는 그만큼 편하다. 가만 생각해보
면 아버지와 어머니가 했던 그 신산하고 지난한 고생에 비교하면 내가
한 고생은 감히 고생이라고 말할 수도 없다. 내 인생에는 고생이라는
단어가 없다고 생각하며 살고 있다.

바닷가의 내 집은 밤새도록 물결이 밀려왔다 밀려갔다. 고즈넉이 어둠에 사위가 물들어갈 때 들려오는 해조음은 좋은 음악이었고, 통통통 지나가는 뱃소리는 반주였다. 아무리 들어도 물리지 않았다. 파도 소리는 바다가 나에게 풀어놓는 이야기였고 노래였다. 때로는 속삭이면서 때로는 물갈기를 세우며 달려와 제 살 한 점 뚝 떼어놓고 가곤 했다. 속삭이면 속삭이는 대로, 광포하면 광포한 대로 좋았다. 바다가 있었기에 나는 꿈을 잃지 않았고 소년이 되었고 청년이 되었다.

나는 노래 듣는 것을 좋아한다. 아버지는 찬송을 좋아했다. 어머니 역시 음악선생이었고 보면 두 분의 유전자를 고스란히 물려받은 나는 마땅히 성악가가 돼야 했을 텐데 소질이라고는 없다. 하긴 부모의 감성을 물려받았기에 듣는 것이나마 좋아하게 되었으리라. 그러지 않고서야 아무리 좋은 음악이라도 소음에 불과할 터. 꼭 부르고 직접 연주를 해야만 음악을 좋아한다고 말할 수 있는 게 아니지 않은가. 노래를 좋아해 합창단을 조직했었고 단장이 되어 일본 전국을 순회했다. 어렸을 때 우리들이 불렀던 노래는 처량하고 슬펐다.

거리나 문전 다가고
각설이 유절이 돌아온다
느그 애비는 너를 낳고
우리 엄마는 나를 낳고
깊은 산속의 뻐꾹새는
우는 소리도 처량한데
나의 팔자 웬 말이냐.

나는 타령조의 이 노래를 형들 앞에서 여러 번 불러야 했다. 어린 나이에 인생의 고생스러움을 어찌 알았을까마는 형들이 불러 젖히는 음절 속에 스며있는 한을 나 역시 그대로 흉내 내어 부르곤 했다. 한 번 입에 물면 엿가락처럼 줄줄 늘어지는 게 맛이 있기도 했다. 형들은 어린 내가 제법 흉내를 내는 것이 재미있었던지 자꾸만 시켜댔다. 한 번 부르고, 두 번 부르고, 세 번 부르고, 횟수가 거듭될수록 나는 의기양양해졌다.

　고아들이 부르는 각설이 타령은 그 고아라는 처지 하나만으로도 이미 자신들의 신세타령이 되어버린다. 목포에서 임성리 쪽으로 가면 불과 30~40년 전까지만 해도 거지들이 모여 살았던 거지촌이 나오는데 그곳이 각설이가 시작된 곳이다. 하긴 우리가 불렀던 노래는 각설이 타령뿐이 아니었다. 6·25 때에는 목포까지 내려온 인민군이 공생원 건물을 숙소로 사용했다. 그들은 해 질 무렵이면 동네 아이들을 모아 놓고 행진을 시키며 노래를 부르게 했다.

　장백산 기슭에 피어린……

　김일성 장군의 노래였다. 아이들은 시키는 대로 따라 불렀다. 인민군이 떠나고 공생원에는 고아들이 열 배로 늘어났다. 산천초목이 피로 물든 사이에 애꿎은 고아들만 늘어난 것이다. 곳곳이 화약 냄새와 피비린내가 진동하고 공포가 도사리고 있었지만 그래도 노래만큼은 여전히 삼천리 반도 금수강산이었다.

　바다에 가서 알몸으로 지칠 정도로 수영을 하고 돌아올 때면 삼천리 반도 금수강산 하나님 주신 동산……

을 불렀다. 밥 먹을 때는 총알처럼 빠르게 부르는 노래가 있었다.

날마다 우리에게 일용할 양식을 주시는
은혜로우신 하나님 아버지 늘 감사합니다.

라는 노래였다. 찬송가인데, 행여 찬송하는 도중에 누군가 내 앞에
놓인 그릇에 담긴 밥을 덜어갈까 걱정돼 일 초라도 빨리 끝내려고 했
다. 어렸을 때부터 치열한 생존경쟁에 내몰린 것이다. 그렇다고 서로를
경쟁상대로 여기지는 않았다. 그 속에도 끈끈한 형제애가 있었고 따뜻
한 정이 있었다. 다들 타고난 피가 다르고 천륜이 달랐지만 그래도 서
로가 마음을 붙이고 등을 기댄 채 의지하며 살다 보니 누구보다도 더
든든한 가족이 된 것이다. 어찌 그러지 않겠는가. 한 지붕 아래 한솥밥
을 먹고 한배를 탄 채 생사고락을 같이하고 지내고 있으니 서로가 소
중한 가족이 된 것이다.

단체생활은 노래 부르는 시간이 많다. 내가 공생원의 원장이 되었을
때 아이들과 함께 뒷산인 유달산에 올라 동지나해로 저무는 석양을 보
면서 노래를 불렀다. 아이들의 노랫소리는 저 멀리 수평선 너머로 퍼
져갔다. 음정 박자가 엉망인 아이도 있었고 미성으로 제법 잘 부르는
아이도 있었지만 잘 부르면 잘 부르는 대로 엉망이면 엉망인 대로 아
이들에게는 행복이 있었다. 우정도 있었다. 아이들은 그 순간만은 고아

라는 것을 잊어버리고 노래를 불렀다.

   뒷날 고아들이 자립할 수 있는 길을 열어주기 위해 직업훈련원을
세우고 직업교육을 하던 때였다. 이튿날이 설날이었는데 훈련원에는
풍성한 명절 상차림은커녕 먹을 것이 아무것도 없었다. 그저 썰렁하기
만 했다. 아이들을 더 허전하고 쓸쓸하게 만든 건 저마다 고향을 찾아
손에 선물꾸러미를 들고 부산스럽게 집을 떠나는 사람들의 모습이었
다.

   설레는 그들의 표정을 보면서 아이들은 낮게 한숨을 내쉬었다. 집안
어른들에게 세배를 드리고 성묘를 올리는 것은 훈련원 아이들에게는
꿈일 수밖에 없었다. 정월 초하루에는 모두 자기 집으로 돌아간다. 하
지만 가고 싶어도 갈 곳이 없는 사람들, 돌아가고 싶어도 돌아가지 못
하는 사람들이 바로 고아원에서 자란 부모가 없는 원 출신들이다. 그
들은 그저 고독과 눈물과 한숨으로 설날을 보내야 한다. 그것은 하나
의 인생 학대다. 훗날 공생원 출신 아이들이 결혼하고 자식들이 "아버
지 우리도 성묘하러 가요."라고 말했을 때, 차마 갈 곳이 없다는 사실
을 말할 수 없었다고 했다. 함께 할 부모 · 형제 · 자매가 없다는 사실
을 고백하지 못했다는 고아원 출신 아이들의 말은 내 눈가를 적시게
했다.

   부모. 세상에 부모가 없는 사람은 없다. 부모가 있기에 자신이 세상
에 존재하는 것이다. 그래서인가 갑자기 어머니가 생각난다. 그 옛날
공생원에서 설날을 앞두고 먹을 게 없어 아이들이 주린 배를 두드리며
투정을 부릴 때, 어머니는 울며 기도했다. 따뜻하고 푸짐한 떡국은 아

니더라도 아이들이 당장에 배부르게 먹을 수만 있게 해달라고…… 감사하게도 공생원의 형들이 껌팔이나 구두닦이 하며 번 돈으로 식량을 구해와 정월 초하루를 무사히 넘긴 적도 있었다고 한다.

설움 가운데 배고픈 설움이 가장 크다는 말은 겪어보지 않은 사람은 모른다. 지금, 나는 너무 배가 부르다.

호랑이가 있던 학교

다도해 푸른 물결 굽이치는 그림같이 아름다운 우리고장
유달산 기슭에 터를 잡은 사랑의 보금자리 우리학교
유달~ 유달~ 목포자랑 유달~ 유달~ 나라의 자랑

이 노래를 불렀을 때 얼마나 흐뭇했던가! 목포의 자랑, 나라의 자랑
인 유달 초등학교에 다닌다는 것만으로도 나는 행복했다. 70년이 넘었
어도 초등학교 교가는 잊히지 않는다. 작년에 우정을 다짐하며 한 · 일
양국 복지관계자의 심포지엄이 끝나던 시간, 둥근 원형을 만들어 서로
손을 잡고 불렀던 노래 '만남'은 벌써 가사가 생각나지 않는다. 그때
만남을 부른지 일 년도 안 됐는데 벌써 잊어버렸다.

오래전에 뇌 속에 박힌 것은 기억해도 새것은 잊어버린다. 어머니의
무릎에 앉아 먹었던 음식도 나이가 들면 이상하게 새록새록 더 먹고
싶어진다. 타향살이하던 사람들이 영어나 일본어를 사용하다가도 늙

으면 조국의 말이 시도 때도 없이 튀어나오는 게 인생이다. 나 역시 마찬가지다. 세월을 거스를 장사가 없다고 했으니 이것은 누구에게나 다 해당하는 이야기다.

유달 초등학교는 노래처럼 유달산 기슭에 있다. 노령산맥에서 뻗은 큰 산줄기가 무안반도 남단에 이르러 마지막 솟음을 한 곳. 유달산은 228m의 높지 않은 산이다. 도심 속에 우뚝 솟아있어 이 고장 사람들의 정원이나 다름없다. 아침저녁으로 가볍게 등산할 수 있는 정감이 있는 산이다.

목포항의 정취가 한눈에 내려다보이는 노적봉 밑에는 우리나라 여명기에 지은 르네상스 양식의 구 러시아 영사관 건물이 우아한 자태로 서 있다. 거기서 서쪽으로 걸어가면 유달 초등학교가 있다. 학교에서 올려다보는 유달산의 중턱에는 유선각이 있는데 그 모양이 마치 꽃으로 둘러싸여서는 구름 속에 떠 있는 것 같다. 정말 그림처럼 아름다운 풍경이다.

학교 주변에는 목포 개항과 함께 일본, 러시아, 영국 등 열강들이 몰려들기 시작하면서 생겨난 서양식 건물들이 많다. 어디 건물들뿐일까. 서양의 선교사들이 전파한 신학문의 흔적들이 산재해있다. 한편으로는 일본식 상가인 사꾸라마찌와 일본 주택들이 들어서 있다.

유달 초등학교는 일본인 아이들을 위해 만들어진 학교였다. 그때는 야마데山手 국민학교였으나 해방 후 유달 국민학교(현 초등학교)가 되었다. 이름만 바뀌었지 건물이나 교정, 운동장과 강당은 그대로였다. 그 학교를 나의 어머니가 다녔고 내가 다녔다.

누구에게나 초등학교는 잊을 수 없는 추억이 담긴 사랑스러운 곳이다. 그러나 우리 집은 갯마을에 있어서 학교에 가려면 유달산을 넘어야 했다. 매일 등산을 한 셈이었다. 나아가 중·고등학교는 유달 초등학교보다 더 멀어서 유달산을 넘어 30분은 더 걸어야 했다. 나의 초·중·고등학생 시절은 걷고 또 걸었다. 걷는 일의 연속이었다. 왜 마라톤 선수가 되지 못했을까? 산을 오르고 내리느라 다리가 아파서 키가 안 컸을까? 내 학교 길은 걷는 길이었고 공부 길은 등산길이었다. 내 인생에서 걸어야 하는 일은 그때 다 해버린 기분이다. 몸이 건강한 것도 그 덕인지 모른다.

비 오는 날은 물에 빠진 생쥐가 되었고, 한여름에는 땀으로 목욕을 했으며, 겨울에는 북서풍을 온몸으로 이겨내야만 했다. 눈 오는 날에는 미끄러지지 않도록 고무신에 새끼줄을 매어 유달산을 넘었다. 책보를 허리에 차고 인적이 드문 산골짜기를 걸어 등·하교를 하는 일은 가혹했다. 그건 일종의 아동 학대였다. 자연과의 싸움이자 나하고의 싸움이기도 했다. 그래도 그때 나에게 가해지던 그 학대가 훗날 내 인생의 자양분이 되었다.

산기슭 음침한 곳에는 절이 하나 있었다. 목탁 소리도 나지 않았고 사람의 모습도 없어 조용하기만 했다. 그 적막함과 적요함이 이상한 공포를 몰고 왔다. 살갗에는 소름이 돋았고 금방이라도 귀신이 나와 목덜미를 잡아챌 것만 같았다. 그 절을 지나칠 때마다 나는 오금이 저렸고 오줌이 마려웠다. 조용히 소리 안 나게 걷기도 하고 달려도 보았다. 하지만 어느 쪽도 마찬가지였다.

나를 불안에 떨게 한 것은 음침한 절만이 아니었다. 유달 국민학교

운동장 맨 끝의 산 아래쪽에는 굴이 있었다. 굴에 천년 묵은 구렁이가 살고 있어 일 년에 한 아이씩 잡아먹는다는 이야기가 전해지고 있었다. 우리는 그 이야기를 사실로 믿었다. 친구들과 축구를 하다가도 공이 굴 있는 쪽으로 굴러가면 가슴이 덜컥 내려앉곤 했다. 구렁이가 똬리를 풀고 혀를 날름거리며 나를 잡아먹으러 나올 것만 같아 제대로 숨도 쉴 수 없었다. 그 역시 심정적 아동학대였다. 아동학대는 계속되었다. 영양실조였던가. 밤눈이 잘 보이지 않던 나는 산을 넘는다기보다 차라리 기어 다녔다고 하는 표현이 더 정확했다. 그러다가 조그마한 돌다리를 잘못 디뎌 떨어지는 바람에 허리에 찼던 책보가 저만치 굴러가 버렸다. 사방을 둘러봐도 별빛만 성성할 뿐, 사물이 보이질 않았다. 손으로 더듬으며 책보를 찾았으나 손에 잡히지 않았다. 지나가는 사람을 기다려봤지만 아무도 오지 않았다. 나는 울고 또 울었다. 인기척은 없었다. 배는 고프고 찬 기운이 스며든 몸은 떨렸다. 나는 왜 갯마을에서 학교에 다녀야 하는가? 어머니는 내가 눈이 안 보이는 것을 알고나 있는가? 원망하고 또 원망했다. 등굣길, 등산길, 고생길은 내 인생의 모든 일, 모든 추억의 출발점이었다.

우리 교실은 교무실과 교장실이 있는 넓은 복도를 지나야 했다. 그런데 복도를 지날 때마다 어딘가에 숨어있는 호랑이가 뛰쳐나와 나를 삼킬 것만 같아 간이 콩알만 해지곤 했다. 선생님은 소리 내 걸으면 호랑이가 화를 내니 두 손을 양 허리에 대고 발뒤꿈치는 올리고 앞 발가락으로만 걸어야 한다고 주의를 주었다. 나는 선생님의 말씀대로 두 손을 양 허리에 얹고 발뒤꿈치는 들어 앞 발가락으로만 걸어 다녔다. 숨소리도 조심스럽게 내며 어딘가 나를 쳐다보고 있을 호랑이 앞을 살

금살금 지나갔다. 선생님들은 순진한 소년들을 보면서 얼마나 웃었을까? 하긴 그런 내가 귀엽게 보였겠다는 생각에 웃음이 절로 난다.

기억나는 선생님이 한 분 계신다. 곽규식 선생님인데, 그분은 4학년부터 6학년까지 내 담임선생이셨다. 그 선생님의 수업방식은 꽤 독특했다. 역사 과목 시간에는 한 장을 배우면 모두 외우도록 했다. 민족의식을 고취하는 의도였다는 생각이 들며, 또 나름의 애국 교육이었을 것이다.

19대 광개토 대왕은 오랫동안 한족에게 빼앗겼던 남만주 벌판을 도로 찾고, 다시 요하를 건너 무려성을 두어 나라 이름을 크게 떨쳤다는 부분에 나는 빨강 줄을 긋고 신나게 외웠다. 언젠가 중국의 남만주 벌판에 섰을 때 역사의 현장에 서서 자랑스러운 조상들의 숨결을 대하는 것 같아 감격의 눈물을 흘렸다. 일출봉을 바라보며 해란강 강가에서 나는 몇 번이고 선구자의 노래를 불렀다.

일본에서 살기 시작했을 때다. 우연히 본 텔레비전의 화면이 나를 사로잡았다. 거기 그 화면에서 유달 국민학교의 호랑이가 소개되고 있지 않은가? 실로 몇십 년 만의 만남이었다. 그 호랑이는 여전히 날렵하게 나를 삼킬 것 같은 모습이었다. 세월이 지나 나는 변했어도 유달 초등학교의 호랑이는 그대로였다. 비록 TV 화면이었지만 소년 시절의 호랑이를 다시 만난 것은 나의 행운이고 기쁨이었다.

TV는 계속되었다. 일본인들이 조선인의 기를 꺾기 위해 조선의 상징인 호랑이 사냥을 했으며 명산과 지맥마다 쇠말뚝을 박아 놓았다고 했다. 텔레비전에서 보여주고 있는 박제 표본의 호랑이는 1908년 2월에 전남 영광군 불갑산에서 함정에 빠진 것을 하라다 쇼타로씨가 그때 돈 350원에 구매하여 기증한 것이라고 했다. 금방이라도 텔레비전 화면에서 튀어나와 백두대간과 노령산맥의 큰 산줄기를 호령할 것 같은 위용이었다. 그 호랑이가 한국 호랑이의 용맹성을 간직한 마지막 호랑이였다는 사실을 알았다.

그 호랑이에 관계된 이야기가 또 있다. 1953년 1월 6일, 맥아더 사령관의 주선으로 만난 이승만 대통령과 일본의 요시다 수상의 대화도 호랑이부터 시작되었다.

요시다 - 요즘도 호랑이가 많은가요?

이승만 - 당신들이 모두 잡아 죽여 한 마리도 없소.

이승만 대통령의 말에 요시다 수상이 어떻게 답했는지 궁금하다. 아니, 그의 속내가 더 궁금하다. 유달 국민학교의 복도에 있던 호랑이도 한·일 양국의 불행한 역사의 희생양이라는 것을 알았다.

일본이 한국을 통치하던 시절, 반만년 역사의 빛나는 문화와 전통을 없애려 했다는 사실은 다 아는 일이다. 그러나 호랑이까지 없애는 일을 했다니! 아예 정신을 없애자고 한 일이었겠지만 일본인의 피가 50% 흐르고 있는 나는 부끄러워 고개를 들 수가 없다. 애꿎은 동물이 무슨 죄란 말인가. 일본인이여! 앞으로도 호랑이 잡기를 할 것인가? 그 호랑이가 다시 보고 싶다.

쌍둥이 바위

추억은 잠시 사라질 뿐 잊히지 않는다. 추억에는 흐르지 않는 세월이 있다. 나의 추억은 바다에서 시작된다. 내 고향은 항구에 어울리지 않게 바위라는 이름이 많았다. 바위를 좋아해서였을까. 아니면 많아서였을까.

유달산에 오르면 일등 바위가 있다. 집 마당처럼 넓은 마당 바위도 있다. 영산강 하구 쪽으로 가면 갓을 쓴 모양을 한 갓 바위가 있다. 이모두 내 고향의 관광명소가 되어 있다. 해변을 따라 고하도를 바라보며 서산동에서 대반동으로 오는 길에 아기 바위가 있다. 슬픈 이야기를 담고 있어 그 앞을 지날 때는 무서워 떨었던 기억이 잊히지 않는다. 그리고 쌍둥이 바위도 있다. 쌍둥이 바위는 목포 사람들도 잘 알지 못한다. 대반동 아이들만 아는 바위가 바로 쌍둥이 바위다. 지금은 개발에 밀려 폭파됐지만 내 기억 속에는 아직도 쌍둥이 바위가 남아있다.

아침에 일어나면 바다가 보였다. 나보다 훨씬 먼저 깨어나 있었던 것처럼 바다는 아침 해를 받으며 반짝이고 있었다. 물비늘이 이는 바다는 살아있는 것처럼 보였다. 바다가 매일 아침 나에게 인사를 했다. 안녕? 잘 잤니? 나는 바다가 내는 해조음에 대답했다. 너도 잘 잤지?

나는 날마다 바다를 보고 자랐다. 늘 보는 바다이지만 바다는 시간에 따라 모습을 달리했다. 아침 일찍 바다 위에는 조각배들이 분주하게 움직이고 있었고, 10시쯤 되면 근처의 섬을 오가는 여객선과 각종 연락선이 바다를 다른 풍경으로 만들었다. 오후 시간에는 석양 하늘 아래 제주도로 가는 큰 배가 지나간다. 바다는 같은 바다였지만 배는 그 배가 아니다. 그 배들로 바다의 풍경은 달라졌다.

쌍둥이 바위는 대반동에서 서산동으로 가는 길 아래 해변에 50m 정도 물속으로 들어간 거리에 있었다. 어른 키보다 더 높은 두 바위가 나란히 서 있었다. 사람의 얼굴처럼 눈과 코와 입이 있는 것처럼 보여 정다웠다. 그 표정에 포근함이 있었다. 둥글고 색깔은 검어서 오랜 세월 더께처럼 쌓여있는 풍상을 읽을 수 있었지만 그래도 정겨웠다. 길을 가던 사람들은 그 쌍둥이 바위를 쳐다보고는 '사이좋은 부부' 같다고 말했다. 쌍둥이 바위는 바닷물이 들어오면 바닷속으로 숨어버리는 작은 바위였다.

동네 형들은 어렵지 않게 쌍둥이 바위까지 헤엄쳐 왔다 갔다 했는데, 그것이 그렇게 부러울 수가 없었다. 쌍둥이 바위는 어느새 내 첫 번째 도전 목표가 되었다. 매일같이 바다에 나가 놀면서 쌍둥이 바위까지 헤엄쳐 갈 힘을 길렀다. 제법 물속에서 오랜 시간 숨을 참아낼 수 있게 되었고, 발차기에도 힘이 있다고 자신하게 되었을 때. 나는 곧바로 쌍둥이 바위로 헤엄쳐 나갔다. 내 첫 번째 도전은 성공적이었다. 처음으로 헐떡거리며 쌍둥이 바위에 올랐을 때의 거친 숨소리가 지금도 내 귓가에 들려오는 것 같다. 50m 정도의 거리였는데 그때의 내게는 만만치 않았다.

그 후 나는 친구들과 틈만 나면 쌍둥이 바위까지 누가 먼저 가는지 시합했다. 쌍둥이 바위까지 힘차게 헤엄쳐가서는 바위에 앉아 젖은 몸을 말리며, 지나가는 배들을 향해 손짓하며 노래 부르고 웃다가 돌아오는 기분은 그야말로 지상 최고였다. 돌아오기 위해 바다에 몸을 던질 때도 서로가 얼마나 높이 날아 바다로 뛰어드는지 경쟁을 했다.

바다는 변덕이 심했다. 작은 바람이라도 불면 잔잔했던 바다는 몸을 뒤채며 꿈틀거렸다. 그 몸짓에 파도가 일고, 삼각형으로 치는 파도는 우리를 집어삼키기도 했다. 먹장구름이 낄 때는 투명했던 바다도 초록빛으로 어두워졌다. 그리고 해류가 바뀌는 지점에서는 바닷물이 차가웠다.

나는 그 모든 것을 몸으로 느끼고 눈으로 보고 귀로 듣고 자랐다. 바다는 나와 한 몸이었다. 수영에 점점 익숙해지면서 바다를 믿고 나를 맡기게 될 줄도 알게 되었다. 물 위에 누워 있으면 내 몸은 흐르는 물결 따라 어디론가 떠나가고 있었다. 내가 마치 수초가 된 기분이었고 한 마리 바닷물고기가 된 기분이었다.

쌍둥이 바위까지 헤엄을 치게 되었을 때, 그다음 목표는 고하도까지 헤엄쳐 가는 것이었다. 고하도는 쌍둥이 바위 뒤에 있었다. 거리로는 2km밖에 되지 않았으나 고하도는 쌍둥이 바위와는 달랐다.

고하도는 바닷물이 썰물일 때 큰물이 지고 난 후, 붉덩물이 흐르는 냇물처럼 큰 소리를 내며 힘차게 흘러간다. 조류의 흐름이 매우 빠른 곳이 고하도 앞바다였다. 바닷물이 한꺼번에 좁은 곳으로 모여 흐르기 때문이다. 물결이 거세 조그마한 모터보트를 타고도 거슬러 올라갈 수 없다. 그 때문에 헤엄쳐서 간다는 건 무리였다. 그러니 자연의 힘을 이용하는 수밖에 없었다. 나는 물이 들어올 때는 잔잔하고 나갈 때는 강하다는 것을 알게 되었다. 도전은 번번이 실패했다. 하지만 도전하고 또 도전하면서 자연의 힘을 알고, 이용하는 지혜가 생겼다.

쌍둥이 바위는 나를 꿈꾸는 소년으로 만들었다. 나는 날이면 날마다 바닷가에 나가 쌍둥이 바위에서 놀았다. 물이 빠져나가 쌍둥이 바위의 몸이 드러날 때면 고동이며 소라며 게 같은, 바위틈에 숨 쉬고 있는 것을 잡았다. 쌍둥이 바위는 바닷가의 소년에게 그리움을 심어주었다.

바다는 여전히 그곳에 있지만, 쌍둥이 바위는 이제 그 자리에 없다. 5·16 후 개발 바람이 그것을 여러 개의 돌로 쪼개어 바닷가의 스탠드를 세우는 재료로 만들어 버렸다. 쌍둥이 바위뿐만 아니라 선창에서 시작해 반원형으로 매립한 자리에는 호텔이 세워졌고, 갯벌에 낡은 고깃배가 기우뚱 낮잠을 자고 있던 예전 모습 대신 커다란 유람선이 그 자리를 차지하고 있다.

옛것은 가고 새것만 있다. 내 마음속의 고향은 없어지고 개발된 고향만 있다. 그러나 가끔 고하도 용머리 쪽 아름다운 물 위에 그림처럼 떠 있는 돛단배가 옛날의 그 아름다운 세계로 나를 데려가기도 한다. 용머리의 기암절벽 사이에서 살아남은 소나무 밑을 유유히 지나가는 돛단배의 모습만은 예나 지금이나 변하지 않았다.

너대니얼 호손(Nathaniel Hawthorne, 1804 - 1864)의 '큰 바위 얼굴'을 보

면 이런 구절이 나온다.

"이곳 아이들이 큰 바위 얼굴을 쳐다보며 자라난다는 것은 큰 행운이었다. 왜냐하면 그 얼굴은 생김생김이 숭고하고 웅장하면서도 표정이 다정스러워서 마치 온 인류를 포용하고도 남을 것만 같았기 때문이었다. 그얼굴에 나타난 미소는 이곳 사람들의 가슴을 더 넓고, 깊고, 인정미가 가득 차게 만들었다. 그저 그것을 바라보는 것만으로도 큰 교육이 되었다."

큰 바위 얼굴을 바라보며 자란 소년은 마침내 큰 바위 얼굴을 그대로 닮아 간다. 쌍둥이 바위를 사랑한 소년도 쌍둥이 바위를 닮아간다. 하지만 쌍둥이 바위가 사라졌듯이 소년도 떠났다. 고하도보다 더 먼곳으로 헤엄쳐 나가기 위해 나는 대반동을 떠났다. 쌍둥이 바위 보다, 고하도보다 더 먼 곳. 그것은 나에게 새로운 꿈이었다. 나는 쌍둥이 바위와 함께 자란 그 행운에 감사한다.

멀리멀리 갔더니

전쟁은 계속되었다. 빈곤과 혼란 속에서도 학교 수업은 재개되었다. 초등학교 1학년 때 6·25 동란을 맞은 나는 어수선한 전쟁의 공방 속에서 2년 동안 학교에 다니지 못하다가 다시 문을 연 학교에서는 2년을 뛰어넘어 바로 3학년으로 진급했다. 무언가 도둑맞은 기분이었다.

갈수록 전쟁이 치열해지면서 전쟁고아도 전국적으로 늘어났다. 피난민까지 가세해 공생원에는 아이들이 500명으로 불어났다. 말이 500명이지 모아놓고 보면 실로 엄청난 숫자였다. 누가 누군지도 몰랐다.

당연히 먹고 사는 것이 문제였다. 원의 선생이나 형들은 배를 타고 고기를 잡으러 나섰다. 학교가 시작되면서 형들을 따라 고기를 잡으러 가지 못해 나는 못마땅했다.

'공부는 왜 해야 하나. 학교가 없으면 얼마나 좋을까. 나도 빨리 나이가 들면 형들처럼 학교에 안 가도 될 텐데. 언제나 바닷가에 나가 고기를 잡을 수 있을 텐데……'

나는 중학교, 고등학교에 가지 못하는 형들의 슬픈 마음을 모른 채 그저 부럽게만 생각했었다. 학교에 가도 재미가 없었다. 선생님의 말씀은 귀에 들어오지 않았다. 칠판에는 글씨 대신 그물에 걸린 고기들이 물을 차며 튀어 오르는 모습이 보였다. 오늘은 어느 섬으로 갔을까? 지금쯤은 얼마나 고기를 잡았을까? 나는 선생님의 얼굴을 보면서도 형들이 고기를 잡는 모습을 상상했다.

어느 날, 아침 식사 때였다. 식사라고 해보았자 보리밥과 깍두기가 전부였다. 2~3분 빨아먹으면 없어져 버리고 말았다. 그때 형들의 이야기가 들려왔다.

"오늘 날씨가 참 좋네. 우리 밥 먹고 고기 잡으러 가자!"

"좋아."

형들은 의기투합했다. 나는 같이 가고 싶은 충동이 일었다. 하지만 학교에 가야 했다. 나는 학교 공부보다 고기잡이가 더 가고 싶었다. 어떻게 해야 하나? 고아원의 선생에게 들키면 큰일이다. 학교에 가야 할까? 나의 갈등은 깊었다. 형들을 따라 고기를 잡으러 가려면 형들보다 먼저 전마선에 올라타 어딘가에 숨어야 했다.

나는 책보를 손에 들고 학교와는 정반대로 달렸다. 다행히 전마선에는 아무도 없었다. 나는 책보를 배에 던지고 단숨에 올라탔다. 작은 배에는 숨을 만한 곳이 없었다.

할 수 없이 배 맨 앞쪽에 도구 같은 것을 넣는 작은 공간으로 들어갔다. 그 안에 쭈그리고 앉아 널판을 뚜껑처럼 덮으니 아무것도 보이지 않았다. 그저 캄캄하기만 했다. 무섭고 가슴이 떨렸지만 나는 소리를 죽이고 참고 있었다. 한참 앉아있으니까 형들의 소리가 들려왔다.

나는 뚜껑을 꼭 잡고 있었다.

"날씨가 좋아서 오늘은 고기도 많이 잡히겠군."

형들의 음성은 날씨만큼이나 밝았다. 전마선은 발동기가 없는 배라 바람 따라 조류 따라 노를 저어가야만 했다. 배가 선착장을 벗어나서 바다 가운데 가면 나올 심산이었다. 되돌아가 나를 내려놓기에는 너무 멀기 때문에 할 수 없이 나를 고기잡이에 끼워줄 것이었다. 숨을 죽이고 배가 떠나기만을 기다렸다. 얼마나 되었을까. 윤준홍 선생의 소리가 들려왔다.

"출발한다. 잊어버린 것 없느냐? 점심은 준비되었는가?"

배가 드디어 움직이기 시작했다. 철썩철썩 판자 한 장으로 이루어진 배에 부딪히는 파도 소리가 공명하여 여느 때보다 더 크게 들려왔다.

"1, 2, 3, 4, 5, 6, 7, 8……"

밖이 보이지 않는 나는 파도 소리를 들으며 계산을 했다.

"999, 1000!"

이제 고하도는 지났을까? 고하도는 공생원에서 바로 보이는 용 같은 긴 섬으로 머리 쪽은 용머리라 했다. 목포항의 자연 방파제 역할을 하는 아름다운 섬이었다. 고하도를 지나면 바다는 넓어지고, 파도도 한층 사나워진다. 나는 더 참을 수 없었다. 하여 뚜껑을 열고 밖으로 나왔다. 밖으로 나오자마자 신선하고 상쾌한 바람이 내 코끝을 간지럽혔다.

"이놈 또 학교 안 갔구나!"

"너는 잘못 태어났다. 원장 아들이 아니라 어부의 자식으로 태어났어야 했는데……"

"아니다. 지금부터도 늦지 않았다. 어부에게 팔아넘기면 된다. 공부는 안 할 테니까."

형들이 저마다 한마디씩 했다. 나는 그렇게 되었으면 하는 마음이었다. 고아원이 아닌 어부의 자식으로 태어났으면 좋았을 것이라고. 이 다도해의 푸른 바다를 헤치고 나가 아름다운 섬과 섬들을 하나하나씩 돌아볼 수 있고, 바다 저쪽의 더 넓고 큰 바다를 내 무대로 삼을 수 있을 테니까 말이다. 그 큰 바다에서는 더 큰 고기가 많이 잡힐 것이다. 이런 생각을 하고 있는데 윤 선생이 나를 불렀다.

윤 선생의 고향은 황해도였다. 한국 동난 때 남쪽으로 피난 왔다가 한국군에 입대했다고 했다. 거기서 공생원 출신의 범치 형을 알게 되고 제대 후 갈 곳이 없어, 이곳으로 와서 선생이 되었다. 그는 말도 잘 타는 멋쟁이 선생이었다.

"이놈. 너희 어머니가 얼마나 고생하고 있는지 아느냐? 아버지 없는 공생원을 지키려고 뼈가 빠지게 고생하고 계신단 말이다. 일본에 가면 이렇게 고생 안 하셔도 될 텐데 여기서 이렇게 고생하고 계신단 말이다. 너는 너희 어머니가 얼마나 훌륭한 분이라는 것을 알고는 있느냐? 너라도 열심히 공부해 아버지 사업을 지키고, 어머니를 돌봐드려야지, 이렇게 말썽을 피우면 되겠냐? 오늘은 용서하지만, 앞으로는 용서 안 한다. 알겠나?"

나는 순간 살았다, 하는 기분이었다. 그러면서 내심 어른들은 모두 제멋대로라고 생각했다. 누군가 그런 소리를 할 때마다 화가 났다. 스스로 말썽을 피운다고 한 번도 생각해보지 않았다. 언제나 내가 하는 일은 타당한 이유가 있었고 어른들은 그걸 이해하지 못했다. 하지만 나는 형들과 같이 고기를 잡을 수 있게 되어 기뻤다. 윤 선생에 대한 서운함은 금세 잊어버리고 오늘은 고기를 얼마나 잡을 수 있을까만 머릿속에 가득했다.

태양은 중천에 떠 있었다. 구름 한 점 없는 전형적인 가을 하늘이었다. 파도도 조용했다. 가끔 지나가는 배를 향하여 손도 흔들었다. 수십 마리의 상괭이들이 떼 지어 헤엄을 치는 모습이 정말로 신기했다.

목적지 육도에 도착한 때는 썰물이 질 때였다. 파도 위로 비치는 태양은 육지의 그것보다 한층 강하고 사나웠다. 우리는 햇빛을 피해 바닷가 나무 밑으로 가 점심 준비를 했다. 한데 그때 개구쟁이 정철 형이 나에게 명령했다.

"너 먹을 것은 없다는 것 알지? 마을까지 가서 물을 떠 오너라."

바닷가에서 600m 떨어진 마을에 우물이 있었다. 나는 싫다는 소리도 하지 못하고 물을 떠 왔다. 땀을 온몸에 뒤집어쓴 채로 물을 떠 왔을 때, 형들은 준비해 온 점심을 다 먹고 바다를 바라보고 있었다. 갑자기 허기가 몰려왔다. 행여나 싶어 형들이 비운 점심 도시락을 살펴보았더니 거기에 주먹밥 두 덩어리가 남아있었다. 다행이었다.

기다리고 기다리던 고기잡이가 시작되었다. 먼저 그물을 두 손으로 잡고 윤 선생이 선두로 바다에 들어가기 시작했다. 폭은 1m가 넘었고 길이가 20m 정도 되는 그물이었다. 형들은 반원형으로 바다로 나갔다. 차츰차츰 몸이 바다에 잠기면서 머리만 수면 위로 보인다. 그들이 조용하게 그물을 치는 광경은 언제 봐도 재미있었다.

맨 앞의 윤 선생이 육지로 방향을 돌리자 그물은 반달이 되었다. 이제부터는 그 안에 고기가 얼마나 들었는가가 문제였다. 순간 그물에 걸린 고기들이 여기저기 뛰는 모습이 보였다. 환성이 터졌다. 그물 안의 고기 가운데 놀랍게도 1m 정도를 점프해 그물을 벗어나는 녀석도 있었다. 그물을 바닷가로 끌어올렸을 때 고기들은 싱싱하게 펄떡펄떡 뛰고 있었다. 그물 안에 있는 고기들을 양동이에 담는 것이 나의 일이었다. 게, 장어, 광어…… 이름도 모를 진기한 고기들도 많았다. 바다에서 막 끌어 올려진 고기들은 힘도 셌다. 내 손에서 벗어나려고 요동치는 고기들의 몸부림이 재미있었다. 형들의 그물 치기는 몇 번이나 계속되었다. 어느새 태양은 서쪽으로 기울고 석양이 아름답게 하늘을 물들였다. 조금 있으면 한나절 동안 세상을 밝게 비추던 태양은 조용히 섬 사이 물속으로 빠져 내려갈 것이다.

"내일은 생선으로 배부르게 먹을 수 있다."

정철 형 이야기에 윤식 형이 웃음 띤 소리로 면박을 주었다.

"성급한 놈아. 벌써 먹을 궁리를 하고 있냐?"

"그럼. 금강산도 식후경이라 했다."

이렇게 형들은 자연 속에서 스스로 부식을 해결하고 있었다. 한데 갑자기 하늘이 심상치 않게 변했다. 구름 한 점 없던 좋은 날이었는데 먹장구름이 끼기 시작하더니 이내 번개가 치기 시작했다.

"큰일이다! 빨리 돌아가자!"

지금까지 농담하며 시시덕거리던 형들의 표정이 굳어졌다. 윤식 형과 태완 형이 노를 젓기 시작했다. 누가 시키지도 않았는데 다른 형들도 빠른 동작으로 움직였다.

급기야 소나기가 내리고 바람이 강해졌다. 높게 일기 시작한 파도는 금방이라도 우리가 타고 있는 작은 전마선을 덮칠 것만 같았다. 벌써 길이 5m 정도의 전마선 안에는 파도가 덮쳐 물로 가득 차 있었다.

파도가 배를 덮쳤을 때 우리는 배가 엎어지는 줄 알았다. 우리는 열심히 물을 퍼서 바다로 버렸다. 고무신으로 물을 퍼내는 형도 있었고 고기잡이 양동이로 물을 퍼내는 형도 있었다. 하지만 퍼내고 퍼내도 배 안의 물은 줄어들지 않았다. 우리는 정신없이 물을 퍼냈다. 잠시도 쉴 틈이 없었다.

그새 주위는 어두워지고 사방이 보이지 않았다. 열심히 노를 젓는데도 배는 좀처럼 앞으로 나가지 않는 것 같았다. 오히려 큰 파도 때문에 배가 밀려 나가고 있었다. 그때 금철 형이 말했다.

"목포로 가는 것은 포기하고, 가까운 섬으로 돌아가자."

"이 맹추야! 지금 섬이 문제야? 배가 어디로 가고 있는지도 모르는 판국에……"

"아무튼 육지로 나가자."

배에 타고 있다기보다 우리는 물속에서 헤엄치고 있는 것 같았다. 나는 갑자기 무서워졌다. 한기에 몸이 떨렸다.

'여기서 죽는 것은 아닐까? 물이 배 안으로 더 들어오면 배는 침몰할까?'

내 머릿속은 어지러웠다. 그때였다. 태완 형이 갑자기 노래를 부르기 시작했다. 찬송가였다. 느닷없이 튀어나온 찬송가가 얼마간 공포를 잊게 해주었다. 우리는 모두 태완 형을 따라 간절한 목소리로 찬송가를 불렀다.

"멀리멀리 갔더니 처량하고 곤하며 슬프고도 외로워."

그때처럼 찬송가가 위안이 되었던 적이 또 없었다. 그 찬송가 소리에 맞춰 노를 젓는 형들도 새삼 힘이 생기는 것 같았다. 배가 서서히

앞을 향해가기 시작했다. 그렇게 얼마나 지났을까. 멀리서 반짝거리는 불빛이 보였다.

"조용히, 조용히 해봐. 저기 불빛이 보여."

금철 형의 소리에 모두가 불빛을 향해 시선을 돌렸다.

"혹시 배인지도 몰라."

우리는 다시 찬송가를 불렀다. 빛은 점점 우리 쪽으로 가까이 다가오고 있었다. 사물을 분간할 수 있는 만큼 거리가 되었을 때 그 불빛의 정체가 무엇인지 우리는 알 수 있었다. 그것은 우리가 기다리던 배였다. 찬송가가 우리를 그곳으로 인도한 것이다. 아니, 우리의 찬송이 그 사람들을 우리에게 인도했다고 믿었다. 그 배에서 사람이 보였다. 우리는 큰소리로 우리의 위치를 알렸다.

"여기요, 여기!"

그 배에서 사람들이 대답했다.

"별일 없는가? 이 캄캄한 바다에 어디로 가고 있소?"

"목포요. 목포."

선장처럼 보이는 남자가 우리에게 로프를 던져주었다. 정철 형은 로프를 받아 배 선두에 묶었다. 언제나 개구쟁이 형이었으나 그때만큼은 든든하게 보였다. 우리는 그 배의 이끎을 받아 자정이 넘어서 선창에 도착할 수 있었다. 배에서 내리니 공생원 모든 식구가 나와 걱정하고 있었다. 살아 돌아온 우리는 개선장군처럼 그들의 환호를 받았다. 하지만 그 죽음의 바다를 헤쳐 온 윤 선생님과 형들은 모두 눈물을 흘리고 있었다. 우리는 생사를 같이한 운명의 형제였다.

아! 어머니여

　나는 어려서부터 학교에서 하는 공부보다는 아이들과 함께 노는 운동을 더 즐겼다. 그리고 메이 호그 어머니의 선물 덕분에 탁구에 흥미를 느끼게 되어 광주고등학교에 탁구선수로 발탁되었다.

　당시 광주고등학교는 전라도에서 광주일고와 쌍벽을 이루는 명문고였다. 아니, 한국에서도 명문고 중의 하나였다. 매해 수많은 학생을 서울대학교에 입학시켰고, 그 외에도 많은 수가 육·해·공군 사관학교는 물론 일류사립대학에 들어가는 학교였다.

　나는 어울리지 않게, 그러나 감사하고도 자랑스럽게 이 광주고등학교의 학생이 되었다. 목포중학교에서 이곳에 온 학생은 10명 정도였고 나는 그중 한 명이었다. 탁구선수로 스카우트 되어 입학했으니 어떻게 보면 내가 해야 할 일은 공부보다는 탁구였다. 그러나 탁구훈련은 수업이 모두 끝난 후에 이루어졌으므로, 공부 시간에는 나도 수업을 받아야 했다. 그런데 스카우트 되어 왔다고는 하지만 탁구부에서 내가 한 일은 볼을 줍는 일이 전부였고, 1학년생인 나에게 시합다운 시합은 기회조차 주어지지 않았다.

그러던 나에게 고민이 하나 생겼다. 이 학교에 온 학생들은 모두 서울대가 꿈이었다. 아니 육·해·공군 사관학교라던가, 농대, 법대, 공대에 진학하겠다는 식으로 구체적인 꿈을 지니고 있었다. 쉬는 시간에도 놀 줄을 몰랐다. 화장실 가는 시간 이외에는 책상에 앉아서 공부만 했다. 이야기도 공부 이야기나 대학교 이야기가 전부였다. 재미없는 친구들과 같이 있으려니 숨통이 막혀왔다.

어느 날 심란하게 앉아있는데 나를 가운데 놓고 양옆에 있는 친구가 '서울대 법대가 어떻고, 서울대 공대가 어떻고'하는 소리만 했다. 나는 그만 화가 나서 폭발하고 말았다.

"너희들 아까부터 서울대, 서울대 하는데 도대체 서울대가 뭐 하는 데냐. 밥 먹여주는 데냐!"

나의 갑작스러운 소리에 친구들은 놀란 표정을 지었다. 그리고는 나를 바라보았다. 꼭 구제 불능의 친구를 바라보는 표정이었다. 눈초리 또한 나를 멸시하는 듯했다. 완전히 무시당한 것이었다. 그 순간 '범치형이랑 어머니가 왜 나에게 서울대 이야기를 해주지 않았을까. 아무리 고아 속에 집어넣어서 키웠다 하더라도 서울대 이야기는 해주었어야 할 것 아닌가.' 서운하기도 했다.

나는 탁구채를 꺼내서 그 자리에서 밟아버렸다. 친구들은 왜 그러느냐고 말렸지만, 도저히 가만히 앉아있을 수가 없었다. 목포중학교 때부터 친했던 친구가 다가와서 위로해 주었으나 귀에 들어오지 않았다. 친구들은 자신들의 미래를 위해 저렇게 노력하고 있는데 탁구만 아는 내가 과연 무엇을 할 수 있을까 하는 심정에 나는 더 자신에게 화가 났다. 그때는 지금처럼 스포츠 선수를 알아주던 때도 아니었다. 잠이 오지 않는 날이 계속되었다. 그날 이후로 학교가 싫어졌다.

탁구선생은 수업이 끝나도 오지 않는 나를 기다렸다. 하지만 나는 탁구가 싫어졌고 더는 내가 광주고등학교에 머무를 이유가 없다고 생각했다. 이왕 집을 떠난 상황이라면 서울로 가고 싶었다. 그런 나를 보다 못한 어머니는 양구제 장로님과 의논하고는 서울의 대광고등학교로 편입 시켜 주었다. 공생원 총무로 있던 양구제 장로님은 키가 구부정하고 온순하신 분이었다. 대광고등학교는 양구제 장로님과 같이 이북에서 피난 온 사람들이 만든 학교였다.

1960년 4월 18일. 나는 대광고등학교 정문 가까이서 고려대학생들의 데모대와 경찰의 충돌을 보았다. 학교는 들어갈 수가 없었다. 최루탄 가스가 난무했고, 경찰의 검문은 살벌했다. 게다가 학교 문은 봉쇄돼 있었다. 나는 그냥 필동에 있는 고모 집으로 돌아갈 수밖에 없었다. 그날이 바로 한국의 역사를 바꾼 4·19 혁명 전날이었다.

학교는 문을 닫았다. 이승만 대통령의 하야로 사태는 가라앉는 듯했다. 어머니는 내가 데모대에 낄까 봐 나와 의논도 없이 나를 다시 목포고등학교로 전학시켰다. 결국, 계엄령이 선포되었고 서울의 대광고등학교는 제대로 다녀 보지도 못한 채 목포로 돌아와야만 했다. 사정을 모르는 친구들은 광주고에 갔던 내가 목포고로 돌아온 것을 두고 이상하게 생각했다.

나는 상관하지 않고 장래를 생각했다. 그 새 훌쩍 컸던 것이다. 그 후로 어머니는 나에게 조금은 어른 대접을 해주는 것 같았다. 방도 따로 하나 주었다. 고등학교 3학년이 되었다. 대학 진학을 위해 반을 나누어 수업을 진행했다.

나는 농과대학반을 선택했다. 당시 군사 혁명정부는 국가재건을 외치고 농촌진흥에 대단한 정열을 보였다. 나는 그 외침이 올바르다고 생각했다. 덴마크의 농촌지도자 E.M 달가스는 이렇게 외쳤다.

"전쟁에서 잃은 것은 안에서 되찾자"

그 달가스의 농촌부흥 운동이 지금의 덴마크를 만들었다. 나 역시 농촌이 사는 것이 우리가 살길이라고 여겼다. 유달영 선생의 책 '새로운 역사를 위하여'라든지', '유토피아 원시림'은 농촌에 대한 나의 꿈을 더욱 구체화 시켜 주었다. 빈곤과 싸우자. 빈곤을 물리치자. 모두가 인간답게 살 수 있도록 마음을 모으자. 사람들은 이런 내 생각과 같았다. 서로가 의기투합해 뭉치기 시작했다.

나의 가슴은 뜨거워졌다. 한반도의 운명은 우리 손으로 재건하자는 생각이 왜 내 가슴을 뜨겁게 했는지 나는 잘 기억나지 않는다. 어쩌면 이 뜨거운 마음은 7인의 거지 아이들과 공생원을 시작한 아버지의 피가 그렇게 하고 있는지 모른다고 생각했다. 나는 처음으로 내가 어른이 된 것 같은 기분이 들었다. 아버지가 계시면 나를 대견해하실 텐데 한편으로는 서운하기도 했다.

아버지 대신 아버지와 가까웠던 이귀동 목사님께 내 장래의 문제에 대해 의논했다. 목사님은 나더러 신학교에 가라고 했다. 나는 싫다고 했다. 아버지 이외의 크리스천을 나는 신용하지 않았다. 뭔가 사람들에게 깨끗이 하라고 가르치면서도 그들은 정작 다른 태도를 보인다고 느꼈다. 나는 다시 신학교를 졸업하고 옛날에 공생원의 총무로 일했던 적이 있는 이정규 목사를 찾았다. 그분은 나의 의견을 듣고 놀라워했다.

"개구쟁이 네가 벌써 이렇게 컸구나. 너의 생각은 바르다."

내 생각이 바르다고 하신 그분의 말씀은 곧 격려였다.

"좋은 곳이 있다. 잘하면 아버지의 뒤를 이을 수 있다."

한데 나는 싫다고 했다. 그리고 실망했다. 그분 역시 다른 사람하고 똑같은 이야기를 했다. 하지만 내가 싫다고 했는데도 이 목사는 이야기를 계속했다.

"너의 아버지는 훌륭했다. 본능적인 사랑을 가진 남자였지. 지금 목사를 자칭하면서 이상한 일을 하는 사람과 본질적으로 다르다."

이 목사는 자신이 공생원에 있을 때 2번이나 다른 목사에 의해서 공생원이 넘어간 사실을 이야기해 주었다.

"기야, 너의 생각은 좋다고 본다. 지역사회개발은 어떻겠니? 거기에는 네가 찾고 있는 유토피아가 있을 것이다. 유토피아는 이상과 의문을 품는 사람이 아니면 꿈꿀 수 없는 세계란다. 지금의 사회가 행복한지, 지금의 사회는 올바른지, 그것은 생각하는 사람에게만 주어지는 세계다."

나는 놀랐다.

"지역사회개발이라는 과가 신학교에 있습니까?"

"있고말고. 사회사업학과에 진학하면 개별지도와 집단지도, 그리고 지역사회 조직사업이나 지역사회개발을 공부하게 된다."

나는 지역사회개발이라는 말에 온몸이 떨렸다. 세상에 그런 공부를 하는 곳이 있단 말인가. 세상이 밝아지는 기분이었다. 그 후 나는 사회사업학과에 합격했다. 어머니께 합격 사실을 알리고 입학 수속 때 호적등본이 필요하다고 말하자 어머니는 아무 말 없이 머리를 숙였다.

"제가 신학교에 가는 것이 싫으신가요?"

나는 서운해 퉁명스럽게 물었다.

"아니다."

어머니가 나지막이 대답하시더니 나를 바라보았다. 한데 어머니의 눈에 그렁그렁 눈물이 맺혀있었다.

"왜 우세요? 싫지 않으시다면서요?"

나는 의아한 표정으로 어머니에게 물었다. 어머니는 눈물을 흘리며 한참 동안 나를 바라보았다.

"너의 호적은 여기에 없다"

"네?"

나는 놀라 반문하지 않을 수 없었다.

"네 국적은 일본이란다."

"왜요?"

천지가 무너지는 것처럼 나는 눈앞이 캄캄해졌다. '내가 일본인이라니?'

"내가 왜? 내가 왜 일본인인가요? 일본말도 모르고, 한국인 친구밖에 없는 내가 왜 일본인인가요?"

나는 소리쳤다.

"이 엄마는 무남독녀였다. 다우치田內가를 이어야 한다는 할머니의 간청을 너의 아버지가 승낙해서 데릴사위가 된 것이란다. 너희들이 성장할 때까지 한국 호적으로 바꾸려고 했으나 이승만 대통령은 일본의

'일'자도 싫어하셔서 허락이 안 되었다. 미안하다. 너한테…"

나는 뭐라 말을 할 수 없었다. 그리고 원수라도 보는 눈으로 어머니를 원망했다. 어머니의 하얀 치마저고리가 눈에 들어왔다. 그 저고리를 입은 사람은 마치 자신이 죄인이라도 되는 듯 울고 계셨다.

틀림없는 일본 여성이 일본어도 모르는 자식을 앞에 두고 한국어로 용서를 빌고 있었다. 순간 나는 어머니가 불쌍하게 보였다. 나도 모르게 "어머니!"를 부르며 어머니의 두 손을 잡았다.

"어머니!"

거듭되는 내 부름에 어머니는 마지못해 얼굴을 들었다.

"나를 한국인으로 키워주어 고맙습니다. 이제는 걱정 안 하셔도 괜찮아요. 나는 분명한 한국의 청년이니까요. 혹시 아무것도 모르던 어린 개구쟁이 시절에 일본인이란 것을 알았으면 어떻게 되었을지…… 하지만 이제는 괜찮아요. 얼굴을 드세요. 어머니."

나는 내 마음을 숨기고 어머니를 위로했다. 어머니는 눈물로 범벅된 눈으로 나를 바라보았다. 나는 어머니의 두 손을 뜨겁게 잡았다. 그리고 어머니를 이해하기로 마음먹었다.

"어머니 안심하세요. 어머니 잘못이 아니잖아요. 어쩌면 아버지로부터 이어온 운명인 것을…"

내 마음속에는 그 순간에도 어머니께 하지 못한 말들이 들끓고 있었다. 나의 국적 문제에 관해 어머니가 마음속으로 겪어야 했을 고통과 갈등이 얼마나 컸을까. 그 마음을 헤아리지 못하고 철없이 반항하고 불만스러워했던 나 자신이 부끄러워진다. 아! 어머니 사랑합니다.

출발

문제아, 구제 불능의 내가 구제받은 곳은 중앙신학교(현 강남대학교)에서 사회사업을 전공하면서부터이다. 당시 중앙신학교는 일류대학은 아니었다. 그러나 한국의 사회사업을 이끄는 인재를 육성하고, 그 동력을 일으키는 엔진을 만들어낸다는 긍지가 있었다. 그때 다 하지 못한 공부를 지금도 하고 있다. 공부는 죽을 때까지 한다고 했던가, 그러니 쉬지 않고 공부하다가 천국으로 올라가고 싶다. 교육이란 하고 싶은 마음을 갖도록 동기를 조성해 주는 것이 무엇보다 중요하지 않을까 생각한다. 그리고 인간을 사랑하는 마음을 키워주는 것이 아닐까.

"너의 눈이 빛나고 있다."

대학 면접시험을 치를 때 김덕준 학장님의 한마디가 아직도 기억에 남는다. 나는 그 말에 가슴이 뛰었다. 내 인생의 좌표조차 찾지 못하고 방황하던 나에게 그 한마디는 앞으로 내가 가야 할 길을 제시 해주었고 자신감을 불어 넣어주었다. 대학 입학 수속은 무사히 끝났다. 일본인인 네가 왜 이 학교에 왔느냐고 물었다면 나는 어떻게 대답했을까?

전국에서 온 학생들은 저마다 개성이 있었고 말의 억양이 달랐다. 세상은 넓고 크다는 사실을 실감할 수 있었다. 공부 시간은 재미있었다. 특히 '인간성장발달과정'을 배울 때는 그동안 내가 왜 공부를 안 했고, 어머니의 말을 듣지 않았는지 조금이나마 이해하게 되었다. 그리고 나의 반항 행동이 어머니의 사랑을 받기 위한 행동이었다는 사실도 알게 되었다.

특히 해병대 출신으로 미국 유학을 앞두고 있었던 부성래 교수의 강의가 기억에 남는다. 수업이 무척 정열적이었다. 말 한마디 한마디가 시적이었고 뜨거웠다.

"윤기야! 네가 앞으로 어디를 가든지 너로 인해 더욱 깨끗하고 살기 좋은 지역사회가 되도록 만들어라."

부성래 교수의 이 당부는 50년도 훌쩍 지난 지금도 내 마음속에 자리 잡고 있다.

대학 생활을 하는 동안 봉사활동에 참여하기도 했다. 서울역, 청계천 등에는 어려운 사람들이 많았다. 시골에서 무작정 올라온 가출 소년, 소녀들도 줄을 이었다. 어떻게 해야 할지 몰라 가출 소년 소녀들을 상담소에 연락하는 것이 내가 할 수 있는 일의 전부였다. 그들이 그 후 어떻게 되었는지 알 수 없었다.

대학을 서울에서 다니는 동안 나는 공부하면서도 공생원 아이들의 모습이 떠올랐다. 아이들이 무엇인가에 취미를 갖게 하는 것이 중요하다고 생각했다. 그게 아이들에게 동기부여가 되고 또 꿈이 될 수도 있었다. 꿈은 키워주는 것이라 생각하고 나는 틈틈이 아이들에게 편지도 보내고 레코드도 사서 보냈다. 누구나 하면 된다. 하나님은 모두에게 저마다의 특기를 주셨지 않은가. 그 특기를 살리는 것이 중요했다. 다만 아이들은 자신에게 주어진 특기를 모르고 있을 뿐이었다. 나는 그 사실을 일러주고 싶었다.

어머니도 이런 내가 믿음직스러웠던지 차츰 공생원 일을 의논해오기도 했다. 졸업이 가까워져 오니 친구들은 결혼 문제와 취직 문제로 고민하고 있었다. 하지만 나는 더 공부가 하고 싶었다. 아버지가 못다 이룬 꿈을 실현하기 위해서 나는 더 넓은 세계로 나갈 것을 결심했다. 졸업식에는 어머니가 처음으로 와주셨다. 나는 그날 학생 대표로 공로상을 받았다. 기념품은 큰 성경이었다. 그리고 어머니와 기념사진도 찍었다.

그러다 어느 날 사회사업과 과장이었던 강만춘 교수와 같이 강원도 '홍성군 홀리'라는 목장에 갈 기회가 생겼다. 중앙신학교를 설립한 이호빈 목사님께서 농촌운동을 하고 계신 곳이었다. 강 교수는 학교의 장래를 상담하기 위해 찾아갔으나 성과가 없었다. 내용인즉 혁명정부는 왜 신학교 안에 사회사업학과가 있느냐며 신학과와 분리하라는 통지를 보냈고, 학교의 사정상 학교를 2개로 분리한다는 것은 어려운 일이었다. 별다른 성과가 없자 강 교수는 사회사업과의 장래가 걱정된다고 긴 한숨만 쉬었다.

"동창회에서는 대책은 없는가요? 훌륭한 선배님이 많은데……"

나는 강 교수님께 물었다.

"다들 걱정이야 하지. 그렇지만 하루가 시급한 일이고, 게다가 학교 설립은 간단하지 않아."

"전통 있는 학과를 살릴 것인가의 문제도 중요하지만, 이 기회에 아주 독립된 대학으로 발전하라는 하나님의 명령인지도 모르죠. 정부는 지금 제2 경제를 외치고 있지 않습니까? 좋은 기회라고 생각합니다."

나도 모르게 들떠 이야기하고 있었다. 뚫어지게 나를 보고 있던 강 교수가 말을 했다.

"윤 군, 자네가 해보지."

"예? 제가요?"

나는 놀라 강 교수를 쳐다보았다.

"그럼 자네는 가능할지 몰라. 현재의 공생원을 사회복지 대학의 부속 시설로 하고 학생들의 실습장으로 활용하면 일거양득이지."

꿈의 대화였다. 강 교수와 나는 밤이 늦도록 꿈의 대화를 계속했다. 나는 돌아와 그 이야기를 어머니께 말씀드렸다.

"어머니. 지금부터 복지대학을 만드시면 어때요?"

나는 어머니의 표정을 보았다.

"점점 아버지를 닮아가는구나. 갑자기 대학은?"

"어머니의 평생 사업으로 해야 할 일이라고 생각되어서요."

"그래. 나도 여학교 선생을 했다. 잠깐이었지만 공생원 아이들을 키우는 데 도움이 됐구나. 그런데 사회사업은 더더욱 전문가가 필요해. 나는 열심히 일하시는 너희 아버지 옆에 있어 드리기만 하면 된다고 생각하고 결혼했으나 아이들이나 선생님에게는 아무런 도움이 되지 못했다. 앞으로 한 손에는 기독교의 정신으로 무장하고 또 한 손에는 사회사업의 전문지식을 갖춘 전문가들이 고아가 작은 사회를 만들어야 할 게야."

어머니는 찬성하셨다. 나는 기뻤다. 기뻐 눈물이 나올 것만 같았다. 게다가 갈수록 아버지를 닮아간다니. 나는 내심 으쓱하기도 했다.

어머니는 대학취지문을 써 주셨다. 그리고 이어 한국 사회사업대학 설립 기성회를 발족하고 유력한 사람들이 발기인으로 나섰다. 그리고 1967년 문교부에 '학교법인 한국 사회사업대학설립인가'신청을 냈다. 내가 대학을 졸업하고 처음으로 한 작업이었다.

그러나 생각지도 못한 일이 일어났다. 어머니가 쓰러지신 것이다. 2년 전 폐암 수술을 하신 것이 재발이 된 것이다. 아이들이 잡아 온 고동을 잡수시다 몸에 이상을 느껴서 병원에 갔더니 서울의 병원으로 옮기자고 했다. 서울성모병원 804호. 병명은 뇌신 중독과 폐암이었다.

입원한 지 1개월이 지났을까. 어느 날 아침 기분이 좋으신 어머니는 나의 양말을 빨아 창문에 널면서 말했다.

"너의 양말을 빨아본 것이 몇 년 만인지 모르겠구나. 너에게 따뜻하게 해준 것이 하나도 없는데 이렇게 고생스럽게 병원에서 머물면서 간병해 주니 고맙구나."

나는 어머니의 손을 꼭 쥐었다. 회복이 안 되셔도 좋았다. 이대로라도 살아만 계셔주었으면 좋겠다는 생각이 간절했다. 나는 눈물을 참으면서 말했다.

"어머니. 말씀 안 하셔도 어머니 마음 다 알아요. 아버지의 사업을 지키노라 할 수 없었던 것을 왜 제가 모르겠어요. 아버지가 돌아오시면 어머니께 꼭 감사드릴 거예요."

어머니는 내 손을 꼭 잡으면서 아버지를 회상하는 듯 시선을 창문으로 돌렸다. 아버지가 행방불명이 되신 지가 17년이나 되었는데 어머니는 아직도 아버지가 돌아오실 거라고 믿고 있었다.

"아버지가 칭찬해줄까? 정말로?"

어머니는 소녀처럼 부끄러워하며 물었다.

"나는 사회사업을 할 만큼 강한 사람이 아니었다. 고아 구제를 위해 열심히 노력하고 있는 아버지의 곁에서 뭔가 도움이 되려고 결혼했었다. 그런데 그 아버지가 행방불명이 되고 빈곤 속에서 어린이들은 죽어가는 것을 볼 때 얼마나 마음 아팠는지 모른다. 어린 너를 고무줄처럼 잡아당기고 싶었다. 빨리 크게 말이다. 너를 보고 있으면 아버지를 보고 있는 것 같은 생각이 든다. 내가 받은 훈장은 아버지 대신 받은 거다. 나는 아버지의 그림자에 불과해."

어머니는 죽음을 의식하고 있는 것 같았다.

"어머니. 아버지가 돌아오실 때까지 노력해야죠. 어머니는 오래 사실 거예요."

나는 겨우 말했다. 병마는 천천히 어머니의 몸을 집어삼켰다. 1년이 지나고 여름이 끝날 무렵 어머니의 상태는 급격하게 위독해지셨다. 어느 날 돌연하게 일본어를 하셨다.

"우메보시가…… 우메보시가……"

겨우 들릴까 말까 한 작은 소리로 어머니는 "우메보시가 타베타이 (매실장아찌가 먹고 싶다.)"라고 말하고 있었다. 지금까지 말했던 한국어가 아니라, 일본어였다. 그리고 다시는 한국어로 돌아오지 않았다.

나는 충격을 받았다. 지금까지 잡수신 김치와 한국 옷과 고아들은 어머니에게 있어 무엇이었을까? 어머니에게 맞는 음식은, 어머니가 사용하시기 편한 말은 일본 요리요, 일본어였던가?

1968년 10월 1일 57세의 생일날이었다. 이귀동 목사님의 기도 가운데 어머니는 눈을 감으셨다. 어머니의 파란만장한 생애가 끝난 것이다. 오후 2시 40분이었다. 부드러운 미소를 남긴 채 어머니는 영면에 들어가셨다. 죽어서야 얻을 수 있는 휴식이었다.

목포시는 개항 이래 처음으로 목포역 광장에서 3만 명의 조객이 모인 가운데 시민장이 엄수되었다. 우리들의 국적은 천국이다. 천국에는 일본사람도, 한국 사람이라는 구분이 없는 모두 형제자매다. 하나님께 영광 드리는 장례였다.

그 후 이사회는 나를 공생원의 원장으로 지명했다. '대학 만드는 것을 포기해서는 안 된다. 지금 안 만들면 영영 만들지 못한다. 공생원은 목포의 누군가에게 맡기면 된다.'라는 강 교수의 말을 뒤로하고 나는 목포로 내려갔다. 혼자여도 두렵지 않았다. 내 어린 시절의 슬펐던 일, 괴로웠던 일, 그들과 함께 맛보기 위해 목포로 내려갔다.

3개월 후, 서울에서 한 통의 편지가 날아왔다. '한국 사회사업대학 설립 인가서'였다. 나는 그길로 자동차를 타고 달렸다. 겨울의 산하는 나뭇잎도 지고 을씨년스럽기 짝이 없었다. 함평 옥동마을까지 달렸다. 어머니가 잠들고 있는 묘는 내려다보기 좋은 산언덕에 있다. 나는 어머니의 묘 앞에 인가서를 내려놓고 한참 동안 있었다. 다시 힘이 돌았다.

시작의 땅

서울을 떠난 KTX 열차가 2시간 30분 안에 목포역에 닿는다. 내가 목포에 살던 시절에는 굼벵이 완행열차로 12시간이 넘게 걸렸다. 사람들은 초만원 객차의 통로에 신문지를 깔고 쭈그려 앉아서 졸다 깨다를 반복하며 고향을 찾아왔다. 어떤 사람들은 짐칸에 몸을 실은 채 잠에 빠져들기도 했고, 선반에 올라타 아픈 다리를 달래기도 했다. 그렇게 하루의 절반을 꼬박 기차에서 시달려야 했지만 나름대로 낭만이 있었다.

그 고단했던 기찻길을 지금은 시속 300km로 KTX가 달리고 있다. 목포역은 1914년 개통된 목포 - 서울 간 호남선 철도의 종착역이자 시발역이자, 국도 1호와 목포 - 신의주 간 939km의 시발점이며 기착지이다. 국도 2호인 목포 - 부산 간 453km의 기점이 되었던 도시로 목포는 대륙을 여는 시작의 땅이다.

목포는 다도해의 중심이다. 모든 생명력은 그 바다로부터 나온다.

먼바다에 나간 고깃배들이 초여드레, 스무사흘 조금이면 목포항에 들어와 만선의 기쁨을 내려놓는다. 선창마다 바닷가 사람들의 질펀한 삶이 흥건하게 풀려 있다.

바다는 한 번도 같은 모습일 때가 없다. 물빛이 검푸르다가도 비췻빛처럼 푸르기도 하고, 거울처럼 내려앉은 햇빛이다가도 갈매기의 희롱에 심드렁한 모습이기도 하다. 날씨가 좋은 날이면 상해에서 닭 우는 소리도 들린다고들 했었는데, 그만큼 가깝다는 의미였을 것이다. 그러나 해방 후 일본과도 중국과도 교류가 끊어졌고 진도, 완도와 같은 섬들이 육지와 연륙 되자 사람들은 불편한 배보다는 편리한 육로를 통해 내륙으로 이동했다.

한반도의 서남단 끝에 위치한 목포는 동쪽으로는 영산강 하구와 접하며 서쪽으로는 깨알같이 흩어져 있는 다도해의 섬들을 품에 안고 있다. 섬들은 소년 시절의 내 동무들이자 무대였다. 나는 조각배를 타고서 그 섬과 섬 사이를 안마당 삼아 놀았다. 정말 이은상 선생의 '가고파'라는 노래처럼 그 옛날 동무들은 목포에 다 있는데 나는 어쩌다가 떠나 살 게 되었을까. 내 끝없는 도전의 의지는 바다에서부터 비롯되었다. 바다 건너 무한한 세계가 있다는 것도, 그 세계로의 모험을 부추긴 것도 바다였으니까 바다는 내게 꿈을 심어준 스승이다.

목포는 항구도시로 해방 이전에는 한반도의 5대 도시였고, 풍부한 농산물과 해산물로 인해 다른 지역에 비해 경제적 여유가 있었다. 일찍부터 서구문화가 일본을 통해 들어오면서 목포는 신문화의 산실이 되기도 했다. 새로운 사조 문학과 연극, 음악, 미술 등이 항구도시의 낭만이 섞이면서 목포만의 독특한 문화가 탄생하였다.

'사의 찬미'를 부르며 현해탄에 몸을 던졌던 윤심덕과 김우진의 사랑 이야기는 지금도 연극이나 뮤지컬로 재해석되고 있다. 당시 동경 유학생이었던 김우진의 고향이 바로 목포이다. 차재석 선생이 쓴 '삼학도로 가는 길'에는 동경이나 상해에서의 무용담과 지식인들의 시대적 고민, 목포 오거리에 모인 멋진 예술가들의 이야기들이 등장한다.

1995년. 나는 어머니를 소재로 목포 사람들의 인정과 시민 정신, 예술을 사랑하는 마음과 아름다운 자연을 소개하는 영화를 제작했다. '사랑의 묵시록'이라는 영화였다. '사랑의 묵시록'은 한·일 합작으로 만들어졌고, 차범석 선생이 총 프로듀서를 맡아 주었다. 그리고 김수용 선생이 감독을, 윤치호 역에는 길용우 배우, 다우치 치즈코(윤학자)역에는 일본의 이시다 에리 배우가 수고해 주었다.

'사랑의 묵시록'은 아름다운 목포의 풍경과 더불어 많은 사람에게 깊은 인상과 감동을 주었다. 아름답게 꾸며진 일본 고베항을 보면서 나는 내 고향 목포항이 세계의 미항이 될 날을 꿈꾼다.

가까운 장래, 남북이 서로 교통하게 될 때, 시작의 땅 목포는 다시 주목을 받게 될 것이다. 목포에서 신의주까지 국도 1호선이 열리면 신의주에서 실크로드를 거쳐 모스크바까지, 그리고, 유럽대륙을 달리는 열차를 타고 영국까지 갈 수 있으리라. 이 얼마나 희망찬 일인가. 그래서 목포는 시작의 땅이고 출발지이다. 종착역은 런던. 아니 정착지는 런던이 아니라 세계이며 희망이다.

일본에서 사람들이 내게 고향이 어디냐고 물으면 나는 한반도 서남단 목포항이라고 대답한다. 가끔 문병란 시인의 '목포'라는 시가 떠오른다. 누군들 자신이 태어난 고향이 싫을까마는 나는 내 고향 목포가 좋다. 이 시를 볼 때마다 코가 시큰해지고 가슴이 뜨거워지는 것은 내가 목포를 사랑하고 있기 때문일 것이다.

목포

– 문병란

더 갈 데가 없는 사람들이 와서
동백꽃처럼 타오르다
슬프게 시들어 버리는 곳
항상 술을 마시고 싶은 곳이다.

잘못 살아온 반생이 생각나고
배신과 실패가
갑자기 나를 울고 싶게 만드는 곳
문득 휘파람을 불고 싶은 곳이다.

없어진 삼학도에 가서
동강난 낙지발을 씹으며
싸구려 여자를 바라보거나
삼학소주 한 잔을 기울일거나.

발가벗은 빈 산
돌멩이 만지며 풀포기 뽑으며
서쪽 끝에 와서
삐비꽃처럼 목을 뽑아 올리다가
로빈손크루소가 되어버린 사람들
실패한 첫사랑이 생각나는 곳이다.

끝끝내 바다로 뛰어들지 못한
목포는 자살보다
술맛이 더 어울리는 곳
술이 취해서 봐도
술이 깨어서 봐도
유달산만 으렁으렁 이빨을 가는구나.

3장

아이들의 꿈을
따라 간 청춘

총각 원장

　사람들은 '목포'하면 남쪽에 있어 겨울에는 상당히 따뜻한 곳으로 생각하기 쉽다. 그러나 바다에서 차가운 북서풍이 맞바람으로 몰아칠 때면 한겨울의 체감온도는 영하 10도까지도 내려간다.

　공생원이 자리 잡은 대반동은 풍수학으로 볼 때 배산임수(背山臨水)의 형세다. 앞으로는 물(바다)을 면하고 뒤로는 산(유달산)이 받쳐주고 있으니 그렇다는 것이다. 사실 풍수를 모르더라도 배산임수는 좋은 터이다.

　공생원이 풍수상 어떻다는 것은 논외로 치고, 공생원의 겨울은 무척이나 견디기 힘든 계절이다. 바다에서 불어오는 북서풍이 그대로 공생원을 직격하고 있는 데다 난방마저 제대로 가동이 어려워 원생들은 떨고 지내기 일쑤였다.

　예전에는 목포의 물 사정이 전국 도시 가운데서도 최악에 속했다. 지금은 물지게가 없어졌지만, 지대가 조금만 높아도 수압이 낮아 물지게 신세를 져야 했다. 수백 명의 원생이 들끓는 공생원은 식량이나 의류 부족으로 항상 전쟁터나 다름없었지만 물 전쟁은 한층 더 심각했다.

대반동은 상수도 시설이 거의 없어 공생원은 물론 주민들도 동네 샘에서 물을 길어다 사용했는데, 샘에서 솟는 물의 양이 적어 주민들과 시비가 잦았다. 이를 해결하기 위해 자정부터 새벽 3시까지는 공생원에서 사용키로 해 물 당번 원생들은 샘터에서 밤을 새우곤 했다. 한겨울에는 특히 물 당번들의 고생이 이만저만이 아니었다. 물이 부족해서 세수나 목욕은 바닷물로 하는 것이 예사였다. 김장도 바다에 나가서 먼저 배추나 무를 씻은 다음 맛을 넣을 때만 길러온 물을 사용했다. 어머니가 돌아가신 후 내가 26세에 원장으로 취임했을 당시의 공생원 사정이 바로 이러했다.

이때는 식량 사정도 어려웠었다. 당시 식량은 국가의 현물 보조였다. 보건복지부가 다음 해에 필요한 총량을 농림부에 요구, 예산안으로 확정되면 농림부는 보건복지부를 통해 이를 각 시도에 배분하는 시스템이었다. 식량이 각 시설에 오기까지는 시간이 걸려 해가 바뀌어도 3월에나 배급되었다. 쌀도 묵은 쌀이었다. 따라서 항상 식량이 달려 가게에서 외상으로 구매한 다음 정부미가 배급되면 갚는 악순환의 되풀이였다. 문제는 가게의 쌀은 새 쌀인 반면 정부미는 묵은 쌀이어서 그 차이만큼 현금을 얹어주어야 한다는 것이었다. 그러다 보니 가뜩이나 어려운 살림살이가 한층 더 찌들 수밖에.

형편이 이렇다 보니 원생들은 점심 끼니를 죽으로 대신할 때가 많았다. 학교 점심시간에 죽 한 그릇을 먹기 위해 돌아왔다가 후딱 먹고 다시 달려 나가는 원생들을 볼 때마다 가슴이 아팠다.

또 원생 중에 나이가 어린 아이들은 길을 가다가 먹는 것이 보이면 배고픔을 참지 못해 슬쩍했다가 주인에게 붙들려 오는 것이 하루의 행사였다. 아예 학교에 가지 않고 시장바닥을 도는 아이들도 있었는데 배고픈 아이들에게 학교에 가라고 해 보았자 소용이 없었다. 나도 어린 시절 배가 고파 학교에 가는 대신 형들을 따라 물고기를 잡으러 바다로 갔던 적이 많아 뭐라고 타이를 말도 없었다. 당시 내 소원은 하나. 원생들을 언제나 배불리 먹일 수 있을까 하는 것이었다.

일반인들이 공생원의 생활을 이해한다는 것은 매우 어렵다. 내가 원장으로 있을 때 공생원 원생들은 300여 명으로 보육교사 20명이 한 사람당 평균 15명의 원생을 맡았다. 반면 정부에서 공생원에 지급되는 것을 보면 식량 외에 부식비가 1인당 하루 30원, 외국 원조 1인당 5달러 이외에 나머지 부족분은 원장 책임이었다. 이렇게 많은 식구에 돈을 버는 사람이 많다면 풍족한 생활을 할 수 있었겠지만, 원장도 정부에서 지급해 주는 것 외에는 조달할 방법이 없었으니 답답하기만 했다.

따라서 직원회의는 봇물 터지듯 쏟아지는 요구사항으로 다른 안건을 토의할 시간이 없었다. 교과서·참고서·노트·연필 등의 부족으로 시작해, 양말·고무신·우산 등을 사달라는 것뿐이었다. 어딘가 도망가고 싶은 심정이 들 때가 한두 번이 아니었다. 그때마다 돌아가신 어머니를 생각하면서 혼자서 많이도 울었다.

내가 원장이 된 후에는 친구들도 별로 찾아오지 않았다. 어려운 사정을 하소연이라도 하고 나면 그나마 속이 후련할 것 같아 막상 전화하면 빈손으로 갈 수가 없어 못 가겠다는 대답이 대부분이었다. 사과를 사더라도 300개 이상을 사야 하니 그럴 만도 했다.

공생원의 1년은 한 달과 같다. 세월을 앞서가야 하기 때문이다. 여름이 끝나기가 무섭게 겨울 준비에 들어가 연탄을 쌓아 놓아야 하고 김장도 해야 한다. 방바닥 틈을 수리해서 연탄가스 중독을 예방해야 하고 찬바람이 들어오지 않게 창문도 손을 보아야 한다. 크리스마스나 설날이 다가오면 선물이나 세뱃돈도 마련해야 한다. 어느 것 하나 쉬운 일이 없다. 총각원장이 어느새 가정주부의 일을 해야 하는데 나는 하나도 못 했다.

총각원장 시절, 어려움만 있었던 것도 아니다. 기뻤던 일, 보람이 있었던 일도 많았다. 가난 속에 꽃피는 행복한 순간들이었다. 지금 생각해 보면 나의 젊은 날의 총각원장 시절은 원생들에게 한없이 부끄럽고 미안하기만 할 뿐이다.

수선화 합창단

앞서 말했듯이 나는 노래 듣는 것을 좋아한다. 음악을 좋아하는 부모님의 감성을 물려받은 탓일까. 단체생활은 노래 부르는 시간이 많았다. 노래는 그 와중에도 꿈을 꾸게 하였고 우리의 배고픔을 잊게 하였다. 나는 아이들과 함께 유달산에 올라 석양을 보면서 노래를 불렀다. 아이들의 노랫소리는 저 멀리 수평선 너머로 퍼져 나갔다. 노래를 부르는 그 순간만은 고아라는 사실도 잊어버렸고, 잘하든 못하든 우리의 우정도 깊어져 갔으며, 또 우리만의 행복이 있었다.

한여름의 붉은 태양이 섬과 섬 사이의 바닷속으로 들어간다. 주변을 붉게 물들이며 바다로 침몰하는 석양은 한 폭의 그림이었다. 그 그림을 볼 때면 우리는 가슴이 뭉클해져서 종종 노래를 불렀다. 노래를 부를 때만큼은 고아라는 슬픔이나 생활의 어려움을 잠시나마 잊을 수 있었다. 순수한 우정과 천진한 마음이 있을 뿐이었다.

언제나 내가 가고픈 나라는
일년 사시 아름다운 꽃피는 나라
나비가 훨훨 춤을 추고 즐거운
즐거운 꿈속의 나라
언제나 내가 가고픈 나라는 과자로 빚은 집속에서
언제까지 들어도 재미만 나는
옛날 옛날이야기 꿈속의 나라.

이 노래가 끝났을 때 초등학교 3학년 꼬마가 말했다.

"원장님. 우리를 키워 주신 어머니 나라에 가고 싶어요."

그렇다. 이 말은 나에게 도전이었다. 나도 내 어머니 나라는 언제나 가고 싶었다. 일본 양로원에 계시는 외할머니도 뵙고 싶었다. 아이들을 데리고 간다면 공생원을 염려해 주시는 분들이 얼마나 반가워해 주실까. 어느새 철없는 아이들과 똑같은 꿈을 꾸곤 했다.

그러나 나는 이내 고개를 저었다. 외국 여행이 그리 자유롭지 못했던 시절인 데다 사실 비용도 엄두가 나지 않았다. 영양실조로 쓰러질 지경인데 노래는 무슨. 하면서 불가능한 일이라고 체념하였다.

마음 깊이 묻어둔 꿈이어서일까. 시간이 흘러도 좀처럼 사라지기는커녕 더욱 강렬하게 살아나고 있다는 것을 느꼈다. 이 에너지에 나도 어쩔 도리가 없었다. 아이들의 순진한 마음이 누군가에게는 통하지 않을까.

나는 어머니의 고향인 일본 고치현의 지사에게 편지를 썼다. 아! 꿈은 이루어진다고 했던가. 세상에! 기다리던 초청장이 왔다. 설레는 가슴을 감출 길이 없었다. 그러나 초청을 받았으나 당장 항공료가 문제였다. 320명의 아이를 모두 데려갈 수는 없는 상황. 우리는 의논에 의논한 끝에 아쉽지만, 합창단원들만 가기로 결론을 내었다. 노래 지도는 문달호 선생과 제일여고 음악 교사인 주금자 선생이, 지휘는 KBS 목포 합창단 지휘자 정연수씨가 맡아주었다. 노래 연습을 하는 동안 주 선생은 매일 아이들의 간식을 사 오면서 헌신적인 열정으로 봉사를 해주셨다.

어느 하나 힘들지 않은 것이 없었다. 그중 가장 어려웠던 일은 아이들의 여권 수속이었다. 여권을 발급받기 위해서는 엄격한 신원조회가 필수적인데, 모두 고아들이니 신원 확인이 얼마나 어려웠겠는가. 혹여 이들이 일본에 가서 자칫 조총련(재일본조선인총연합회)에 합류해 버린다면 얼마나 큰 나라 망신이 될 것인가. 출국에 관련된 관계자들은 자신들의 입장이 곤란해진다며 서류를 보려고도 하지 않았다. 나는 관계기관을 찾아다니며 한·일 양국의 우호증진에 가교가 될 거라는 점을 이해 시켜 취지를 설명했고 동분서주 안간힘을 썼다. 도촌 신영복 화백님은 이때 내게 큰 도움을 주신 분이다.

산 넘어 산이라 했던가. 단체 신원조회가 무사히 끝났는가 싶었는데 또다시 보건복지부의 추천을 받아오라고 했다. 보건복지부에 갔더니 합창 공연을 위해 가는 거니 문화공보부 추천이 있어야 한다며 서류를 받지 않았다. 다시 문화공보부로 달려가 서류를 내미니 이 아이들은 합창단이긴 하지만 신분이 학생이기 때문에 문교부 소관이라고 했다. 아! 목포와 서울 야간열차를 타고 오르내리기를 수십 번. 이토록 어려운 일이었다면 애초에 시작도 하지 말 것을. 그냥 주저앉고만 싶었다.

일본에서는 얼굴 한 번 본적 없는 우리들을 초청까지 해 주었는데, 한국 정부가 허락해 주지 않아 못 가게 되었다고 어찌 말하겠는가. 수치스러워서라도 포기할 수 없는 일이었다. 나는 당시 문교부 담당과장의 말을 아직도 기억한다.

"한심한 젊은 원장. 왜 우리를 귀찮게 하는 거요? 고아들 주제에 합창단을 꾸려서 외국에 나가겠다고요? 돈도 없는 나라인데 외국에 나가서 돈을 쓴다는 것이 말이 됩니까? 당신을 허락하게 되면 둑이 무너질 겁니다. 전국에 합창단 없는 학교가 어디 있겠소? 모두 외국에 나가겠다면 어떻게 하겠소. 잘못하면 내 목이 날아가요. 나라가 부자가 되었을 때 그때 가시오. 게다가 돈도 없는 고아들 아니요."

나는 용기를 내어 입을 열었다.

"고아들이니까 사정을 하는 것 아니요. 아무리 문교부 방침이 그렇더라도 지금까지 한 번의 예외도 없었단 말이요"

내 말에 귀찮다는 듯 그는 말했다.

"한 번 있었소. 미국 부통령이 박 대통령께 말했던 경우…"

"그럼 저도 미국 부통령에게 알아봐야겠군요."

"당신이 어떻게 그런 일을 할 수 있겠소? 고아원 원장 주제에."

그리고 내 옷차림을 위아래로 보았다. 그 후, 나는 어머니 후원회에 연락했다. 얼마 지나지 않아 외무부로부터 여권을 받아 가라는 연락이 왔고, 수선화합창단의 일본행은 이렇게 우여곡절 끝에 이루어졌다.

놀라운 것은, 일본항공 마츠오 시즈마松尾靜麿 사장이 공생원에 기증한 아동숙사(JAL House) 준공식으로 목포까지 와 주셨을 때, 아이들이 비행기를 타고 싶다고 하자, 마츠오 사장은 "좋은 일은 혼자 하는 것보다 둘이 같이하는 게 좋다."면서 옆에 있던 당시 대한항공 조중건 부사장에게 동의를 구했다. 결국 우리 합창단 아이들은 대한항공과 일본항공을 타고 오사카로 갈 수 있었다.

고치현의 초청으로 이루어진 방문에서 더욱 감격스러웠던 것은 그 지역 사람들의 뜨거운 환호였다. 어머니의 친구분들과 선후배 그리고 교인들, 평소에 알고 지내셨던 지인분들은 마치 어머니의 친자식을 대하듯 반겨주었다. 그리고 도쿄, 아타미에 이어 누마즈, 오사카, 후쿠오카, 야나가와 등지를 순회할 수 있게 도움을 주었다.

수선화 합창단은 오사카의 박애사(博愛社)에서 감동적인 교류회를 가졌다. 단원 중에서 장용심이라는 학생은 성악에 소질을 인정받아 나카가와 이사장의 호의로 훗날 일본의 국립대학에서 공부할 기회를 얻기도 하였다.

박애사는 기독교 정신으로 운영되고 있는 아동복지시설이었고 어머니가 살아계실 적 자매결연을 한 시설이었다. 수선화 합창단의 일본 순회공연은 그렇게 어머니가 만들어 놓은 인연 위에서 만들어졌다. 수선화처럼 아름다운 노래는 사람들 마음에 감동을 선사하였고, 사람들은 따뜻한 사랑으로 고아들의 아픔과 슬픔을 어루만져 주었다. 사랑과 희망을 전하는 전도사로서 우리들의 여정은 그렇게 평생 잊지 못할 사랑으로 남았다. 목포 앞바다 다도해의 아름다운 일몰이 있었기에 가능한 일이었다.

순진한 어린 소녀의 한 마디가 나의 인생을 열어주는 것이 될 줄이야. 그 소녀는 지금 어디에 있을까.

고아들의 고민

아이들을 생각하면 왠지 짠하다. 일찌감치 특수한 환경에서 자라다 보니 생각하는 것이나 습관이 여느 가정집의 아이들과 다를 수밖에 없다. 초등학교 학생들이 유달산을 넘어 다녀야만 했고, 중 · 고등학교 때부터는 임의대로 갈 수가 없으니 어쩔 수 없이 먼 거리의 학교로 통학을 해야 하는 일이 생긴다. 게다가 공생원의 형편이 하루하루를 겨우 넘기다 보니 아이들에게 버스비를 줄 수 없을 때도 있었다. 그런 탓에 아이들은 먼 거리를 걸어갈 수밖에 없었고 지각은 일상이 되어갔다.

수업 중에 교실 문을 열고 들어가야 하는 아이들의 심정은 오죽했을까. 다른 아이들처럼 힘차게 하루를 시작하고 싶은데, 지각으로부터 시작한 학교생활은 늘 민망했을 것이다. 그렇게 등교한 아이들의 하교 역시 같을 수밖에 없었고 밤늦게 돌아올 때는 아이들이 함께 모여 돌아왔다.

교복 차림의 아이들 가운데 사복 차림의 공생원 아이들은 어디서나

눈에 띄었다. 그렇지 않아도 아이들은 고아라는 자신들의 신분에 부담을 느끼고 있었는데 옷차림까지 눈에 띄어 학교 가기를 부끄러워했다. 하지만 고맙게도 아이들은 공생원의 사정을 헤아리고 잘 참아주었다.

납부금을 늦게 낸다고 교무실로 불려가 야단맞을 때도, 언니 오빠들 책을 물려받아 쓰는 탓에 선생님의 설명을 받아 적기가 불편한 적이 많은데도 아이들은 참고 잘 자라주었다. 하지만 이런 아이들도 시무룩해질 때가 있다.

학교에서 소풍 갈 때였다. 다른 아이들은 가방이 불룩할 정도로 과자와 음료수, 맛있어 보이는 김밥 등을 푸짐하게 싸 와 먹는데, 공생원 아이들의 가방은 늘 홀쭉했다.

"소풍 갈 때 다른 친구들 가방을 보다가 내 가방 보면 다시 돌아오고 싶어요."

아이들은 풀이 죽어 말했다. 왜 아니겠는가. 소풍은 누구에게나 설레는 일이지 않던가. 하지만 공생원 아이들은 소풍의 즐거움을 느끼지 못하고 대신 상처만 안은 채 돌아왔다. 다른 아이들의 자랑거리인 부모 역시 공생원 아이들에게는 부끄러움의 대상이었고 무엇으로도 채울 수 없는 결핍감의 원천이었다.

부모라는 단어는 아이들에게 상처였고, 극복해야 할 아픔이었다. 아이들의 고민거리는 또 있었다. 유난히 자질구레한 용품을 준비해야 하는 미술 시간과 가정 시간은 아이들이 피하고 싶은 수업이었다. 다른 아이들이 크레파스나 물감 같은 준비물들을 챙겨와 수업을 받을 때, 공생원 아이들은 손을 놓고 창밖을 보거나 다른 아이들이 하는 모습을 보기만 했다.

그래도 공생원의 아이들은 구김살이 없어 여름이면 한밤중에 바다로 나가 수영을 하며 놀았다. 다음 날을 위해 일찍 잠자리에 들라고 하고 싶지만, 아이들이 그렇게라도 즐거워하고 행복해하는 게 좋아 그대로 두었다.

초등학교에 다니는 한 아이 가정환경 조사에서 우리 집이 제일 크고 좋다고 자랑을 한 적도 있다. 그 아이의 눈에는 우리 공생원의 원사가 크고 좋게 보였던 모양이었다.

그렇지만 그 무엇보다도 정작 더 아이들을 슬프게 만드는 것은 바로 고아라는 말이었다. '고아'라는 차별적 단어가 제일 싫었다. 그 때문에 아이들은 저희끼리 똘똘 뭉쳐 자신들의 가족을 만들어 갔다. 그 결속력은 아주 대단하여 누군가 생각 없이 공생원 아이들을 때렸다가는 된통 혼이 났다. 그러니 공생원 아이들을 함부로 대하는 것은 있을 수 없었다.

하지만 추석이나 정월 초하루 같은 날, 다른 친구들은 성묘를 다녀왔다거나 할아버지 집에 다녀왔노라고 자랑을 한다. 그럴 때마다 아이들은 부러워하는 동시에 풀이 죽는다. 공생원 아이들은 명절에 갈 곳이 없기 때문이다.

특히 적령기가 되어 공생원을 나간 아이들은 더더욱 쓸쓸한 명절을 보내야만 했고, 장성해 공생원을 찾아온 아이들 역시, 그 마음의 빈자리는 채워지지 않았다. 군대에서 휴가를 나온 아이들도 갈 곳도 없었고, 반겨주는 사람도 없었다.

결혼한 여자아이들은 아이를 출산하고 친정에 가는 여자들을 가장 부러워했다. 어머니의 산후 보살핌을 받거나 부부 싸움 뒤 찾아갈 친정이 있다는 것이 얼마나 큰 위로겠는가. 그들은 어디에 하소연할 데도, 지극정성으로 보살핌을 받는 경우도 없다고 했다.

그래서 그런지 아이들은 유독 정에 약한 것 같다. 그 정에 이끌려 가끔 크고 작은 사고들을 친다. 하지만 그 역시 고아였기에 가질 수밖에 없는 슬픔이 아니고 무엇이겠는가.

어차피 인생이란 혼자 살아가는 것이다. 그리고 누구나 다 고아가 되어 갈 것이다. 단지 이 아이들은 조금 더 일찍 그 사실을 체험한 것 뿐이다.

프러포즈

누구에게나 잊지 못하고 기념하는 날이 있다. 그런 날로 인생은 더 풍요롭고 아름답다. 나이 들면 추억의 힘으로 산다지 않던가. 세상을 살다 보면 자신이 상상하지 못했던 일에 직면하게 되기도 한다.

사실 나는 내가 일본 여인과 결혼하리라고는 꿈에도 생각을 하지 못했다. 어머니도 일본인이었지만 내게 일본인과 결혼했으면 좋겠다는 말을 한 적이 없다. 예상 밖의 일이다. 지금은 한 아이의 어머니가 된 딸로부터 이런 질문을 받았다.

"아빠! 어떻게 세 번째 만난 자리에서 프러포즈를 할 수 있어요?"

딸은 나에게 신기하다는 듯이 물었다. 사실 나는 아무것도 모르고 아내에게 프러포즈했었다. 어찌 생각해보면 운명이라고 말할 수밖에 없다.

아이들이 우리를 키워준 어머니 나라에 가고 싶다고 했을 때, 공생원의 재정 사정은 그렇게 여유 있는 형편이 못되었다. 당시의 국내 사정으로는 해외여행은 꿈나라에 가는 것처럼 힘들었다. 많은 어려움을 무릅쓰고 일본에 갈 수 있었다는 자체가 기적과도 같았다.

우여곡절 끝에 떠난 우리들은 돈이 없어 합창단이라고는 하지만 호텔에 묵을 수 없었다. 어머니가 생존해 계실 당시 오사카에 있는 박애사라는 곳과 공생원이 자매결연을 한 적이 있었다. 우리는 그곳을 숙소로 하기로 했다. 박애사는 기독교 성공회가 운영하는 곳으로 아내는 거기에서 근무하고 있었다. 아동복지 시설에 근무하는 여성이어서 다른 것은 생각할 필요가 없었다. 게다가 기독교 시설이기까지 했다. 어머니가 나에게 이 길을 열어놓고 가셨다는 생각까지 들었다.

그녀는 침착하고 공손했다. 다소곳하고 여성스러운 모습이 어머니와 많이 닮아 있었다. 어머니도 이 여성 같으면 환영하실 거라는 생각이 들었다. 하여 나는 용기를 내어 프러포즈했다.

한국에 돌아와서 그 사실을 누나에게 이야기했다.

"나 결혼할 여성 결정했어."

누나는 깜짝 놀라 눈을 동그랗게 뜨고 되물었다.

"어디서?"

"일본에서."

"재일 동포냐? 일본 여자냐?"

"일본 여자."

"대학은 나왔어?"

"몰라."

"형제들은?"

"몰라."

"부모님은?"

"몰라."

"너 미쳤구나. 합창단 아이들을 데리고 일본까지 다녀오더니 스커트만 입으면 다 여자로 보였던 모양이구나. 말도 안 된다."

누나는 손사래까지 치면서 반대했다.

"왜?"

"아무것도 모르면서 결혼은 무슨 결혼이냐? 농담은 그만해라."

누나는 도통 내 이야기를 믿으려 하지 않았다.

"본인하고 결혼하지, 가족하고 해?"

"그래도 가정을 봐야지."

"본인이 중요한 게 아니야?"

"그렇지만 본인 학력도 모르는데 무슨 결혼이야?"

"학력이 중요한가?"

"그래도 원장 부인이 되려면 대학은 나와야 하지 않을까? 요즘엔 보모 선생들도 웬만하면 다 대학 졸업생들인데."

"그런 일 안 시키기로 했어."

"점점 이상한 소리만 골라 하는구나. 원장 부인이 될 사람을 일을 시키지 않겠다니."

"뭐 원장과 결혼하는 것 아니잖아. 윤기와 하는 건데, 뭘."

"그래도 부인 될 사람이 남편을 도와야지."

"사업은 내가 할 테니까 따뜻한 가정만 만들어달라고 했어."

"그 여자도 좋다고 했어?"

"부모님께 승낙받는 게 어려울 것 같아."

"산 넘어 산이다. 이 한국에도, 아니 목포에도 좋은 신붓감이 얼마나 많은데 하필이면 일본인이야. 괜한 여자 고생시키려고."

누나의 말에 순간 나는 어머니가 떠올랐다. 어머니 역시 일본 여성으로 얼마나 많은 고생을 해왔는지 나는 잘 알고 있었다. 정신이 번쩍 들었다.

"사진도 없니?"

"가을에 다시 일본 오겠다고만 했어."

"여자가 누군지도 모르고, 사진도 없는데 내가 뭐라 하겠느냐? 이 누나는 네가 일본 여자 데리고 산다고 또 뒤에서 얼마나 많은 싫은 소리를 듣고 살아야 할까. 그걸 생각하니 앞이 다 캄캄해진다."

"누나. 세상은 달라질 거야. 너무 걱정하지 말아요."

나는 걱정하는 누나를 달랬다. 하긴 나 역시 걱정이 되지 않는 것은 아니었다. 하지만 자꾸만 그녀가 눈앞에 가물거렸다. 그녀라면 아무리 어려운 일이라 할지라도 잘 헤쳐나갈 것만 같았다. 우리 어머니처럼. 이상하게 첫 만남에 그런 믿음이 갔다.

가을에 내가 일본으로 가서 그녀를 만날 예정이었으나 그녀가 나를 찾아왔다. 그리고 얼마 뒤, 그녀가 다시 부모님을 모시고 공생원으로 왔다. 내가 넘어야 할 산을 그녀가 모두 해결한 것이다. 국제결혼이 어떻고, 뭐가 어떻다든지, 고아 키우는 사람과 결혼하면 고생한다든지. 그런 자질구레한 장애물들을 그녀는 지혜롭고 현명하게 부모님에게 이해 시켜 놓았다. 나는 더 구차한 설명을 할 필요가 없었다. 그만큼 그녀의 행동은 조용했지만 강한 의지가 있었다. 물론 누나도 아내를 본 후에 마음이 달라졌다.

"네가 무슨 복으로 저런 여자하고 결혼하느냐? 하나님의 축복이 없이는 불가능한 일이다."

누나의 말은 나를 고무시켰다. 나는 크리스마스 때 신부를 데리고 공생원에 오겠다고 큰소리를 치고 일본에 갔다. 결혼하기 위해 단신으로 일본에 간 것이다. 본인이 승낙하고, 양가도 승낙했으니 이제 결혼식장과 주례를 정하면 되는 일이었다. 나는 다른 데를 생각할 수 없었다. 박애사였다. 게다가 그녀가 근무하고 있고 공생원과 자매시설이지 않은가. 그곳 이사장에게 주례를 부탁하자고 제안했을 때 모두 찬성했다.

나는 나카가와中川 이사장에게 부탁했다. 한데 그는 이 결혼을 반대한다고 한마디로 거절했다. 의외였다. 주례를 부탁하러 갔는데 결혼을 반대한다니. 세상에 이런 법이 또 어디 있을까. 가족들은 물론 당사자들도 다 좋다고 한 상황인데. 게다가 나는 젊긴 하지만 공생원의 원장 아닌가. 그의 횡포가 심하다고 느꼈다. 자존심이 상했다. 나는 애써 섭섭한 표정을 숨기며 물었다.

"반대하시는 이유라도 있으신가요?"

"처음부터 정해져 있지."

그는 주저하지 않고 대답했다.

"뭐가요?"

"그녀는 기독교인이 아니야. 그리고 고생을 모르고 자랐어. 그것도 막내딸로 말이야. 아무리 원장 부인이라 하더라도 한국에 가면 이겨낼 수 없을 거야. 더욱이 그녀는 현장 경험이 6개월밖에 안 돼. 올해에 도시샤대 사회사업을 전공한 그녀를 시마다島田 교수가 특별히 부탁해서

채용했지."

"그럼 어떻게 하나요? 결혼식을 올리고 늦어도 크리스마스 때는 후미에 상을 데리고 간다고 공생원 직원들과 아이들에게 약속하고 왔는데요."

"그래서 지금 나도 고민하고 있어."

후미에는 조용히 입을 다물고 머리를 숙이고 있었다. 장인 장모 될 사람은 뒤통수를 얻어맞은 기분이었을 것이다. 나는 조바심이 났다. 그렇게 힘든 곳인 줄 몰랐다며 이 결혼을 다시 생각하자고 나오면 큰일이었다. 걱정을 안 할 수 없었다. 하지만 그녀의 부모님은 다행히 조용하게 나카가와 선생의 이야기를 듣고 있었다. 나는 나카가와 이사장의 다음 말을 기다렸다.

"시간이 필요해. 우선 년 내로 약혼식을 올리고 세례를 받은 후, 내년 부활절 때 결혼식을 올리면 어떨까? 내가 가마가와鎌川 선생에게 성경 공부를 시켜달라고 부탁하겠으니 그렇게 하는 게 좋을 것 같군."

나는 나카가와 이사장의 말에 고개를 끄덕였다. 그녀의 부모 역시 동의했다. 고마운 분, 믿음이 있는 분이었다. 그리고 마음의 준비를 하도록 그분은 우리에게 시간을 주었다. 결혼은 이상만으로 되지 않는다는 사실을 그분은 잘 알았다.

나카가와 이사장 말대로 아내는 성 안드레 교회에서 세례를 받았다. 그 뒤 우리들은 박애사에서 12월 7일 약혼식을 올리고 어머니 고향 고치에서 결혼 신고를 했다. 공생원 아이들에게 새로운 어머니가 생기는 날이었다.

부모님이 모두 돌아가신 고아나 다름없는 나를 위해 하라다 켄 의원과 가나야마 대사, 일본항공 서울지점장 요시무라 유키오吉村靫生, 사회복지법인 오사카 자강관의 이사장(大阪 自彊館)이 참석해 주었다. 나카가와 이사장이 하객들에게 무슨 선물을 줄 계획이냐고 물었다. 나는 돈이 없어 남대문 시장에서 복주머니를 준비했다고 말씀드렸다. 얼마냐고 물으셨다.

"천 원 정도 할 겁니다."라고 대답을 했다.

그 후, 제작된 내 청첩장을 보니 맨 밑에 조그맣게 '1,000원 이상 축하금을 사양합니다.'라고 쓰여 있는 것이 아닌가? 이해를 못 하는 나를 향해 '일본에서는 축하금을 받으면 받은 것보다 더 많이 답례하는 문화가 있다.'라고 설명해주었다.

세상에 천 원 미만 축하금을 부탁한다는 청첩장은 나 말고 또 누가 있겠는가? 지금 생각하니 돈이 없던 나는 약혼선물도 성경으로 대신했다. 그것을 이해해 준 아내가 고맙기 그지없다.

아이들의 오케스트라

유달산 기슭, 공생원이 있는 대반동은 바닷가라 그런지 유독 찬 바람이 많이 분다. 윤치호 설립자가 유달산을 자전거로 세 바퀴 돌고 터를 잡았다는 대반동. 풍수지리상으로 보면 좌청룡 우백호 형국이다. 뒤쪽은 유달산, 앞에는 다도해, 용 한 마리가 드러누워 있는 고하도는 앞마당의 병풍처럼 아름답다.

하지만 산 좋고 물 좋아 터를 잡은 것이 아니다. 자갈과 돌밖에 없었던 곳으로 원래는 전깃불도 없이 지내던 가난한 사람들이 모여 사는 마을이었다. 세월이 지나 지금은 호텔이 들어서고 별장 후보지가 되었으니 세상이 이렇게 변할 줄 누가 알았으랴.

공생원의 일 년은 보통의 시간보다 더 빠르게 느껴진다. 365일에서 하루가 빠진 것도 아닐 텐데, 가난한 사람들의 먹는 시간은 유독 더 빨리 찾아오는 것만 같다.

아이들은 여름방학이 끝나면 일 년에 한 번 있는 성탄절을 기다린다. 선물을 받게 해달라고 기도를 하는 모습은 사랑스럽다 못해 눈물 겹기까지 하다. 이 아이들이 중·고등학생이 되면 진짜 엄마를 만나게 해 달라고 기도한다. 6년 동안 하루도 빠짐없이 기도하는 모습은 모든 이들의 마음에 감동을 심어주었다.

공생원의 크리스마스는 실로 대단했다. 오케스트라 연주, 합창, 연극, 기악, 성악, 무용 등. 모든 예술이 등장하여 솜씨를 뽐내는 기쁨의 크리스마스였다. 아이들끼리 기획하고 연출하며 준비했던, 지금으로 말하면 일종의 큰 문화행사였다.

어느 해였던가, 원생들이 오케스트라를 연주하는데 비올라는 빨래통이 대신했으며 바이올린 화살은 연탄집게가 등장했다. 생활 용구가 죄다 악기로 둔갑한 것이다. 어려운 환경에서도 슬기로운 아이들의 모습에서 오늘날 한국의 음악가들이 세계에 명성을 날리는 이유를 알 것 같다.

정월 초하루가 되면 공생원에는 남몰래 기도하고 눈물 흘리는 모습이 많이 보인다. 외로움을 타는 아이들, 세배하는 아이들, 부모에게 못 가서 우울해하는 보모들을 포함, 성장해서 공생원을 떠났던 아이들도 돌아오는 날이기도 하다.

세뱃돈을 받고 뛰어다니는 아이들까지 정월 초하루는 이래저래 정신이 없는 날이다. 더군다나 이때쯤이면 졸업과 입학 시즌이어서 사회로 나가는 아이들, 기술을 배우러 훈련원에 가는 아이들 등등이 범벅이 되어 한바탕 소동이 벌어지는 때이기도 하다.

상급 학교에 진학하고도 등록금이 없어 막연하게 공부하는 아이들, 학교에 합격하고도 차마 말을 못 하는 아이들, 길바닥에 버려져 죽을 수밖에 없는 생명이었는데 키워준 감사에 눈물을 보이는 아이들, 공생원을 통해 하나님의 사랑을 깨달았다는 할렐루야 하는 아이들, 부족한 것이 너무 많아 불만이 쌓일 수밖에 없는 생활인데 감사의 노래를 부르는 선한 아이들 등, 공생원의 생활은 희로애락이 계속되는 인간사의 축소판이다.

항상 정신없이 바쁜 생활을 하다 보니 모든 것을 준비해야 하는 나는 1년이 3개월로 느껴질 때가 많았다. 하지만 나는 그들의 진실한 마음에서 더 많은 것을 배웠다. 우리가 아무리 헌신하여 봉사한다고 하지만, 가슴속에 한가득 품고 있는 저들의 꿈들을 어떻게 다 만져줄 것인가. 한 보모가 몇십 명을 돌보기에는 너무나 역부족이었다. 연애니, 여행이니 다 포기하고 애들의 엄마 노릇을 하고 있는데, 아이들은 오히려 보모들을 골탕을 먹인다.

새 것이 없는 공생원.

남는 것이 없는 공생원.

부모가 없는 공생원.

하지만 공생원에는 사랑의 나무들이 가득하다. 특히 감사의 나무들이. 그래서 내 마음은 찬바람 속에서도 더욱더 따뜻하다.

봉선화 피는 언덕

1978년 여름, 동경보영테레비주식회사(東京宝映テレビ株式会社) 일행들이 목포를 방문했다. 그들은 극단 후지 창단 20주년을 맞아 한·일 연극 교류계획을 가지고 있었는데, 한·일 모두와 연관성을 가진 목포 공생원이 테마가 되었다.

"윤기 원장님은 행복하시군요. 파도 소리, 바람 소리, 아이들 노랫소리 속에서 살고 있으니까요."

가야마 사장이 나를 보고 부러운 듯 말했다. 나에게는 매일 보는 파도의 표정이 그리 대수롭지 않았으나, 외부인들은 파도가 일렁이는 바다가 이채롭게 보이는 모양이다.

"밤이 되면 파도 소리밖에 안 들려요. 하지만 통통통 지나가는 발동선 소리는 내 친구이고 파도 소리는 자장가랍니다. 어렸을 때는 어부가 부러웠기도 했었어요."

내가 대답했다. 아이들은 손톱에 봉숭아 물을 들이고 있었다. 작가

나오이 긴야씨는 내게 물었다.

"윤 원장님. 아이들이 지금 뭘 하고 있지요?"

"봉선화꽃을 따와서 그것을 손톱에 물들이고 있습니다. 자연 속에서 지혜를 발견하고 있는 거지요. 나중에 보면 빨갛게 물이 들어 있어요. 일종의 매니큐어예요."

내 말에 나오이 씨는 놀라는 표정을 지었다.

"한국의 아이들은 참 창조적이네요. 놀랍습니다."

"봉선화는 한국인들에게 특별한 의미가 있습니다."

"무슨 뜻인가요?"

"일제강점기에는 부르지 못하게 한 노래입니다."

나는 여기에 설명을 덧붙였다.

"그런 사실이 있었군요. 원장님의 이야기 속에서 연극의 제목을 발견했습니다. '봉선화 피는 언덕'이 좋겠습니다. 한국인의 가슴에 전하는 메시지가 될 것 같군요."

"정말 좋은 제목입니다. 연극으로 표현하기 위해서는 세트가 문제인데, 이 아름다운 모습을 도쿄의 관객들에게 어떻게 전달할 수 있을까요. 영화라면 '사운드 오브 뮤직'처럼 할 수 있을 텐데 말입니다."

시나리오 헌팅을 위해 온 두 사람은 아이들 생활 속에서 다이아몬드를 발견한 것처럼 좋아했다. 나는 나오이 작가의 순발력과 예술성에 기대가 컸다. 두 분은 한국을 대표하는 배우로 백성희씨와 정욱씨를 교섭했다. 공생원의 이야기가 계기가 되어 한·일 간의 연극 교류가 시작된다고 하니 가슴이 뭉클해졌다.

한국의 최남단에 있는 바닷가 갯마을의 이야기가 도쿄의 무대에 펼쳐졌을 때 있을 반응이 궁금해졌다. 이 기회에 사람들이 복지에 대한 관심도 커졌으면 좋겠다고 생각했다.

무대가 꾸며진 도쿄의 소오보 회관은 일본 정치의 중심지라고 말할 수 있는 위치에 자리하고 있었다. 연극이 개막되던 날 당대의 유명인사를 포함하여 900석의 좌석이 초만원을 이루었다.

주연을 맡았던 배우 백성희씨와 정욱씨는 한·일 양국의 매스컴에 크게 소개되었다. 인터뷰에서 백성희씨는 이렇게 말했다.

"일본의 식민통치가 막바지에 이르렀던 1940년 초, 우리는 일본 정부로부터 일본어 연극을 하라는 강력한 요구를 받았어요. 그때 억지 연극을 했던 저는 그 일이 아직도 큰 상처로 남아 있습니다. 그런데 이제는 당당한 주권국가의 국민으로 일본의 초청을 받아 연극을 하게 되었으니 참으로 격세지감을 느낍니다."

정욱씨 역시 같은 느낌을 털어놓았다.

"이제는 당당하게 문화교류의 한 축을 담당하게 되었어요. 모멸 속에서 일본어를 사용해야 했던 옛날이야기가 아니라, 일본의 연극 무대에서 한국인으로서 한국의 이야기를 하는 것이니까요."

두 사람은 한국의 연기자로서 부끄럽지 않게 일본 무대에 서게 된 것이다. 백성희씨는 의상 때문에 아쉬웠던 점을 덧붙여 이야기했다.

"무엇보다 의상이 아쉬웠어요. 의상고증을 받았는데도, 저고리의 소매 선이 직선이고, 옷고름은 매는 게 아니라 그냥 붙여 놓아서 뒤집어 쓰게 만들어 놓았더라고요. 주인공의 의상을 너무 초라하게 만든 것도 문제였어요. 그렇지만 가장 감격스러운 장면은 무대 위에서 전 출연진이 봉선화를 합창하는 순간이었어요."

그 말에 곁에 있던 정욱씨가 한 마디 덧붙였다.

"그 장면에서는 무대 위의 우리도 울었지만, 객석에서도 노래를 따라 부르며 울었어요."

나도 모르게 코끝이 젖어 들었다. 어머니가 살아서 이 광경을 보셨더라면 얼마나 좋았을까. 객석을 메운 사람들은 한 여인의 숭고한 희생에 박수로써 경의를 표했다.

다음날, 조선일보 도쿄 특파원은 '일본 하늘에 울려 퍼진 봉선화'라고 소개했다.

바보인생

내 지나온 삶을 되돌아보니 대부분의 시간을 꿈을 꾸며 살아온 것 같다. 더욱 나은 삶을 위해 끊임없이 꿈을 꾸고 실천을 해왔으니. 꿈만을 생각하는 삶이 된 것이다.

나는 새벽기도회에 가지 않는다. 사람들 앞에서 기도하지 않는다. 직원들이나 아이들 앞에서도 사양해왔다. 무엇인가 해달라는 기도도 하지 않는다. 대신 내 습관 중의 하나는 샤워하면서 감사 기도를 드리는 거다.

"하나님 아버지! 이 아침을 주셔서 감사합니다. 어머니는 방 한 칸을 허락해 달라고 기도하셨는데, 저는 잠잘 곳을 걱정하지 않고 지냅니다. 좋은 생각과 함께 좋은 꿈을 꿀 수 있게 해 주셔서 감사합니다. 한낱 꿈으로 끝나지 않고 실천할 수 있는 열정과 건강을 주셔서 감사합니다. 일과 함께 좋은 사람들을 만나게 해 주셔서 감사합니다. 그들을 만나는 사이 용기와 지혜, 그리고 신념을 주셔서 감사합니다. 오늘도 여러 사람을 만나 꿈 이야기를 할 것입니다. 당신께서 합당하고 필요한 일이라고 인정되시면 저에게 힘을 실어 주십시오. 당신께서 원하시는 일이 아니라면 거절하셔도 좋습니다. 제가 하는 일이 나의 이웃에게 기쁨과 희망이 되도록 노력하겠습니다. 예수그리스도 이름으로 기도드립니다. 아멘."

기도가 끝나면 몸도 마음도 더할 나위 없이 상쾌해진다. 기도로 하나님의 은혜를 입었으니, 어떤 사람을 만나도 두려움 없이 대화를 할 수 있다.

오사카의 한 한국인 모임에서의 일이었다. 내 옆에 앉아있던 점잖은 사람이 나에게 말을 걸어왔다.

"당신은 일본 사람인데 한국 사람 행세를 하니 손해를 보고 있어요. 일본 사람 행세를 하면 많은 이득을 볼 수 있을 텐데요."

나는 의아한 표정으로 그 사람에게 물었다.

"이득을 보다니요?"

"일본 사람 행세를 하면 교포들로부터 존경을 받을 수 있을 거요."

나는 이해가 되지 않았다.

"교포들로부터 존경을 받을 수 있다니요?"

나는 다시 물었다.

"일본 사람이 한국말을 잘한다고 칭찬할 것이고, 일본 사람이 한국 노인을 돌본다고 모두 고맙게 여길 것이오. 그런데 윤기라고 한국 사람 행세를 하니까 손해를 보게 되는 것 아니겠소."

나는 그제야 그이 말을 이해할 수 있었다. 이제 보니 그는 나를 진심으로 생각해서 해주는 말이었다. 그 사람 말대로라면 난 참 바보 인생을 사는 것이다.

아내까지도 나에게 말한다.

"당신은 일본 사람이에요. 당신이 한국 사람이라 생각하는 것은 착각이고 억지에요. 저는 원래 후쿠다라는 이름이었는데 다우치라는 이름을 가진 당신과 결혼해서 다우치 후미에가 되었잖아요."

아내 말이 맞다. 그런데 나는 아직도 한국 사람이라고 생각하고 있으니 얼마나 바보인가. 법적으로는 일본 사람이지만 내 핏줄이 한국계이니 한국 사람이라고 생각해 온 것이다.

"그러니까 당신은 한국계 일본인이에요. 한국계 일본 사람이라니까요."

아내는 내 정체성을 찾아 주기 위해 설명하고 또 설명했다. 모두 맞는 이야기인데 문제는 내 마음이다. 내 마음은 아직도 일본인이라는 사실을 받아들이지 않고 있다. 무엇이 이토록 내가 한국인이라고 생각하게 했을까.

그것은 교육이었다. 초등학교에서 고등학교까지의 교육이 나를 한국인으로 만든 것이다. 초등학교 교가에 '그림 같은 우리 고장'이라는 소절이 있었는데, 그 가사를 부르면 고향이 떠올라 눈시울이 뜨겁게 젖어 든다. 중학교 교가는 나를 완전한 한국 사람으로 만들어 준다.

백두산 뻗친 줄기 유달에 맺고
태평양 넘친 파도 남해에 고여
드높다 하늘도 뻔하다 우리 집

희망차구나 목포중학교
5천년 넋을 받은 겨레의 아들
손잡고 모여들어 한마음 맺어
높고 큰 이상에 쌓아라 높은 덕
길이 빛내자 목포중학교

목포 중학교의 교가이다. 남들은 어떻게 중학교 교가를 다 외우고 있냐며 놀라지만 나는 언제나 이 노래를 부르면 가슴이 뜨거워진다. 친구들을 생각하면서 나는 오늘도 일본 땅에서 목포 중학교 교가를 부르고 있다.

내가 한국인으로 사는 건 애국자가 되고자 하는 것도 아니요. 정치인이 되고자 하는 것도 아니다. 내게는 어린 시절을 보듬고 키워 준 자연이 있는 고향이 한국이기에 한국인이라 믿고 살아온 것이다.

바보 같은 생각은 또 있다. 사회사업을 하는 사람이라고 자기의 개인재산을 가져서는 안 된다는 법은 없다. 사회사업 역시 전문직으로서 봉급을 받을 수 있다. 사업수완을 발휘하여 얼마든지 재산을 모을 수 있다. 왜 그런 생각을 했을까. 나는 죽을 때까지 내 명의로 된 재산을 소유하지 않겠다고 작심했다. 아내와 딸에게도 무소유의 결심을 선언했다. 오직 일본의 복지시설을 보면서 공생원을 저렇게 만들어야겠다는 생각만 하고 달려왔다.

공생원의 일부 부지는 원래 광주의 내로라하는 최 부자의 땅이었다. 공생원은 최 부자의 양해 아래 오랫동안 그 땅을 무상으로 사용해오고 있었다. 무상임대를 오래 한 경우 법적 권리가 형성되어 공생원에도 권리가 있다고 했다. 지금 사용하고 있는 공생원 대지 가운데 2,000여 평이 최 부자 땅이었다. 1934년 아버지 윤치호가 승낙을 받아 유달산 밑으로 공생원을 이전하면서 지금까지 사용해 왔다.

아버지의 행방불명 이후, 어머니가 사용료를 내려고 하면 어려운 전쟁 중에 고아들을 키우는데 도와드리지 못해 미안하다며 돈을 돌려주었다고 한다. 혼란과 가난이 극에 달했던 시절에도 아버지에게 도움을 주신 분이 바로 최 부자였으며, 어머니에게도 늘 격려와 감동을 주셨다고 한다. 최 부자가 계셨기에 이 아름다운 공생원에서 아이들을 키울 수가 있었다. 그분이 돌아가시면서 자신의 소유재산을 학교법인 설립에 모두 기부하셨다.

나는 지난 30여 년 동안 무료로 사용하게 한 것만도 감사했고, 공생원에서 사용하고 있는 땅이 최 부자의 땅이라는 사실을 증명해 드렸다. 문제는 그 때문에 견디어야 할 것은 고통과 비난이었다. 나의 처사에 직원들 매우 불만스러워했다. 원장이 바보라서 아이들과 함께 공생원에서 쫓겨나게 되었다고 직원들은 걱정이었다. 이렇게 된 결과에 대해서 원장이 책임져야 하며 재판을 해서라도 땅을 찾아야 한다고 했다. 소문을 전해 들은 공생원 출신 변호사는 자신이 돕겠다고 나서기도 했다. 나는 그들의 압력에 꺾이고 말았다. 끝까지 내 생각대로 밀고 나갔어야 했는데 그러지 못한 것은 더 바보 같은 일이었다. 내가 공생원 부지가 최부자 땅이라는 사실 증명을 해주었으니, 아무리 유능한 변호사라도 결과는 패소였다.

그 후 나는 매년 땅의 임대료를 학교법인에 지급하게 되었다. 그 금액이 연간 1,000만 원 대였다. 매년 사용료로 1,000만 원을 지불해야 하는 일은 법인 이사회에서도 문제가 되었다. 그럴 바에는 차라리 땅을 매입해야 한다는 주장이 나왔고, 그때마다 내가 사실 증명을 해주었다고 보고해야만 했다.

오랜 기간 사용해 온 땅에 대해서 연고권을 주장할 수 있는 그 법이 좋은 법이라고는 볼 수 없었다. 오랜 기간 사용해온 땅에 대한 법적 보호 장치가 있다 하더라도, 남의 땅은 남의 땅이다. 돈을 지불하게 된 것에 대한 질책은 참을 수가 있었다. 하지만 바보 원장 때문에 고아들이 쫓겨나게 되었다는 비난이 쏟아질 때는 나도 어쩔 수 없이 걱정되었다. 더군다나 만약 공생원이 이전하게 되면 그동안 부모님께서 일궈온 역사를 보전하지 못하게 된다는 죄책감에 몹시 힘들었다. 성장해 나간 아이들이 집을 찾아왔을 때, 집이 없다면 얼마나 서운할 것이다. 수많은 사람의 관심과 애정이 모였던 곳을 지키지 못했다고 생각하니 아차 싶었다. 그 후에도 땅값은 계속 오르고 땅 주인은 팔려는 의사가 없었다. 내게는 괴로운 세월이었다.

2008년 봄이었다. 공생원 정애라 원장의 전화가 걸려왔다. 학교 법인이 땅을 팔겠으니 사겠느냐는 의사를 타진해 왔다고 했다. 마침 그해는 공생원의 창립 80주년을 맞는 해였다. 나는 생각하고 말고 할 겨를이 없었다. 오히려 바라던 일이었다. 하지만 공생원에는 그 땅을 살 만한 돈이 없었다. 마침 공생원 출신 사업가가 토지구매 계약비로 5,000만 원을 기부해 주었다고 정원장의 연락이 왔다. 나는 또 움직이는 청구서 역할을 했다. 그제야 나는 어머니 아버지께 얼굴을 들 수 있게 되었다. 그 땅을 구입하고 난 뒤의 그 벅차던 느낌을 지금도 잊을 수가 없다.

'고마운 사람들이다이.'

어디선가 어머니의 음성이 들려오는 듯했다. 바보 원장 때문에 공
생원 좋은 터를 잃을 뻔하고 지금의 아이들은 집에서 쫓겨날 뻔했으
니 난 참 바보가 아닌가. 하지만 다시 생각해도 남의 땅이라는 내 생각
에는 변함이 없다. 끝내 나는 바보고, 그런 바보가 좋다. 앞으로도 나는
바보로 살아갈 것이다.

정거장

내가 '서울소년소녀직업훈련원'을 운영하게 되면서 서울에서 생활할 때다. 그 당시 공생원 출신 아이들은 시도 때도 없이 집을 찾아왔다. 이런저런 연유로 아이들은 수시로 내 집의 문을 두드렸다. 그들에게 나는 심정적 보호자였고 가족이었으니까 당연한 일이었다. 아이들은 나에게 기쁨이었고, 나는 아이들의 희망이었다. 그런 탓에 나는 언제부턴가 귀가하면서 아내에게 물어보는 습관이 생겼다.

"오늘은 아무도 없어요?"

"나하고 딸 녹이는 사람이 아니에요? 나도 있고 딸도 있잖아요."

나는 미안한 마음에 겸연쩍은 웃음을 지었다. 아내와 딸이 있는 것은 당연한 일이라고 여겼으니, 아내는 이럴 때마다 얼마나 서운했을까. 실제 나는 손님이 있으면 행복했고 없다고 하면 뭔가 서운했다. 이 일로 나는 아이들에게 혹여 서운하게 대한 건 아닌지 자신을 돌아보게 됐다.

나는 평범한 가정을 꾸려나가는 사람이 아니었다. 아내는 나와 결혼을 하면서 졸지에 320명이라는 가족을 책임져야 했기에, 심적으로 큰 부담이 있었을 것이다. 국제결혼이라는 사실 하나만으로도 장벽을 느꼈을 텐데, 불평 한마디 없이 잘 참아주고 적응해 준 것에 대해 항상 미안하고 고맙다. 아내는 온순하고 따뜻하며 상냥하다. 난 그 넉넉함에 반하고 만 것이다. "힘든 일은 내가 다 할게요. 외롭게 살았으니 따뜻한 가정을 만들어 줘요."라고 부탁하며 무슨 일이 있더라도 가족을 슬프게 안 할 것이며 든든하게 가정을 지키겠다고 약속했다.

그런데 그 약속은 제대로 지키지 못했다. 우리 생활은 늘 쪼들렸기 때문이다. 수많은 아이들과 생활을 하려면 우선 비용이 많이 들었다. 먹는 것, 입는 것, 교육 등, 움직이면 돈이 필요했는데, 싫다, 못한다, 짜증 난다, 한마디 하지 않고 그 모든 것을 참아내 주었다.

그때는 공생원의 빚을 청산하기만 하면 곧 행복해질 것만 같았다. 비가 새는 낡은 건물을 헐고 재건축을 할 수 있다면 아무 걱정이 없을 것만 같았고, 적령기가 되어 나간 아이들이 직업을 찾아 자립한다면 행복할 것 같았다. 나는 그렇게 가정보다는 공생원과 아이들 걱정으로 한시도 편한 날이 없었다. 가정은 아내가 잘 챙기고 있었으므로, 공생원 일에 더 마음을 쏟을 수 있었다. 그런 나의 빈자리를 아내는 말없이 지켜보고 있었다.

아이들이 성장하여 공생원을 나가면 당장 할 일도 없을뿐더러, 그들을 바라보는 시선 또한 차가워서 직장을 구하기도 힘이 들었다. 그들을 위해 훈련원을 개척하여 직업이 생겼지만, 또 외로움과 싸워야 했다. 아침 일찍 일터로 나가 저녁 늦게 돌아와 지친 몸이 되니 그들의 건강은 말이 아니었다. 건강이 나빠져 폐병 3기가 된 경우도 있었으니 나는 그들 걱정으로 편하지 않았다.

결혼 문제, 식장에 참석해 줄 대리 부모 문제, 그리고 주례를 구하는 문제까지 자신들의 처지를 한탄하면서 도움을 구해왔다.

"원장님, 바쁘시겠지만 하는 수 없어요. 어디 가서 하소연할 데도 없고, 도움을 청할 데도 없어요. 그러니 원장님께서 결혼 때까지는 좀 도와주셨으면 해요. 너무 모르는 것이 많아서 죽고 싶어요."

아이들은 대부분 결혼생활에 자신 없어 했다. 그도 그럴 것이 북적거리는 공생원이 가정의 풍경이었으니, 결혼생활은 어떻게 꾸려가야 할 지 모르는 게 당연했다. 부부싸움을 본 적이 없다. 물가는 오르는데 남편이 가져오는 봉급이 적다고 투정하는 모습도 못 봤다. 피곤해도 직장에 나가는 아버지의 모습도 못 보고 자랐다. 공생원에서는 '착해야 한다. 예수 믿어야 한다.' 라고 했을 뿐, 실제 생활은 보여줄 수 없었다. 그래서 직장을 가져도 돈을 어떻게 쓸 줄도 몰랐다.

그래서 생각한 것이 아이들이 살고 그 옆에 생활 상담원이 사는 자립의 집을 생각하게 되었다. 한 칸은 선생님이, 한 칸은 아이가 그러나 그 일도 집 구하기가 힘들고 선생님 구하기도 힘들어 계속하기는 어려웠다.

나는 어떻게 하면 아이들이 사회에 잘 적응을 하고, 자신을 잘 관리할 수 있을까 하고 고민을 했다. 고민에 고민을 더한 끝에 나는 서울에 집을 마련했다. 그곳에서 아이들에게 생활의 지혜를 가르치고, 자립심을 길러 독립해 나가도록 준비를 한 것이다. 두 칸을 얻어 한 칸은 직원을 살게 하고, 한 칸은 그들 스스로 생활을 하게 하여 간접지도를 하게 했다. 이런 모습을 지켜본 주위의 친구들은 나에게 충고를 했다.

"너 자신도 생각해라. 공생원을 잘 지키면 됐지 무엇 때문에 서울까지 올라와 이 고생을 하느냐. 지금쯤이면 목포에서 편하게 살 텐데, 또 자립의 집은 뭐냐."

친구들의 반대는 집요하고도 끈질겼다.

"너는 일본을 이웃집 다니듯 하면서 그 흔한 합작회사 하나도 못 만드냐. 복지만 생각하다가 노인이 되면 양로원 신세만 진다. 항상 젊은 것이 아니니 너도 기틀을 잡아라."

모두가 나를 생각해주는 말이었으나, 내 관심은 오로지 복지시설뿐이었다. 그 많은 복지시설을 만들면서 나는 왜 빌딩을 지을 생각을 안 했을까? 외출하고 돌아온 나에게는 아이들이 집을 방문했다는 것이 반가운 일이었다. 목포의 내가 있던 집은 그렇게 아이들의 사랑방이었고, 아이들의 소식을 들을 수 있는 우체통이었고 잠시 들렀다 가는 정거장이었다.

하지만 나는 그 모든 것이 아내가 있었기에 가능했다는 사실을 안다. 언젠가는 아내에게 약속을 지킬 때가 오리라고 나는 믿는다. 해도 해도 끝없는 것이 복지사업인데, 언제나 그 약속을 지킬 수 있을까. 나는 아내가 늘 고맙고 미안하다.

노래 선물

1978년 1월에 윤석중 선생님을 뵈러 새싹회 사무실에 들렀다.

"소식 듣고 왔어요. 무슨 일인가요?"

나는 선생님께 인사를 드리고 나를 부른 이유를 물었다.

"윤기 원장에게 새싹회에서 소파상을 드리기로 했네. 그 소식을 알려주려 했지."

소파상이라니. 나는 깜짝 놀랐다.

"전 상 받으면 안 돼요. 자격이 없어요. 공생원 일에서 도망갈 생각만 하고 있는데, 상을 주신다니요."

나는 손사래까지 치며 사양했다.

"그거 잘됐군. 새싹회가 주는 상을 받으면 못 도망가지. 요즘 2세들은 부모님이 남긴 사업을 말아 먹는 사람이 많은데 윤기 원장은 부모님 사업을 일으키고 있지 않은가?"

"그건 제가 해야 할 일이어서 하는 거예요. 어머니 아버지의 꿈이기도 했고요."

"그러니 대견하다는 거지. 아직 젊으니 고아 사업 말고 다른 일도 해보고 싶었을 텐데 부모님의 유지를 이어받아 한결같이 한길만 가는 사람이 요즘 세상에 어디 흔한가? 그러니 당연히 상을 받을 자격이 있지."

"그래도 저는 제가 하고 싶어서 하는 일인데 상까지 받는다는 것은 미안한 일이지요. 제가 아니면 다른 사람이 받을 텐데……"

"윤 원장! 소파상은 아무나 받는 상이 아니야. 나는 알고 있어. 윤 원장의 소년·소녀 직업 훈련원을 만들어 청소년들에게 꿈과 희망을 심어 주고 있다는 것을. 그러니 상을 받을만해."

나는 그분의 마음을 상하게 할까 봐 더 거절하지 못했다. 윤석중 선생님은 동요 작가로 평생을 사신 분이다. 스스로 '노래 나그네'라 하실 정도로 많은 노래를 지으셨다. 선생님이 작곡한 곡만도 2,000곡이 넘는다고 하셨으니 참으로 대단한 일이다. 웬만한 동요는 윤석중 선생님 곡이다.

그 뒤로 나는 또 선생님을 뵈러 새싹회 사무실에 들렀다. 설날에 갈 곳이 없는 청소년들이 부를 설날 노래가 필요했다. 선생님은 단박에 내 의중을 읽으셨다.

"거지 대장 아들이 찾아왔는데 작곡료로 삼성이나 대우처럼 줄 돈은 없을 것이고 얼마짜리로 지어줄까."

"지금 제 수중에 5만 원 있습니다."

선생님이 웃으며 물었고, 나도 웃으며 대답을 했다. 대한민국에서 제일 비싼 작가를 찾아가면서 5만 원밖에 없었으니 지금 생각해보면 얼굴이 붉어진다.

"5만 원? 그냥 공짜로 지어달라는 거군. 윤 원장 배짱 한 번 좋다. 그래. 돈이 문제가 아니지. 자네 복이 있으면 좋은 노래가 나올 거네."

선생님은 작곡료가 적다며 타박하지 않고 오히려 격려까지 해주셨다. 나는 복이 많은 사람이었다. 선생님이 지어주신 설날 노래는 정말로 최고의 작품이었다.

낯이 설어 설인가
서러워서 설인가
우리에겐 설날이다
일어서는 날이다
정월에도 초하루

첫 닭이 울면
어둠은 물러가고
새 해 새 아침

묵은 해 근심 걱정
훌훌 털어 버리고
역경 딛고 굳세게
일어서는 날이다
설 쇠려고 한 집에

모인 우리들
하룻밤에 만리성
쌓은 형제들

너무나 좋은 노래였다. 나는 신이 났다. '낯이 설어 설인가 서러워서
설인가 우리에겐 설날이다 일어서는 날이다.' 기가 막힌 가사이다. 설
날에 갈데없는 아이들에게 딱 맞는 노래였다.

60년대 보릿고개를 넘어 70년대에서 80년대로 들어설 때만 해도 우
리는 잘살지 못했다. 그때 다들 가난에서 벗어나려고 애를 썼었다. 나
역시 원생들에게 훈련원의 원훈을 잊지 말라고 당부했다.

"위대한 사람, 위대한 국가는 모두 의지라는 무형의 재산을 가지고
성공했습니다. 가난이란 놈은 강해 보이지만 의지 앞에서는 약한 법입
니다. 조상으로부터 물려받은 가난을 다섯 손가락에 익힌 기술로 여러
분 대에서는 물리치고 잘사는 나라, 복된 삶을 누립시다."

평소에 내가 아이들에게 주문했던 말이다. 당시에는 버스 차장이나
넝마주이들이 있었는데 그들은 설날이 되어도 고향에 가지 못했다. 고
향에 가지 못한 아이들은 그들뿐만 아니었다. 시설에서 자란 아이들은
형제도 없고 부모도 없으니 가고 싶어도 갈 곳이 없었다. 그러니 명절
이 되면 그 아이들은 더 외롭고 더 우울해했다. 시설 출신 아이들만이
아니라 명절 분위기로 세상이 들썩일 때 혼자 지내야 하는 외로운 처
지의 청소년들이 의외로 많았다

나는 그들을 초대해 설을 같이 지내는 계획을 세웠다. 장소는 서울
종합직업훈련원으로 잡았다. 마침 훈련원생들이 겨울방학을 맞아 집

에 가 있는 터라 기숙사를 사용할 수 있었다. 설날 함께 모여 지낼 그 기숙사의 이름을 나는 '정월 초하루의 집'이라 정했다. 나는 내 계획을 직원들에게 이야기하고 의견을 물었다. 직원들은 난색을 보였다.

"원장님의 마음은 이해하지만, 사회복지사도 가족이 있습니다. 어떻게 해야 할까요?"

맞는 말이었다. 외로운 처지의 아이들을 돕기 위해 그들의 가족과의 단란한 시간을 희생하라고 요구할 수 없었다. 나는 대신 공생원 출신 가족들에게 의논했다. 그들은 기뻐하며 섣달그믐날 암사동 훈련원으로 와 주었다. 12월 31일 오후 5시가 되자 고향에 가고 싶어도 가지 못하는 청소년 200여 명이 모여들기 시작했다.

오는 사람대로 간단하게 등록을 하고 자연스럽게 '정월 초하루의 집'에서 제공한 맥주나 커피를 마시며 정담을 나누었다. 같은 처지들이라 처음 만나는 사이임에도 금방 친해지며 서로를 위로했다. 단체생활에 익숙한 공생 가족들의 서비스도 한몫했다. 이날 가수 협회가 후원했는데, 저녁 식사가 끝나고 이어진 가수들의 노래는 사람들의 기분을 최고조로 끌어올렸다. 우리는 제야의 종소리를 들으며 지난해를 반성하고 새해를 맞이하는 기도를 드렸다.

다음 날, 1980년 1월 1일 서울의 강동구 암사동 훈련원 운동장에는 하얀 눈이 소복이 쌓여있었다. 서설이었다. 다들 그 눈에 탄성을 지르며 기뻐했다. 우리는 손에 손을 잡고 윤석중 선생이 만들어준 설날 노래를 부르며 다음 해를 기약했다. 참으로 행복한 설날이었다. 하지만 아쉽게도 그 애틋하고 행복했던 일을 계속 이어가지 못했다. 내가 일본으로 가게 되면서 '정월 초하루의 집'을 열지 못했다.

나는 지금도 정월 초하루의 노래를 부른다. '정월 초하루의 집'은 내 사회 복지 생애에 최고의 감동이었다. 그때 '정월 초하루 집'에 모였던 파릇파릇한 젊은이들은 지금 5~60대가 되었다. 그들은 설날이 되면 어떻게 지내고 있을까. 복지란 상대방에게 감동을 주는 것이다. 나는 다시 '정월 초하루의 집'을 열고 싶다. 그래서 또 한 번 외로운 처지인 사람들과 온기를 나누고 싶다.

우리에게 좋은 노래를 지어주신 윤석중 선생이 살아계셨으면 이번에는 '유엔 세계 고아의 날' 노래를 만들어달라고 부탁드렸을 텐데 아쉽기만 하다. 지구촌 어린이들이 어둠에서 해방되어 희망의 새날을 맞을 수 있는 노래를 부탁하고 싶은 맘이 간절하다. 아마도 윤석중 선생은 내 부탁에 이렇게 답하셨을 것 같다.

"자네 마음이 간절하면 좋은 노래를 만날 수 있으니 용기를 가지게."

4장

그 날이 오면

도쿄행

1982년 봄. 우리 세 식구는 도쿄로 이사했다. 도착했을 때의 도쿄 나리타 공항은 사람들로 매우 붐볐고, 이삿짐이 제법 많았는데도 세관 원은 몇 마디 묻지도 않은 채 우리를 통과 시켜 주었다. 가족의 입성을 환영해준 셈이다. 치요다구千代田区는 도쿄 사람들이 흔히 말하는 1번지 로, 누구나 다 살고 싶은 지역 1순위라는 의미이다. 분쿄구文京区는 그곳 바로 옆에 있다. 분쿄구의 니시가타마치西片町. 그곳에 마침 방 둘에 부 엌이 딸린 조촐한 맨션이 있었는데, 세 식구가 살기에 적합했다. 올림 픽맨션 907호. 우리는 그곳에 입주하기로 했다.

창밖으로 신주쿠의 고층 건물들과 후지산의 산봉우리가 선명하게 보이는 전망 좋은 우리 집이다. 도쿄에 온 것을 실감할 수 있었다. 나는 전망이 좋은 집에 살게 된 것을 운 좋게 생각했고 올림픽이란 맨션 이 름도 마음에 들었다. 나는 항상 달리는 인생이라고 생각했는데 맨션에 서 살게 되다니, 이 집에 사는 동안 나는 또 얼마나 일본 열도를 달리게 될까. 생각만으로도 웃음이 나왔다.

나이 40이 되어 시작한 타향살이였다. 그것도 친구 하나 없는 일본 땅에서 말이다. 맨션 왼쪽으로 도쿄의 명물 고라쿠엔後楽園 야구장이 보였다. 젊은 남녀들이 야구장 안으로 들어가기 위해 길게 줄을 서 있는 모습이 보였다. 그 젊음이 부럽기도 했고, 자유가 싱그럽기도 했다. 나는 아내가 식사 준비를 하는 동안 10살 된 딸 녹이(미도리)와 동네 산책을 나왔다.

이때처럼 내 마음이 또 평화로운 순간도 없다. 나는 딸하고 나왔지만, 강아지를 데리고 산책하는 사람들이 많았다. 사람보다 동물을 더 사랑하고 있는 것처럼 보였다. 나는 동물을 사랑하는 것만큼 고아들도 사랑하면 얼마나 좋을까 생각했다.

걸어서 300미터쯤 가니 큰길이 나왔다. 도로 맞은편으로는 아카몽赤門이 보였다. 도쿄대학의 정문이 빨간색이어서 아카몽이다. 그 아카몽이 이상했던지 녹이가 내게 물었다.

"왜 대문이 빨간색이야?"

나는 그 이유를 정확하게 알지 못해 딸아이의 궁금증을 풀어줄 수 없었다.

"아빠도 몰라. 이제부터 아빠랑 같이 일본어도 배우고 도쿄도 배우자."

"아빠도 공부해?"

이번에는 내가 공부한다는 말이 이상하게 들렸던 모양이다.

"학교 공부가 아니라 일본도 공부하고, 일본 사람도 공부한다는 거야."

내 말이 어려웠는지 딸은 계속해서 궁금한 표정을 지으며 또 물었다

"어떻게 일본 사람을 공부할 수 있어?"

나는 어린 딸아이에게 어떻게 이야기해야 이해할 수 있을까. 잠시 궁리를 하다가 대답했다.

"한국 사람은 한국 사람의 생활습관이 있지. 마찬가지로 일본 사람도 일본 사람의 습관이 있을 것 아니니? 그 습관을 공부한다는 거야."

"엄마는?"

"엄마는 일본 사람이니까 아빠보다 일본에 대해 더 많이 알고 있겠지. 그러니 일본에서는 엄마가 녹이와 아빠의 선생님이란다."

"엄마가 아빠 선생님이라니까 재밌다. 한국에 있을 때는 뭐든지 엄마가 아빠랑 나한테 물었잖아. 그런데 정말 엄마가 선생님을 할 수 있을까?"

이번에는 아이의 표정이 의구심으로 변했다.

"그럼. 엄마도 많이 알고 있으니까 선생님을 할 수 있지. 그러니까 이제부터 우리 모르는 것은 엄마한테 물어보기로 하자. 안 물어보면 엄마는 우리가 알고 있는 것으로 생각할 거야. 그리고 우리 이제부터 집에서는 한국말을 하자."

"일본말은?"

"집 밖에 나가면 모두 일본말을 하니까 집에서라도 한국말을 쓰자는 거지."

"내가 한국말을 잊어버릴까 봐?"

"그래."

"잊어버리면 안 돼?"

녹이는 진지한 표정으로 물었다.

"그럼 안 되고말고. 한국말은 우리 녹이의 재산인데 잊어버리면 되겠니?"

"왜 한국말이 재산이지?"

"앞으로 알게 될 거야. 녹이를 사랑하는 한국 사람이 많거든. 그런데 한국말을 잊어버리면 좋겠어?"

"아니."

"그러니까 한국말을 잊어버리지 않도록 노력해야 할 거야."

딸과 대화를 나누고 있으려니 아버지의 책임감과 불확실한 미래에 대한 두려움이 뒤섞여 찾아왔다. 삶의 터전이었던 한국을 떠나 아무 기반도 없는 일본에서 다시 새롭게 시작해야 하는 나로서는 미래가 걱정스러운 건 당연한 일이었다. 하지만 스스로 신기한 점은 그 걱정이 밀물처럼 엄습해 왔다가도 이내 물러난다는 것이다. 그 뒤에는 뭔가 할 수 있다는 긍정적인 생각이 자리하고 있었다. 나는 가진 것이 없어도 할 수 있다는 믿음을 가지고 있다. 못할 게 뭐 있겠는가. 내게는 하나님이 계시지 않은가.

장모님은 일본으로 이사 온 우리 가족을 매우 환영해 주었다. 한국으로 시집갔던 딸을 많이 걱정했는데 돌아온다고 하니 얼마나 기쁘겠는가. 장모님이 사는 오사카는 아니지만 그래도 같은 일본 땅에 사는 것만으로도 든든하신 모양이었다.

일본으로 오고 나서 아내와 나의 역할이 바뀌었다. 한국에 있을 때는 내가 알아서 일 처리를 했는데, 일본에 와서는 아내가 감당해야 할 일이 많아졌다. 수입이 줄어든 것도 큰 걱정거리 중 하나였다. 무소유를 삶의 기본으로 삼고 살아온 우리 부부는 결혼 축의금과 장인이 준 지참금을 모두 목포 앞바다에 있는 고하도를 매입하는데 투자했고, 그 땅을 공생원에 기증했기 때문에 우리에게는 여유자금이 없었다. 한국에서 살던 아파트 전세금 1,000만 원을 일본 엔화로 바꾼 것이 전부였다. 매달 받는 재단 회장의 봉급은 일본에서 생활보호 대상자가 받는 수당에도 미치지 못했다. 부족한 생활비 때문에 시름이 깊어지던 어느 날, 아내가 내 표정을 살피며 조심스레 이야기했다.

"여보, 우리도 외무성에 영주귀국 수속을 해요. 영주귀국자에게는 아파트와 생활보조금, 그리고 직업훈련원과 일본어 교육도 모두 해준대요. 그러니 우리도 그것을 신청해요."

아내는 나의 자존심을 건드리지 않으려고 생활보호신청을 하자는 표현을 했지만 나는 그렇게 할 수 없었다. 내 자존심이기보다는 한국의 자존심이었다. 당시 한국이 일본보다 가난한 것은 사실이었지만 목포 공생원, 서울 훈련원 등 복지시설을 경영하던 내가 아니었던가. 1년에 3,000명이 넘는 사람들을 보호하고 육성하며 훈련하고 있는 공생복지재단의 회장이 바로 나였다. 그들의 희망이자 중심인 내가 지금 당장 어렵다고 생활보호 신청을 하는 것은 그들에게 실망을 안겨주는 것은 물론 소셜 워커로서 자격이 없다고 생각되었다. 내가 자립하지 못하면서 어떻게 클라이언트에게 자립하라는 말을 할 수 있겠는가.

아내 역시 당장의 어려움에 안타까움을 표현한 것이었을 뿐, 내 입장을 몰라서 그런 것은 아니었다. 나는 아내에게 지금 당장은 힘들겠지만 기다려 달라고 했다. 그리고 하나님께서 좋은 계획을 주실 것이라고 위로했다. 내 말에 아내는 진지한 표정으로 이야기했다.

"당신의 입장은 충분히 이해해요. 그럼 저라도 직장을 구해야겠어요."

나는 아내의 마음을 알았지만. 아내가 나 대신 고생하는 것이 싫었다.

"나에게 시간을 주시오. 그다음에 결정합시다."

아내는 말없이 따라주었고 지금에 이르렀다. 가만 생각해보면 지난 세월 동안 참으로 많은 일이 있었고 또 많은 일을 했다. 그리고 많은 사람도 만났다. 여기까지 오는 동안 그 사람들이 나에게 길을 일러주었고 힘을 넣어 주었다. 우리 가족이 처음 일본으로 왔을 때 내가 일본에서 고향의 집을 운영하리라고는 생각지도 못했었다. 한데 고향의 집은 이제 내 마지막 숨까지 쏟아부어야 하는 필생의 일이 되었다.

한·일 합방문서를 읽어보았는가

20세기 한·일간의 비극을 만든 조약문을 우연한 기회에 읽었다.

교토에 사시는 윤응수, 일명 윤 로렌스라는 분이 한국어, 일본어, 영어로 된 문서 하나를 나에게 주었다. 30여 년 전 교토에서 있었던 윤 씨들의 모임에서 만난 적이 있었으나 그 뒤로 꾸준한 교분은 쌓아오지 못한 분이었다. 그러나 윤 선생은 한 번 만난 적이 있는 사람이면 꼭 생년월일이나, 결혼기념일 등을 일일이 기억하고 카드나 편지를 보내오는 정성에 놀랐다. 80세가 가까운데도 건강하신 윤 선생은 아직도 고향 사투리와 악센트가 진하게 남아있다. 김동길 교수와 같은 고향이어서 형제처럼 지낸다는 그분의 고향은 이북이다. 젊은 시절에 미국의 정보기관에 근무한 경력도 있어 영어도 유창하다. 국제간 다방면의 인맥을 형성하고 있는 아주 귀한 경험을 가진 분이다.

어느 날, 교토에서 내가 주최한 모임이 있었는데 일부러 참석해주셨다. 그분은 일본 사람들에게 양심 운동을 벌여 재일 한국인 고령자 노인홈을 만드는 일을 하는 나에게 이것을 읽어보라며 종이봉투 하나를 내밀었다. 궁금해 펼쳐보니 한·일 합방 문서였다. 그분은 내게 문서를 건네시면서 일본 사람들이 얼마나 큰 도적인지 알 것이라 했다. 그러면서 덧붙였다.

"당신은 50% 일본인이니 공평하게 읽을 수 있을 것 같다."

간단하고 짧은 문서였다. 나는 문서를 읽어보았다. 굳이 그분의 강조가 아니었더라도 읽고 난 후의 느낌이 썩 명쾌하지가 않았다. 과연 이런 것도 조약이라고 말할 수 있겠냐는 의문이 들었다. 그 조약의 내용은 이러하다.

조선 황제폐하와 일본국 황제폐하는 양국 간의 특수하고 친밀한 관계를 고려하여 상호 행복을 증진하여 동양의 평화를 영구히 확보하고자 하는 바, 이 목적을 달성하기 이 전권위원은 회동 협의한 후 다음과 같이 제 조약을 협정함.

(1조) 한국 황제폐하는 한국 정부에 관한 일체의 통치권을 완전하고도 영구히 일본국 황제폐하에게 양여함.

(2조) 일본국 황제폐하는 1조에 게재한 양여를 승낙함. 또, 완전히 한국을 일본국에 병합함을 승낙함.

(3조) 일본국 황제폐하는 한국 황제폐하와 대 황제폐하와 황태자 폐하와 그 후비 및 후예로 하여금 각기 지위에 응하여 상당한 존칭, 위엄 그리고 명예를 향유케 하며 또 이를 유지하기에 충분한 세비를 공급할 것을 약속함.

(4조) 일본국 황제폐하는 3조 이외의 한국 황족과 그 후예에 대하여 각

기 상당한 명예와 대우를 갖게 하며 또 이를 유지하기에 필요한 자금을 공여할 것을 약속함.

(5조) 일본국 황제폐하는 공훈 있는 한인으로서 특히 표창을 행함이 적당하다고 인정되는 자에 대하여 영작을 수여하고 또, 은과 금을 급여할 것.

(6조) 일본국 정부는 전기병합의 결과로서 완전히 한국의 시정을 담당하고 동시에 시행하는 법규를 준수하는 한인의 신체와 재산에 대하여 충분한 보호를 하며 또 그 복리의 증진을 도모할 것.

(7조) 일본국 정부는 성의와 충실로 신제도를 존중하는 한인으로서 상당한 자격이 있는 자는 사정이 허락하는 한에서 한국에 있는 제국관리로 등용할 것.

(8조) 본 조약은 일본국 황제폐하와 한국 황제폐하의 재가를 받은 것으로 공포일로부터 시행함.

위를 증서로 양 전권 위원은 본 조약에 기명을 조인한다.
융희 4년 8월 22일
내각 총리대신 이완용
명치 43년 8월 22일
통감 자작 데라우치

이를 위해서 한국을 일본제국으로부터 병합함이 최선책이라고 확신하여 이에 양국 간에 연합조약을 체결하기로 결정하고 이를 위하여 일본국 황제폐하는 통감 자작 데라우치를 한국 황제 폐하는 내각총리대신 이완용을 각기 전권위원으로 임명함.

나는 이와 같은 조약은 처음 본다. 받은 것과 주는 것이 서로 대등하게 명시돼 있어야 조약이 성립하는 것이 아닌가. 전 조선의 땅과 통치권을 일본에 주기로 했지만. 조선인을 어떻게 보장하겠다는 것은 한마디도 없지 않은가. 그런데 조약에는 한국 천황폐하가 요청하여 마지못해 일본 천황이 받아들여 승낙했다고 되어 있었다. 한국은 일본에 속았다고밖에 할 수 없다. 아니, 국력이 약한 한국의 비극일 수밖에 없다. 나라를 지키고 보호해야 할 대신이 앞장서 이런 조약의 서명에 나섰으니 이완용을 나라 팔아먹은 역적으로 역사가 심판하고 있는 건 피할 수 없다.

윤 로렌스가 말한 것처럼 내 혈관 속에는 일본의 피가 50% 흐르고 있다. 침략자의 피요, 한국 민족을 괴롭혀 온 피다. 내가 아니라고 해서 엄연한 사실이 부정되지는 않는다. 어머니 또한 일본 사람으로 한국인에게 속죄하고자 거지 대장에게 시집갔고, 3,000여 명의 고아들을 키운 것이다. 인간으로서 인간의 생명을 존중하고 누구나 다 귀한 존재라는 생각밖에 없었을 것이다. 하나님 앞에서 모든 인간은 평등하다는 성서의 가르침이 어머니에게 있었을 것이다. 그러기 때문에 어머니는 다우치보다 윤학자가 되려고 노력했다. 삶이 다해 남편도 없는 윤 씨 선산에 잠드신 것도 남편에 대한 사랑이었다고 본다.

내가 이름이 다우치이면서 윤기라고 하는 것은 나의 아이덴티티가 한국이기 때문이다. 일본인으로서 한국인 고아나 노인을 돌본다는 의식 같은 것은 없다. 내가 코스모폴리탄이라고 웃으며 이야기하지만 기실 내 정서는 한국인의 정서다. 일본에 있는 다른 어떤 사회사업가보다 한국을 잘 알기 때문에 고령의 재일 동포들이 조금이라도 더 행복하게 지낼 수 있는 여건을 마련해줄 수 있을 것이라는 생각에서다.

그들의 생활 습관이나, 정서를 알며 한국과 네트워크를 형성할 수 있기 때문에 한국의 할아버지, 할머니들이 더 편안하고 행복하게 지낼 수 있는 환경을 만들어 줄 수 있을 것이라는 생각에서다.

노력해도 안 되는 것이 많은 것이 인생인 것 같다. 한국인이 되고자 평생 노력했으나 마음대로 되지 않았다. 지금도 역시 서류상으로는 다우치이다. 모든 사람은 내 마음과 같은 줄 알았다. 내가 욕하지 않으면 남도 하지 않을 줄 알았다. 내가 미워하지 않으면 남도 나를 미워하지 않을 줄 알았다. 내가 한국 사람으로 살아가면 남도 나를 한국 사람으로 인정해줄 줄 알았다.

그러나 노인홈 준공식 때였다. 어떤 노신사가 나에게 와서 말을 건넸다. 강한 어조였다.

"당신이 윤기, 윤기, 하기에 모처럼 한국 사람이 와서 좋은 일 한다고 생각했는데 다우치가 뭐요? 앞으로는 한국인 행세 하지 마소."

나는 한 대 맞은 기분이었다. 나는 내심 서운했지만, 그가 불쾌한 것은 불쾌한 거였다. 나는 정중하게 대답했다.

"미안합니다. 앞으로는 오해가 없도록 하겠습니다. 그러나 지금까지 해 온 버릇이 어디 가겠습니까? 그러니 앞으로는 윤기라고 크게 쓰고, 일본 놈 이름은 작게 괄호 안에 쓰겠습니다."

그는 내가 일본 놈이라고 강조를 했더니 화난 얼굴이 조금은 풀어져 있었다.

한 · 일 합방 문서는 세월이 지났어도 두고두고 일본인이 읽어야 할 역사 교과서라고 생각한다. 역사를 정확하게 후세에 전달하는 게 현재를 살아가는 사람의 의무이자 책무이다. 하지만 여러 가지 정황이나 사정상 그리할 수 없다면 사실대로라도 알려 주어야 하는 것이 어른들의 책임일 것이다. 역사로부터 진실을 배우고, 역사로부터 교훈을 얻으며, 역사로부터 참된 길을 찾아야 한다. 왜곡된 진실 속에서는 진정한 희망을 배울 수 없다. 한 · 일 합방 문서를 나에게 준 윤 로렌스님에게 고마움을 느낀다.

일본 안에 한국 만들기

나는 신문에 실린 기사를 보고 놀랐다. 재일 동포 할아버지 한 분이 돌아가신 지 13일 만에 발견되었다는 기사였다. 아무도 돌봐주는 사람 없이 홀로 생활해 오던 노인의 고독한 최후였다. 참으로 충격이 아닐 수 없었다. 일본에 사는 교포가 60만이 넘는다. 그 가운데 대단히 성공한 사람도 있지만 대부분 영세한 생활을 벗어나지 못한 경우가 많다. 평생을 이국땅에서 망향의 그리움을 온몸으로 이겨내며 살아오면서 가슴 깊이 쌓인 한을 풀지도 못한 채 고독하게 생을 마감한 노인의 죽음은 정말 쇼크였다. 그러나 어찌 신문에 난 이 노인뿐이겠는가.

고령화 사회에 돌입한 일본 사회에서 또 하나의 고령자 문제가 발생한 것이다. 제2, 제3의 고독사가 일어날 수 있다. 그냥 앉아있을 수가 없었다. 일본인과 전통문화와 생활습관이 다른 우리의 할머니, 할아버지들이 고국의 향기를 느낄 수 있는 환경 속에서 지낼 수 있는 노인홈 건립을 결심했다.

일본에 한국인 노인홈을 건설하는 일은 처음 있는 일이다. 전례가 없다. 노인홈을 건설하기 위해 겪어야 하는 어려움은 복잡한 절차와 법률의 적용, 그리고 지역사회와 이루 말할 수 없는 협의를 거쳐야 한다. 행정의 벽, 마음의 벽, 인식의 벽이 두꺼웠다. 나의 꿈은 한 나라를 세우는 일만큼 용기와 정열이 필요했다. 고향의 집을 세우기 위해서는 상당한 자금도 필요했다. 그렇다고 일본 경제계에 기대하기도 어렵다. 조총련에서는 왜 한국 노인홈이냐고 항의했다. 배가 출항도 못 한 채 산으로 올라갈 운명에 놓였다.

우선 땅이 필요했다. 땅 찾기 운동이 시작되었다. 무려 30여 곳을 찾아가 보았다. 그러나 위치와 여건이 마땅치가 않았다. 시간이 흘러갔다. 꿈으로 끝나는 게 아니냐고 걱정했다.

그러던 중 오사카의 베드타운 사카이堺시에 땅이 있다고 이인화 목사님이 연락했다. 오사카 사카이堺시는 인구 80만이 넘는 도시다. 400년 전부터 네덜란드와 교역을 했을 만큼 상공업이 발달하여 사카이 상인들이 야마도강을 거슬러 올라가 오늘날의 오사카 상인이 된 것이다. 센리큐千利休라는 승려가 차 문화의 기틀을 세운 곳도 사카이堺다.

오사카에서 김원치 목사, 김덕성 목사, 김안홍 목사와 함께 예술분 장로, 박선희 장로 등과 김수태 집사가 기다리고 있었다. 그들은 조국이 해방되었다고 고향을 찾아갔으나 반쪽발이라고 배척당했고 조국에서도 살기가 힘들어 돌아왔다. 일본 땅에 살다가 나이가 들어 쓸모없는 사람이 되면 자신들의 신세는 어떻게 될 것인가를 생각하게 되었다. 조선 사람끼리 기도하며 찬송도 함께 부를 수 있는 양로원을 만들겠다고 돈을 모아왔다고 했다. 그러나 시간만 흘러 지금까지 못 만들고 있었는데 양로원을 만들겠다는 사람이 나타났다기에 만나보고 싶었다고 한다. 그리고 김수태 집사님의 땅이 있으니 한번 봐달라고 했다.

그들 앞에 머리가 숙어졌다. 노후를 걱정하여 일찍부터 양로원을 만들겠다는 생각을 가지고 구체적으로 지금까지 준비해 오지 않았는가, 나는 오히려 그들의 일을 도와주어야 한다고 생각했다.

"그럼, 부인회에서 만드십시오. 저는 돕겠습니다."

오사카에서 1시간 거리에 위치한 땅인데 사방이 툭 터져 있었다. 주변에 주택이 없고 공기도 좋았다. 최적지는 아니어도 차선책으로 실현 가능한 곳이라고 생각되었다.

"가격은 어떤지요?"

"비싸게 받을 우리 주인은 아닙니다. 비록 귀화는 했지만, 김치를 먹어야 밥을 먹었다고 하는 조선 사람입니다. 그리고 우리 부인회의 돈은 다른 기독교 단체에 빌려주어서 현재는 돈이 없습니다."

"그래도 좋은 땅이니 부인회가 임원 회의를 열어서 의논하는 것이 좋을 것 같습니다. 시가보다 싼 땅이라는 사실을 부인회 회원들에게 정보를 알리신 후에도 안 사신다고 하면 그때 생각하겠습니다."

"총회를 열어도 우리는 사지 못할 것입니다."

"그래도 모두 함께 의논하신 후 연락을 주십시오. 이 일은 이권이 아닙니다. 무거운 십자가입니다. 그러나 사정을 모르는 사람들 부인회보다 먼저 사면 잡음이 일어날 수 있습니다. 좋은 일은 욕심 없이 할 때 좋은 일이 됩니다."

그 후 박선희 장로로부터 연락이 왔다.

"총회에서 김수태 집사가 시가보다 싸게 땅을 내놓았다고 보고를 하자 재산이 되는 일이니까 빚을 내서라도 부인회가 사야 한다고 합니다."

"잘 되었습니다. 좋은 양로원을 만들어 주십시오." 하고 전화를 놓았다.

그런데 한참 후에 또 전화 연락이 왔다. 역시 박선희 장로였다. 김수태 집사님이 당신은 죽기 전에 한국 노인홈이 만들어지는 것을 보고 싶다며 500평 옆에 580평이 있으니 거기에 먼저 만들 의향이 없느냐는 내용이었다.

나는 놀랐다. 죽기 전에 한국 노인홈이 만들어지는 것을 보고 싶다는 김수태 집사의 마음에 감동했다. 감동은 새로운 힘을 나에게 주었다. 다시 신칸센을 타고 오사카에 왔다. 1,080평의 땅을 500평과 580평으로 나누는데 나에게 먼저 580평을 선택하라고 김수태 집사가 말했다. 예 장로, 박 장로에게 40년 전부터 부인회가 기도해 오셨으니 먼저 좋은 곳을 고르라고 했다. 나는 나중에 왔으니 남은 것으로 하겠다고 말했다. 그렇게 하여 네모반듯한 곳은 부인회가, 남은 조각 땅 ㄴ자형의 땅은 고향의 집 건국의 영토로 결정되었다. 하나님을 믿는 사람들을 통한 축복이었다.

한국에서 오신 분들은 "그렇게 양심적으로 양보만 하면 언제 윤 선생 양로원이 만들어질까 걱정입니다."라며 염려해 주셨다.

고향의 집 건국에는 중심이 될 집단이 필요했다. 힘과 덕망이 있는 장수들을 모아야 했다. 33인으로 만천하에 독립을 선언했듯이 33인의 각료가 필요했다. 그리고 발기인 500여 명의 국회의원급 인사로 조직했다. 이름하여 "재일한국 양로원 만드는 회" 즉, 고향의 집 건국 준비 위원회가 발족한 것이다.

건국위원장에 주한일본대사를 역임한 가나야마 마사히데金山政英씨를, 실행위원장에 중의원 의원이며 한일의원연맹 회장 대행이신 하라다 겐原田憲씨가 맡아 주었다. 자금을 만드는 위원장으로 일본의 명배우 스가와라 분타菅原文太씨의 영입은 효과가 컸다. 나는 조직위원장 겸 사무국장을 맡았다.

고향의 집 건국의 기초가 되는 헌법이 필요했다. 요즈음 말하는 이념이나 콘셉트도 알기 쉬우며 만인이 공감할 수 있는 나라의 이름을 정하는 일도 중요했다. 처음에는 나라 이름을 "한국의 집"이라고 했다. 당연히 그렇게 되어야 했다. 그러나 고국을 떠난 실향민이면서도 또 하나의 남북이 있었다. 민단은 남쪽을, 조총련은 북쪽을 지지하는 현실 앞에서 서로에게 희망을 주고 상처받지 않는 나라 이름을 정하지 않으면 안 되었다.

모든 생명은 고통의 산물이듯이 국호를 대한민국이 아니라 "마음의 가족"이라고 정했고, 그곳에 세워지는 시설의 이름은 "고향의 집"이라고 했다. 핏줄, 민족, 국가, 사상의 경계를 넘어 마음의 가족이 되어 따뜻한 고향의 집 동산에서 함께 살자고 생각하니 마음부터 행복했다. 그리움이 있고, 추억이 있으며, 친구와 가족이 있는 고향의 집을 만들어야겠다는 강한 의욕이 솟았다.

정말 행복한 희망의 나라를 만드는 것이다. 고향의 집에 문화가 있어야 한다. 문화라고 하는 것이 예술 하는 사람들의 전유물이 아니다. 거창한 것만이 아니다. 먹는 것이요, 말하는 것이요, 살아가는 생활풍습이 곧 문화인 것이다. 그래서 한국말이 있고 한국 음식과 한국의 노래가 있으며 온돌방이 있다. 또 한국인 직원이 있어야 한다. 고향의 집은 단순한 복지 나라가 아니라 실향민의 공동체이다. 여기에서 그치는 것이 아니고 사회복지의 지도자를 양성하고 정보교환의 장이 되며 시도 때도 없이 한국과의 교류가 이루어져야 한다.

고향의 집을 세우는 일은 이렇게 시작되었다. 한국인 양로원을 허가하게 되면 미국, 중국, 필리핀, 베트남, 브라질, 러시아 등 세계의 여러 나라 양로원을 일본 안에 만들어야 한다고 겁을 먹고 눈을 부릅뜨며 안 된다고만 했다.

나는 복지는 니드(Need)라고 설득했다. 지금 고독하게 죽어가고 있는 재일한국 노인의 문제를 20년, 또는 50년 후에나 예상되는 문제를 이유로 평등의 원칙에 위반된다는 생각은 온당치 않다고 설명했다. 그 일은 그때 하면 된다. 특별한 허가가 아니다. 일본의 사회복지법에 근거하여 허가하면 된다. 일본의 노인복지법과 노인복지 시설기준에 의해 허가를 해주면 한국어를 사용하거나 김치를 먹거나 아리랑을 부르며 한국인답게 사는 것은 그 시설의 운영방침으로 가능하지 않겠는가.

후생성의 실무과장과의 대화는 이렇게 풀어나갔다. 문제는 예산의 확보였다. 오사카부에는 노인홈 설립 신청이 70건이 넘었다. 1년에 4~5개 정도가 추천되고 있는 실정을 생각하면 앞으로 20년 가깝게 기다려야 했다. 나는 재일 한국인 고령자 시설을 만드는 일은 국제변호 1호라고 했다. 오사카부청 직원은 그러면 지방자치단체가 아니라 중앙정부로 가서 의논하는 것이 좋겠다는 언질을 주었다. 중앙정부로 갔다.

"정부 예산은 이미 끝났다 해도, 중앙정부에서 추천하면 지원해줄 수 있는 단체가 있지 않습니까? 한국의 경우도 공기업이나 기업복지 재단 같은 곳이 있는데 중앙정부 국장도 가능하지 않겠습니까."

"당신이 가지고 온 재일한국인 양로원에 만드는 회 임원을 보니 일본을 대표하는 복지계의 인사들이 참가하고 있는 게 다행입니다. 그분들께 응원하면 가능할 거라고 생각합니다."

마침 공동 모금회 상무이사와 왕년에 중앙정부 국장을 지냈던 사노리사부로佐野利三郎 선생의 노력으로 일본 자전거 진흥회(日本自轉車振興会)의 보조금을 받을 수 있게 되었다. 그러나 오사카부大阪府 지원비는 확보하지 못한 채, 시민 참가형 모금으로 "고향의 집"을 건립하는 방법을 선택했다.

누구에게나 고향은 필요하다. 우리 손으로 한국인 노인홈을 만들자. 1만 엔을 기부해주는 사람이 3만 명이 있으면 가능하다. 당신도 3만 명 중의 한 사람이 되어 달라고 호소했다. 처음에는 정신 나간 사람이라고 비웃음 당하기도 했다. 한편으로는 어려운 일은 나에게 맡겨 달라고 나서는 사람이 많아졌다. 각료 회의가 소집되던 날 나는 벅차오르는 감격을 주체하지 못했다. 엄청난 어려움을 극복하며 원군을 이끌고 건국을 위해 지원해준 뜻있는 동지들의 희생으로 7,000건의 기부가 모였다. 초등학교 학생부터 할아버지에 이르기까지 천차만별의 사람들이 참여했다. 1만 엔을 기부하는 사람이 3만 명이 있으면 고향의 집 건국이 가능하다는 외침은 규모가 작게 보였으나 참가하는 가족들이 늘어나면서 그 힘은 놀라울 만큼 커졌다. 우리 손으로 짓자는 뜨거운 마음을 가진 사람들이 줄을 이었다.

일본은 2차 대전을 치르면서 징용, 학도병, 정신대로 끝나지 않고 탄광, 군수산업, 군사기지 등에까지 수많은 한국인을 황국신민이라는 미명하에 동원하였다. 그러나 전쟁이 일본의 패망으로 끝나자 지금까지의 태도를 180도로 바꾸어 황국신민이니, 내선일체니 하는 말은 어디로 가고, 제삼국인 취급을 했기 때문에 지금까지 수탈만 당해온 교포들은 일본 내의 외국인이 되었다.

당연한 권리를 박탈당하고 취업·공민권·주거권이 없어지고 심지어 생존권 자체를 위협받는 신세로 전락하였다. 생존을 위한 처절한 투쟁을 해야만 했던 재일 동포들의 고달픈 삶이 동포만을 위한 노인홈, 일본 안의 한국 노인홈. 이것은 보통의 노인홈과 다르다. 이탈리아 로마 안에 있는 바티칸처럼 일본 내에 있으면서도 한국인의 생활양식이 그대로 살아있는 곳이다.

1989년 10월 31일, '고향의 집' 준공식을 하던 날 나는 이렇게 말했다.

"지사님, 시장님, '고향의 집'에 들어오실 때는 한국말로 안내하겠습니다. 여기는 한국입니다. 재일 동포 어르신들이 생활하는 곳입니다. 일본 안의 고향이 바로 '고향의 집'입니다."

박수가 터졌다. 준공식은 '고향의 집' 건물 앞에서 진행되었다. 참석자만도 500여 명이 넘었다. 일본에서 활동하고 있는 사회복지계의 인사들은 물론 한국에서 와 주신 사회복지계의 대표 동지들이 좁은 '고향의 집' 마당을 꽉 채워 주었다. 태극기와 일장기가 휘날리고 '고향의 봄' 노래가 동포 어린이들에 의해 합창 되었을 때 그 노래는 내 고향 하늘까지 날아가는 것 같았다.

감개무량했다. 지나온 시간이 머릿속으로 빠르게 지나갔다. 얼마나 가슴 졸이고 애태우던 시간이었던가. 어려운 일들이 한둘이 아니었다. 그때 만약 좌절하고 실망하고 주저앉았더라면 오늘 이런 자리는 아마도 없었을 것이다. 그 때문에 더 기뻤다. 포기하지 않은 나 자신이 일견 대견했다. 여기에서 새로운 역사가 시작하는 곳인가. 센보쿠泉北 뉴타운의 작은 언덕 위에 세워진 '고향의 집'은 일본 안에 한국을 만드는 건국의 초석이 되었다.

사회사업을 시작한 지 23년이 되는 해였다. 23년, 사반세기의 세월이었다. 강산이 두 번 바뀐다는 그 세월 동안 나는 오로지 한길만을 걸었다. 하여 드디어 이제부터는 나 혼자만의 노래가 아니라 할아버지 할머니들과 함께 부를 수 있게 되었다.

'고향의 집' 소문은 전국으로 퍼졌다. NHK는 일본열도 다큐멘터리로 밤 9시 시간대에 1시간을 할애하였는가 하면 후지, 산케이, 마이니치 등의 방송들이 앞장서 특집 보도를 했다. 처음에는 반신반의하던 사람들도 줄을 서서 '고향의 집'에 입국하려고 했다. 도쿄대학에 들어가기보다 고향의 집 입국이 더 힘들다는 소문이 났다. 전국의 재일 동포들에게서 자기들이 사는 지역에도 '고향의 집'을 세워 달라는 요청이 쇄도했다.

재일코리안의 희망

어느 날 후생성에서 나를 불렀다. 사회적 원조가 필요한 사람들을 위한 새로운 사회복지 형태 검토회가 발족하는데 나에게 위원으로 참여해 달라는 위촉이었다. 일본 정부의 후생성에 입성하게 된 것이다. 나는 호랑이 굴에 들어갔다. 도쿄도 부지사를 비롯하여 전국 민생위원장, 사회복지경영자협회 회장, 대학교수, 작가, 대학 총장 등, 나 같은 거지 대장 후손이 앉을 만한 자리가 아니었다. 나는 흔히 일본을 마음대로 주무른다는 도쿄대학 출신이 아니다. 내게 무슨 기대를 하고 위원으로 위촉했는지 물었을 때 그 대답에 놀랐다. '후생성은 전후 지금까지 차별을 없애느라 고생해 왔는데 우리가 모르는 사이에 차별이 더 늘어나고 있다. 한국인의 입장에서 정책을 제안해주기 바란다.'는 것이 아닌가.

이런 기회가 또 어디 있겠는가. 나는 흥분하지 않을 수 없었다. 먼저 재일 동포사회를 조사하기 시작했다. 처음 후생성에서 모임이 있던 날

좌석 배치는 아이우에오 순으로, 나는 윤기로 표시되어 있었고 내 옆에는 요시무라嬉村 회장이 자리했다. 목포공생원과 형제 시설의 이사장과 한국의 공생원 원장이었던 내가 지금, 일본의 후생성에서 복지정책을 세우는 모임에 나란히 앉아 있는 것도 묘한 기분을 느끼게 했다.

일본은 전후 경제성장으로 사회복지 제도를 개선하여 어느 정도 성과를 거두었다. 그러나 1980년부터 사회문제로 등장한 고독사, 실업, 노숙자, 자살자 수는 어느 특정 지역에 국한된 것이 아니라 일본 전역에 걸친 심각한 문제가 되었다. 이를 어떻게 하면 예방하고 방지할 수 있을까. 그들의 삶의 질을 높일 수 있을까. 3만 명의 자살, 3만 명의 노숙자, 10만 명이 넘는 등교 거부 학생 등 어쩌다가 부자나라 일본의 신세가 이렇게 되었는가. 돈만 있으면 행복해진다고 경제적 동물이란 말까지 들어가면서 세계의 돈을 끌어모았는데 이 지경이 되어 버렸는가. 인간 존중의 철학이 없었기 때문이다. 공무원이 규정에 의해 배급만 했기에 변화에 대한 대응을 못 한 것이 큰 이유였다. 세상은 변하고 사람들도 변했는데 옛날 규정이나 법령으로 운영하다 보니 여기저기에 구멍이 생긴 결과라고 생각했다.

검토회는 하루에 2, 3시간씩 6개월 동안 계속되었다. 나의 정책 제안을 발표하는 날이 왔다. 나는 한국 복지의 일본실천계획을 발표했다.

먼저 알기 쉽게 재일 교포 60만을 돗토리현鳥取県이나 고치현의 인구와 비교했다. 돗토리현민 60만을 위해서 1만 명의 공무원이 봉사하고 있다. 그러나 60만의 재일 교포에게는 단 한 명의 복지담당자도 교육 담당자도, 보건 담당자도 배치하지 않았다. 일본 정부는 지금까지 재일 교포들을 버렸었다. 그러나 재일 교포들은 단결하여 민단이나 조총련이라는 공동체를 만들어 스스로 돕는 한편 지역사회와 일본에 공헌하고 있다.

이제 일본이 해야 할 일이 있다. 전국에 있는 300개의 민단과 조총련의 각 지부에 복지와 교육, 문화 전문가를 파견하는 일이다. 이것은 만 명까지 필요 없다. 어림잡아 천명이면 족하다. 둘째로 일본은 알기 어렵고 까다로운 행정의 나라이다. 알기 쉽고 간단하게 비자 문제, 외국인 등록, 보건소, 학교, 세금 등 모든 창구가 함께 있는 외국인을 위한 '종합서비스센터'가 필요하다. 동서남북으로 흩어져 있는 정부 각 부처의 관련 기관을 모아 한 군데에서 처리해 주면 그만큼 편리해진다. 지금 곧 실천이 가능한 것이다. 외국에서는 원스톱(One Stop) 서비스센터라고 한다. 버스를 한 번만 타고 내리는 곳에 외국인 종합 서비스센터가 있으면 좋을 거다.

또 하나는 코리안 공동체에 정부의 복지사업을 위탁해 주는 것이며 현재 공동체에 소속되어 봉사하고 있는 사무부장을 외국인 상담원으로 위촉하는 방법이다. 그는 지역사회에서 인정을 받은 보람으로 지역사회 발전에 노력할 것이며 외국인의 생활 정보가 지방자치단체와 소통하는 계기가 될 것이다. 인구 1,000명 단위에 그룹 홈이나 복지문화센터 건립이 필요하다. 그리고 한국의 소셜 워커들이 세계에 파견되어 740만 해외 교포들에게 봉사해야 하는 날이 와야 한다. 이를 위해 국제평화복지대학원 즉 국제평화의 엔진이 될 리더의 양성이 필요하다.

옆에 있던 요시무라吉村 이사장이 큰 소리로 "옳소!" 하며 손뼉을 쳤다. 아베 시로阿部志郎 위원장도 다문화 시대의 공생을 강조하며 나를 응원해 주었다.

복지라고 하는 것도 거창한 것이 아니다. 조그마한 것이라도 불편한 사람의 입장에서 생각해 주고 걱정해 주고 문제를 같이 풀어나가는 것이다. 이런 기회를 이용해서라도 일본 안에 한국을 심어나가기 위한 발걸음을 한발씩 나아가야 하지 않겠는가.

사회사업가는 무슨 꿈을 꾸는가가 중요하다. 꿈은 사람들을 행복하게 인도한다. 꿈은 지금보다 내일의 희망을 준다. '고향의 집'의 시작은 일본 안에 더욱더 많은 고향의 집을 만드는 꿈이었고, 재일 동포들이 안심하고 노후를 보낼 수 있다는 희망이었다.

서운한 마음

초가을이다. 낙엽이 지는 소리가 들려오는 듯하다.

외출을 나가셨던 초언初彦 할머니가 택시에서 내렸다. 의젓하신 모습이 귀부인처럼 기품이 있어 보인다. 젊었을 때는 지금보다 훨씬 아름다웠으리라 생각된다. 70대 후반의 할머니이지만, 의지가 강한 분이다. 그런데 요즘은 당뇨가 있어 힘들어하고 있다. 개성이 강할수록 고독하게 지내시는 분이 많다. 고집이 세고 타협을 모르기 때문이다.

초언 할머니는 지난 연말에 집에 다녀오시겠다면서 평소에 복용하는 약을 2주일분이나 달라고 했다. 고향의 집 직원들은 약을 준비해 드리면서도 그런 초언 할머니가 걱정되었다. 할머니의 요구에 2주일분의 약을 드리긴 했지만, 자녀들과 1주일도 같이 지내기 어려우리라는 것이 직원들의 생각이었다. 예상대로 초언 할머니는 집에 가신 지 이틀 만에 돌아오셨다. 얼굴을 살펴보니 단단히 서운한 표정이었고 굳어있었다.

"무슨 일이 있었어요?"

내가 물었다.

"짐승 같은 것들……"

"누가요?"

"부모에게 도리를 다하지 못하는 것들은 인간이 아니지."

"자식들 앞에서는 아무 말도 못 하고 여기 와서 화를 내시면 무슨 필요가 있어요. 그리고 마음에도 없는 말을 왜 하세요?"

나는 웃으며 말했다.

"하도 화가 나고 분해서 실컷 욕이라도 해야 속이 시원할 것 아니요?"

"아이고, 동대문에서 뺨 맞고 남대문에 와서 화풀이하고 있네요."

"이사장하고 이야기라도 하고 나니 살 것 같소. 어제 집을 나와 고향의 집으로 올 때까지만 해도 정말 죽고 싶을 만큼 화가 났었는데……"

"당연히 화를 내셔야지요. 딸이나 사위에게 서운하다고 말하지 않으면 자신들이 잘못한 것을 생각지도 못해요. 그저 이곳이 불편하니까 와 계시는 것으로 생각하지요."

"내 자식은 머리가 좋아서 공부를 아주 잘했어요."

내 말에 초언 할머니는 금방 얼굴색을 바꾸어 자식 자랑을 했다. 그게 부모 마음이었다.

"입이 왜 열려 있는지 아세요?"

"먹고 말하라고 열려 있는 거요."

내 물음에 초언 할머니가 대답했다.

"기가 막혀 할 말이 없네요."

"귀가 왜 막혀요? 내 말을 다 듣고 계시면서. 그럼 귀는 왜 뚫려있는지 아세요? 자식들 소리를 들으라고 뚫려 있어요. 그러니까 입으로 말하고 귀로는 듣고, 그러세요. 자식들 앞에서 말이에요. 잘못하면 잘못한다고 말씀하시고 또 자식들이 하는 말은 귀담아들으세요."

"화가 나서 죽겠는데 부채질하는 거요?"

"부채질이라도 해서 속 타는 가슴을 시원하게 해 드려야지요. 옛날 노래 중에 이런 것이 있지요."

"무슨 노래인데, 이사장이 한번 불러 봐요."

"석탄 백탄 타는 데는 연기도 잘도 나는데 이 내 가슴 타는 데는 연기도 나지 않는다."

"거참, 이사장 아는 것도 많소."

"할머니 이제 기분 좋아졌어요?"

"괘씸한 생각은 잊어버려야지 어쩌겠소?"

"잘 생각하셨어요. 이다음에 딸이 오거든 나를 만나게 해 주세요. 할머니 대신 내가 혼을 내줄 테니까."

"그래요. 내가 못한 말 이사장이 다 해주시오."

자식이 뭘까. 부모는 또 무엇인가. 이곳에 계시는 할머니와 할아버지들은 불행한 시대에 태어나서 자신들의 부모로부터 혜택이라고는 전혀 받지 못하고 자랐다. 하지만 이분들은 당신의 부모를 극진히 모셨다. 아니, 당연히 그렇게 해야 하는 것으로 알고 있었다. 그런데 요즘 세대는 부모로부터 충분히 물질적 혜택과 교육을 받고 자랐으면서도, 더 많이 해주지 않았다고 책망하고 원망하며 원수처럼 생각하는 자식도 있다. 정말 인간은 영리하기도 하지만 미련하기도 한 것 같다. 마음의 평화를 모르기 때문이다. 부모님이 돌아가신 후에 후회한들 무슨 소용이 있겠는가? 살아 계실 때 말 한마디 따뜻하게, 커피 한 잔 따뜻하게 드리는 마음이 중요하다.

사람이 나이가 들면 공통적인 특징의 하나가 쉽게 서운해하는 것이다. 젊은 시절, 자기가 해 온 사회적 역할이나 권위에 상처를 받게 될 경우 금방 서운한 생각을 하게 되는 것이다. 또 하나는 말을 아끼는 것이다. 하고 싶은 말이 많고 의견을 제시하고 싶어도 노인의 말이라고 무시해버리기 때문에 자연히 말이 없게 된다. 어디 그뿐일까. 자식을 배려하는 마음에서 여간해서는 자신의 속내를 드러내지 않는다. 진정 자신이 하고 싶은 말이 있어도 다른 말로 돌려버리는 것이다. 치매가 있는 노인 역시 자식을 그리워하는 마음은 매한가지여서 엉뚱한 대화 속에서도 자식을 그리워하는 애잔한 마음을 느낄 수 있다.

어느 날 사카이 고향의 집에 전도사가 새로 부임하게 되어 특별 예배를 하게 되었다. 찬송과 성경 말씀에 이어 전도사 소개와 미네노峯野 목사를 소개하는 순서로 예배는 진행되었다. 일본에서 제일가는 선교 사도 '고향의 집' 할머니와 할아버지 앞에서는 설교하기가 매우 힘들다. 그 이유가 아무리 뜨거운 설교를 해도 반응이 없기 때문이다. 설교 하는 동안에 고개를 푹 숙이고 있거나, 잠을 자고, 앉아 있기조차 불편해하는 사람도 있다.

김원치 목사와 다니구치谷口 목사의 축도로 예배는 끝이 났다. 나는 옆에 앉아 계시는 할머니 한 분을 소개했다. 그 할머니는 올해 들어 98세가 되신 고 집사님이셨다.

"할머니, 오늘 도쿄에서 고향의 집에 전도사를 보내주셔서 고맙다는 예배를 드렸어요. 두 분 전도사를 위해서 기도해 주세요."

나는 그분에게 부탁했다. 일행의 시선이 할머니 쪽으로 모였다. 그런데 조금도 망설임이 없이 할머니는 큰소리로 기도를 하기 시작하셨다. 나이를 많이 드셨어도 평생을 신앙으로 살아오신 강건함이 엿보였다. 일행들도 감탄을 금치 못한다.

김원치 목사님이 누구보다도 기뻐하셨다. 지금은 김 목사님도 고령이 되셨지만 젊은 시절 오사카의 니시나리西成 교회에 부임하셨을 때 고 집사님 댁에서 신세를 많이 졌다고 지난날을 회상하셨다. 고 집사님은 오사카 니시나리 교회의 기둥 역할을 할 만큼 활발한 교회 활동을 하셨다고 한다. 나이가 드셔서 음성은 약간 떨렸으나 기도는 간단명료해서 그 간절함이 하나님께 전달되는 것 같았다.

나는 또 한 분의 어르신을 소개했다. 아리랑 할머니였다. 치매(인지증)가 많이 진행되신 분이다. 어제 자식들이 다녀갔어도 나를 만나면 "우리 아들 한번 오게 해 달라"고 하시는 분이다. 정작 아드님이 와도 잘 알아보지 못해 오히려 아드님이 멋쩍어하거나 부끄러워한다. 그 아리랑 할머니가 나를 보더니 대뜸 물었다.

"언제 왔소?"

"할머니 보고 싶어 왔어요. 아리랑 노래 듣고 싶어서 왔어요."

"내가 아리랑 노래를 알아야지."

"한번 불러 보세요."

"젊은것들한테 하라고 해야지. 나이 든 우리는 목소리가 안 나오거든."

이렇게 말씀하실 때는 치매에 걸리신 것 같지 않아 보았다. 어떤 때는 내가 잘못 알고 있는 것 같아 당황할 때가 있다. 아리랑 할머니의 노래가 시작되었다. 그 긴 아리랑 노래를 잘도 하신다. 찾아온 아들을 몰라볼 뿐만 아니라, 왔다 간 사실도 잊어버리는 분이 아리랑 노래 가사는 어떻게 기억을 하시는지 1절, 2절을 끝까지 부르고 계신다. 노래가 끝나자 박수가 터져 나왔다. 나는 할머니의 손을 잡고 노래 솜씨가 최고라고 치켜세웠다. 덩실덩실 춤이라도 출 것처럼 기뻐하시더니 나에게 또 부탁하셨다.

"우리 자식 만나거든 내가 보고 싶어 한다고 전해줘요."

그렇게 말씀하시는 아리랑 할머니의 눈에 눈물이 고였다. 마치 울고 있다고 전해달라는 표정이다.

취임 예배에 참석하기 위해 도쿄에서 오신 크리스천들은 많은 은혜를 받았다고 감사를 표했다. 아리랑 노랫소리에 고향의 집 홀 분위기가 한층 뜨거워졌다. 엄숙하고 조용했던 예배가 끝나고 고향의 집 특유의 떠들썩한 분위기로 바뀌었다. 이 모습이 한국이요, 한국 사람이고, 한국의 문화다. 우리 아들 만나거든 꼭 한번 오라고 전해 달라는 할머니의 마음은 자식을 생각하는 정이 속속들이 몸에 밴 전형적인 한국의 어머니요, 할머니가 아닌가 생각된다. 비록 치매로 인해 정상적인 생활을 하는 것이 불가능해도 자식을 그리워하는 마음과 정은 변함이 없다.

동경에 있는 어느 양로원을 방문했을 때, 나를 안내하던 원장이 이곳에 한국인 노인도 있다고 말했다. 그 한국인 할아버지는 워낙 얌전해서 있는지 없는지 모를 정도로 조용하다고 했다. 그리고 음식도 입에 맞는다며 감사의 인사를 한다는 것이다. 원장은 그 한국 노인을 칭찬하는 의미로 자랑삼아 말을 했지만 나는 양로원을 나오면서 그 노인이 안 됐다는 생각이 들었다. 있는지 없는지 모를 만큼 얌전하다는 원장의 말이 아무래도 마음에 걸려 애잔한 생각을 지울 수 없었다. 한국 사람은 누군가 노래를 부르면 장단을 맞추거나 목청이 터지도록 신나게 부른다. 일본인보다 음성이 커서 음식점이나 다방에 들어가 보면 한국 사람과 일본 사람을 금방 분간할 수 있다. 그런데 너무 조용해서 있는지 없는지조차 알 수 없다니. 많은 일본인 노인 가운데 혼자만 한국인이어서 그들로부터 손가락질 받기 싫어 일부러 조용하게 지내는 것이 아닐까 생각되었을 때는 조금 애처로운 생각도 들었다.

사람은 나이가 40을 넘기면서부터 인생을 생각하게 되는지 모른다. 나 자신도 저 양로원의 할아버지와 다를 것이 없지 않은가. 초등학교부터 대학 시절까지 일본에 친구라고는 한 사람도 없는 신세가 바로 나다. 한국인이라고 칭찬받는 것은 좋은 일이지만 나 때문에 손가락질을 받거나 흠 잡힐 일을 해서는 안 되는 일이었다. 하여 매사에 신경이 쓰여 피곤할 때가 많다.

생활습관과 문화의 차이는 나이가 들어도 좁혀지지 않는다. 서로가 동질성을 느낄 때 거리가 가까워지고 허물없이 친해질 수가 있는 것이다. 이것이 우리의 할아버지 할머니가 마음 놓고 편하게 지낼 수 있는 시설이 꼭 필요한 이유 중의 하나이다.

도쿄도 구청에는 일을 보러 오는 노인을 위해서 각종 수속을 대행해주는 전담 직원을 배치하고 있다. 노인에 대한 배려에서 시작된 것이다. 그러나 외롭게 홀로 지내는 노인의 고달픔을 덜어줄 수 있는 근본적인 대책은 되지 못한다. 더욱이 문화와 체질이 다른 제일 동포 노인의 경우는 더욱더 세밀한 배려가 필요하다. 그 때문에 나는 땅값이 아무리 비싸더라도 동경 땅에 한국인 노인을 위한 양로원을 기어이 만들어야겠다는 각오를 다졌었다.

서로 다른 문화와 습관 때문에 숨을 죽이고 지내야 하는 재일 한국인 노인들이 더 눈치 보지 않고 안심하고 생활할 수 있도록 한국인의 체질에 맞는 양로원을 만들어야 한다. 그것이 지난 역사의 상처를 씻어내고 아픔을 치유하는 하나의 방법이라고 생각되며, 후손으로서 마땅히 해야 할 도리이고 의무라고 믿는다. 비록 지금은 나이가 들어 활발하게 활동을 하거나 의견을 제시하지 않지만, 말이 없는 노인의 표정에서, 또는 서운함을 감추지 못한 채 혼자만의 넋두리를 하는 할머니에게서, 그분들의 마음을 우리는 읽을 줄 알아야 한다.

자존심

사회복지사는 어려운 사람을 도와주고 싶어 하고, 어려운 사람은 도움을 받고 싶어 한다. 사회복지사는 어려운 사람에게 도움을 주기 위해서 일을 하고, 어려운 사람은 자신을 도와줄 수 있는 곳을 찾는다. 사회복지사는 어려운 사람이 자립할 수 있도록 도와주고. 어려운 사람은 자립하기 위해 도움을 받는다. 이렇듯 사람살이에 있어서 도움을 주는 사람도 있고, 도움을 받는 사람도 있다. 사회복지란 주고받는 필수적 관계라고 볼 수 있다.

인간은 모두가 장애인이다. 어려서 장애인이 되느냐, 어른이 되어서 장애인이 되느냐의 차이가 있을 뿐이다. 장애가 있는 사람에게는 불편을 덜어주는 도움이 필요하다. 신체적 결손만이 장애가 아니다. 정신적인 장애 역시 장애인 것이다. 인간은 모두 노인이 된다. 자식을 낳아 기를 때는 좋았지만 나이가 들면 자식의 부담이 된다. 이 역시 누군가의 도움이 필요하게 된다.

어려운 사람이란 처음부터 정해진 경우는 없다. 그러나 누구나 어려운 형편에 처할 가능성이 있다. 복지의 현장에서 경험한 것은 도움을 받는 사람의 자존심을 다치지 않게 세워 주는 것이 매우 중요하다. 도움을 받고 싶으면서도 자존심이 허락하지 않아서 참고 견디며 고생하는 경우가 많다.

예를 들면 복지시설에 자신의 아이를 맡기면서도 친척이라고 말한다. 또는 아이가 복지시설에 있는데도 직접 찾아오지 못하고, 아이가 다니는 학교의 정문에서 시설 사람들 몰래 만나고 가는 경우도 있었다.

또는 복지시설을 지을 때 지역주민들의 반대에 부딪히기도 한다. 대부분의 사람은 자기가 사는 곳이 좋은 지역이라는 평판을 듣고 싶어한다. 지적장애 시설이나 정신장애 시설이 들어서면 집값이 내려가고 심지어 자식들조차 시집 장가를 가지 못한다고 반대한다. 그럴 리 없다고 생각하겠지만 엄연한 현실이다. 재일 동포 노인을 위한 노인홈을 만들 때, 정작 기뻐해야 할 상황에 있는 분들이 오히려 반대하거나 달갑지 않게 생각하는 예도 있었다.

그뿐만 아니라 재일 동포를 소재로 영화를 만들자고 했을 때, 관련 단체의 책임 있는 분이 찾아와서 "재일 동포 모두가 어렵게 사는 것이 아닌데 좋지 않은 환경 속에서 사는 것처럼 비치면 곤란하다."라며 반대 의사를 말했다.

이것 또한 자존심에 관한 것이다. 영화가 만들어지기를 바라면서도 자신이나 자신과 관계되는 일이 근사하게 나타나지 않거나, 어려운 사람이 많다는 사실이 클로즈업되는 것이 싫은 것이다.

사회적으로 상당한 위치에 있는 분을 찾아갔을 때의 일이다. 여러 가지 이야기를 나눈 끝에 그는 나에게 자신의 불편한 속내를 드러냈다.

　"지금까지 해 온 아동 사업이나 할 것이지 왜 일본까지 와서 노인 사업을 하느냐? 나도 노인인데 주변에서 노인, 노인 하면 듣기 싫고 창피하다."

　또한 이곳에서 만난 고향 사람은 일부러 나를 찾아와서 "되지도 않는 일을 시작했다가 고향 사람 망신시키지 말라."고 충고하기도 했다. 그러나 지금 고향의 집에 계시는 어르신 중에서 어떤 분은 이렇게 말씀하시며 부끄러워한다.

　"지금까지 복지시설을 위문가는 곳으로만 알았지, 내가 직접 이용하게 될 줄은 몰랐다."

　자식들을 5남매나 둔 분이었다. 자신이 경영하던 불고깃집은 장남과 며느리에게 넘겨주고 부부가 함께 사회봉사 활동을 해오던 분이다. 입소하던 날, 나를 보고 싶다고 하여서 인사를 드리니 가지고 있던 명함을 꺼내 보이며 한장 한장 설명했다. 그 명함은 당신이 살아온 자취였고 긍지였다. 그 명함은 참으로 다양했다. 국회의원부터 각계 인사들까지, 뿌듯한 표정으로 그분은 당신의 폭넓은 교류를 자랑했다. 고혈압으로 쓰러지신 후에도 일상생활을 하는 데는 큰 불편이 없었으나 부인과 함께 입소하기를 희망했다.

　"나는 복지 시설 같은 곳에서 신세를 질 사람이 아니다."

　그분은 노인홈에 입소하는 것을 힘들어했다. 나는 이곳에 계시면서 밖에 있는 친구들과 자주 만나시도록 권했다. 당신이 일궈놓은 사람들과의 관계를 끊지 말고 그대로 이어가도록 세심한 배려가 필요하다고 느꼈다.

인간이란 자존심을 빼고 나면 시체라는 말이 있다. 누구나 체면과 자존심에서 헤어나지 못한다. 서울시가 무작정 상경하는 청소년들에게 고향에 돌아갈 수 있도록 귀향비라는 명목으로 돈을 지급한 때가 있었다. 어떤 소년이 이 돈을 받고는 비록 지금은 어렵게 살고, 일거리를 찾아 무작정 상경을 했지만 언젠가는 윈스턴 처칠과 같이 위대한 사람이 되겠다는 자신의 의지를 말했다. 이것도 자존심의 하나다.

나는 서울에 '청소년 직업훈련원'을 개설했다. 직업훈련이란 남에게 도움을 받지 않고서도 자신의 힘으로 자립할 수 있는 인간을 만들어내는 데에 그 목적이 있다. 다시 말해 떳떳한 직업을 가질 수 있도록 각자의 소질을 키워 주는 데 기술 훈련의 목적이 있는 것이다. 정상적인 사회인으로 활동하면서 이에 합당한 대우를 받는 것이야말로 진정한 자존이자, 자존심을 가질 수 있다. 이를 위해서 직업을 갖는다는 것은 필수적이다. 나는 직업훈련은 어려운 환경과 가난에서 벗어날 수 있는 행복으로 가는 특급열차라고 외쳤다. 고아이거나 집이 없는 청소년, 아니 부모가 있더라도 직업을 얻을 수 없는 청소년들이 어두운 거리를 헤매는 고통에서 해방해 주기 위해 필요한 기술을 한 가지씩 익히도록 했다. 가난을 운명처럼 생각하고 자신의 처지를 한탄만 하는 그들은 지겹도록 지루한 시간 동안 절망과 좌절 속에 방치되었다. 직업훈련원 일은 그런 그들에게 잃어버린 자존심을 찾아주고 당당한 사회의 일원으로 살아갈 기회를 부여해 줄 수 있는 지름길이기 때문에 시작한 일이었다.

목포 공생원에는 가끔 나이가 들어 사회에 나갔던 연장 고아들이 찾아온다. 그들은 한결같이 사회에서 받은 설움과 차별, 냉대를 하소연한다. 더러는 한두 잔 마신 술기운에 큰소리를 치기도 하고 설움에 겨워 울기도 한다. 고아들은 18세가 되면 공생원에서 나가게 되어있다. 그러나 그들을 기다리고 있는 것은 냉엄한 현실뿐, 그들을 반겨주는 곳은 어디에도 없다. 친구의 신세를 진다고 해도 하루 이틀이지 언제까지나 그럴 수는 없다. 직장을 얻기란 하늘의 별을 따기만큼 어렵다. 설사 마땅한 직장을 찾았다 해도 시설 출신이라고 하면 외면한다. 신원보증, 재정보증을 해줄 사람도 없다. 특별한 기술도 없으니 안정된 직장에 취직하는 것은 엄두를 낼 수가 없다.

이러한 현실에서 그들이 낙오자가 되지 않도록 하기 위해 직업훈련원을 시작한 것이다. 그들에게 진정한 자존심을 찾아 주겠다는 신념의 결과였다. 훈련에 임하는 청소년들은 꿈에 부풀었다.

"유능한 기술자가 되겠다, 이웃을 사랑하겠다, 세금을 내는 시민이 되겠다."

그들의 꿈이었다. 속도는 빨랐다. 1년 동안 습득한 기술은 4년간 대학에서 배운 것 못지않을 만큼 실력을 쌓게 되었다. 나는 '여러분의 손끝으로 여러분의 운명을 바꾸라, 5천 년 역사가 물려준 가난의 유산을 없애버리자'라고 독려했다. 그리고 오대양 육대주에서 땀 흘리는 여러분이 되라고 외쳤다. 밤이면 술을 마시고 행패를 부리거나 모든 일에 소극적이면서 무기력한 아이들의 모습이 사라졌다. 어쩌다 대열에서 낙오되는 사람이 나오면 설득하고 타일러서 다시 기술을 익히도록 했다. 여러 기업에서 직업훈련학교를 졸업하기도 전에 아이들을 보내 달라고 기다리는 실정이 되었고, 아이들 역시 자신들을 지도했던 교사보다 더 많은 봉급을 받는 경우가 허다했다.

사람이 세상에 태어나서 의식주 걱정을 하지 않을 때 자신의 자존심을 지킬 수 있다는 것은 동서를 막론하고 하나의 진리이다. 물론 사람마다 처해있는 환경이 다르고 정도의 차이가 있어 똑같은 행동기준이나 활동의 방법이 같을 수는 없지만 최소한의 자존심을 지키기 위한 노력은 해야 할 것이다. 그러나 겉치레나 체면만을 생각하는 헛기침 같은 자존심은 오만이라고 할 것이다.

외부의 도움이 절실하게 필요한 사람의 자존심이 상처받지 않도록 지켜주면서 바르고, 정상적으로 살아갈 수 있도록 돕는 일을 하는 것이 사회복지사의 역할이다. 또한 여의치 않은 환경 때문에 모든 것을 자포자기하거나 의욕의 상실로 미로를 헤매고 있을 때, 알맞은 길을 찾아 주는 안내자가 되어주는 것도 사회복지사의 중요한 역할이다. 자신의 분수에 맞게 지켜나가는 것도 스스로 노력이 없이는 불가능하지만, 타인의 자존심을 다치지 않게 지켜주는 것도 우리가 알아두어야 할 매너이다.

알고 있는 것 같지만

늦가을이었다. 고향의 집 개설 2주년 행사를 끝내고 2층의 어르신 방에서 유머가 넘치는 대화를 나누고 있었다. 고생하고 나면 인간은 더 강해지는 것일까. 일본 사회에 묻혀 50여 년 가깝게 일본화되었던 어르신들이 '고향의 집' 개설을 계기로 자신들의 정체성을 회복하고 있는 모습이 무엇보다도 기뻤다.

어르신들은 나를 오야카타親方(우두머리)라고 부른다. 그들에게는 이 사장보다는 오야카타라는 호칭이 쉽고 나 역시 친근감이 있어 좋다. 이런 때면 어르신들의 표정에서 지난날의 어두운 그림자는 찾아볼 수가 없다. 내방자들이 시설을 견학할 때면 스스로 영업사원이 되기도 한다.

"여기는 천국이라오. 내 평생 이렇게 평안하게 지내기는 처음이오. 밥걱정하지 않고 사는 것이 얼마나 행복한지 모른다오."

따뜻하며 진솔한 표현이다. 외로운 사람끼리 서로 위로해 가며 살아가시는 모습에 오히려 내가 더 감동한다.

고향의 집 실내방송이 나를 찾았고 수화기를 들었다.
"일본 텔레비전의 이노우에井上입니다. 일요일 밤 9시부터 방영되는 '알고 있는 것 같지만知ってるつもり?!'[3]의 프로그램입니다. 윤학자田內千鶴子를 소개하는 기획을 준비하고 있습니다. 협력해 주십시오."
매우 정중했다. 왜 지금 이 시점에 돌아가신 어머니인가 궁금해졌다.
"돌아가신 지 벌써 오래되었는데 무슨 뜻인지요."
"예, 저희 프로그램은 돌아가신 분, 다시 말해 알고 있는 것 같지만 잘 모르고 있는 부분을 재조명하고 있습니다. 일요일 밤 9시에 방영되고 있어서 시청률이 아주 높습니다."
자신에 찬 담당자의 설명이었다. 내가 승낙을 하자 이노우에井上씨와 오가와小川씨가 준비를 하고 이미 조사한 자료들이 가방에 가득했다. 나는 진실은 기본이어야 하고 원고는 사전에 확인되었으면 한다고 최소한의 요구 사항을 말했다. 한국에서 촬영할 때는 협조한 사람에게 응분의 보답을 잊지 말아야 할 것이라고 강조했다.
"윤 선생님께 이런 이야기를 드려 죄송하지만, 처음에는 선생님께서 소극적이어서 오해를 했습니다. 윤학자 여사의 친자식이 아닌가 하고요. 이 프로그램은 유명한 탤런트와 함께 진행하니까 파급효과가 상

---

3) 1989년 10월 8일부터 2002년 3월 24일까지 일본 테레비 계열사에서 매주 일요일 21:00-21:54(JST)에 방송됐던 인물계 다큐멘터리 교양 프로그램.

당할 텐데 윤 선생님은 너무 차분하셨어요."

"이 한 시간짜리 프로그램을 자기 돈으로 만든다면 몇 억엔이 들 텐데, TV에서 제작해주는데도 기뻐하지 않으셨기 때문입니다."

사실 지금까지는 시청률을 중요시한 나머지 진실한 보도가 등한시되는 것 같은 인상을 받아왔다. TV 관계자를 만나오면서 느낀 바로는 어떤 시점을 정해 놓고 거기에 적합하도록 촬영을 끌고 가는 것 같았다.

NHK, 산케이, 아사히 등 모두가 고향의 집이나 윤학자의 생애, 어떤 때에는 목포 공생원의 존재까지도 크게 취급해주었다. 그들은 처음에는 아주 정중하지만, 촬영이 끝나면 냉정해진다. 바쁜 업무 속에서 자신들은 의식하지 못하겠지만 태도의 변화는 확실하게 나타났다.

신문의 경우는 취재가 끝나면 혹시 오보가 없는지 전화로 확인도 하고 보도하기 전 FAX나 메일로 체크하도록 기회를 준다. 그런데 TV 프로그램은 예술성을 높인다는 측면은 있겠지만, 편집에 직접 참여를 할 수 없다는 점이 조금 아쉽다. 해설 부분도 방영이 되고 난 다음에야 알 수 있으니, 아쉬움이 남아도 되돌리기엔 너무 늦어버린 경우가 많다. 더욱이 일본 내의 이야기가 아닌 외국과의 관계일 때는 더욱 확인이 필요하다고 느낀 적이 많다. 직업이 배우나 탤런트가 아닌 경우 매니저가 없어서 대부분 선의에서 승낙한다. 비용이 정해지지 않은 경우가 대부분이다. 그러나 TV 화면에 나오는 것만으로 만족하라는 심리가 밑바탕에 깔려있음을 느낀다. 더욱 난처한 것은 좋은 프로그램을 제작하기 위해 많은 시간 취재를 하게 되는데, 한 시간 프로를 위해 100시간 이상 찍은 경우도 있었다. 하지만 정작 TV에는 1/100밖에 소개되지 않으니까 인터뷰한 사람들의 모습은 거의 나오질 않는다. 방영이 끝나고 비난을 받은 적도 있었다.

또 촬영하는 사람의 마음과 인터뷰에 응한 사람의 마음이 엇갈리는 경우가 많은데, 이 모든 것은 시청률을 의식한 데서 발생하는 경우가 많다. 일본인의 일하는 스타일이 문제인 것 같다. 취재를 승낙하면 그들은 여러 가지 사전 준비를 하여 몇 시간이고 인터뷰한다. 이때는 카메라 없이 녹음과 메모가 중심이다. 메모가 정리되면 시나리오를 만들고, 그것을 보면서 이야기를 해달라고 요청한다. 앞뒤의 상황을 고려하여 철저한 준비를 한 셈이니 시나리오대로 말하면 누락되는 부분은 없다. 그러나 배우도 아닌데, 대본을 보며 이야기하는 훈련이 안 되어 있는 데다가 더욱이 하고 싶지가 않다. 촬영에 응하면서도 신이 나지 않기 때문에 처음보다 톤이 다운된 상태다.

일본 TV에서는 1시간짜리 프로그램을 제작하려면 6개월쯤은 왔다 갔다 하며 편집하고 이후 방영을 한다. 봄에 찍은 할아버지가 가을까지 찍다가 돌아가시는 일도 있다. 봄에 찍은 장면을 잊어버리지 않느냐고 물으면 그들은 매일 편집을 하고 있으니 모두 기억하고 있다고 한다.

공들어 찍은 프로가 꼭 좋기만 할까. 물론 내용으로는 훨씬 탄탄한 구성을 보이겠지만 때로는 즉흥적으로 만들어 낸 프로그램이 더 생동감 넘치고 박력이 있어 시청자에게 뜨거운 감동을 주는 경우가 있다.

방송 후, 일본 열도는 눈물의 바다가 되었다. TV를 본 사람들로부터 수많은 편지를 받았다. 그 방송을 계기로 한국의 '11시에 만납시다.'라는 프로에 출연하게 되었을 때, 당시 김동건 아나운서는 대담 중에 손수건을 꺼내 몇 번이고 눈물을 닦았다. 진실이란 이렇게 시간과 공간을 초월하는 큰 힘을 가지고 있다는 것을 다시 한번 느꼈다.

'고향의 집'에서도 할아버지, 할머니들이 홀에 모여 TV를 시청했다. 현순이라는 할머니가 말씀하셨다.

"이사장, 우리는 일본에 와서 일본 사람보다 10배 더 고생했소. 하지만 어머니는 한국 고아들을 키우느라 우리보다 10배나 더 고생한 것 같소. 영화를 만들어야겠소."

80이 넘은 할머니로부터 영화를 만들라는 이야기는 내게 하늘의 소리로 들렸다.

한일친선

한일관계는 아직도 해결되지 않은 문제를 안고 있다. 과거사 문제와 야스쿠니 신사 참배가 바로 그것이다. 이 문제들은 두 나라 간의 견해 차이를 보이면서 현재까지 갈등만 키워가고 있다.

그동안 일본은 나름대로 사과를 했다고는 하지만, 한국인이 보기에는 썩 진정성이 느껴지지 않았을뿐더러 오히려 불쾌감을 가졌던 것이 사실이다. 오랫동안 사무라이 정신을 따라왔던 그들은 잘못했을 경우, 자신의 진심을 보여주기 위해 자결을 했다. 양심을 보여주기 위한 마지막 선택이었다. 이랬던 일본은 어디 간 것일까. 왜 과거에 대해 반성하지 않는 걸까.

일본과 서독이 같은 패전국이면서도 다른 모습을 보인다. 일단 서로 문화가 다르다. 종교만 해도 독일은 기독교 문화요, 일본은 일본만의 독특한 종교문화가 있다. 심지어 어떤 사람은 '크리스천은 일본인이 아니다.'라는 말을 하기도 한다. 어머니가 들려준 일본인은 '친절, 정직, 근면하다.'였다. 그랬다. 내가 직접 겪어본 일본인은 평화가 느껴질 정도로 친절하고 정직했다. 그런데 과거사 문제에 대해서는 왜 정직하게 인정하지 못하는 걸까. 반성하고 사과하면 될 일을 말이다.

1980년대 쯤의 일이다. 사사가와 로이치 선생은 전후 일본선박진흥회를 만들어 그 수익금의 일부를 복지·의료·교육·스포츠에 기부했던 거물 중의 거물이다. 괴물이라고 알려진 사사가와는 한국의 나자로 마을에 한센병 환자를 위한 건물을 세웠다. 건물 준공식에 참석하러 오신 사사가와는 삼성물산의 이병철 회장과 주한일본대사 스노베 대사와 미팅을 했다. 그 자리에 동석하게 된 나는 두 나라의 경제적 거물들이 무슨 대화를 나눌지 몹시 궁금했다.

그때 사사가와 선생은 잠바 차림이었다. '세계는 한 가족, 인류는 형제자매'라는 캐치프레이즈가 새겨진 일본 선박진흥회의 유니폼을 입고 있었다. 복장에 개의치 않는 선생의 모습이 내게는 신선한 충격으로 다가왔다. 우리를 맞은 이병철 회장은 의자를 권했고, 사사가와 선생은 앉자마자 이야기를 꺼냈다.

"우리 선박진흥회는 세계에서 기부를 제일 많이 하는 회사가 되었습니다. 1년에 500억 엔 정도를 기부하고 있지요. 삼성은 얼마를 하고 있습니까."

사회사업을 하는 나는 한국 최대의 거물 이병철 회장이 어떤 대답을 할지 몹시 궁금했다. 그런데 이 회장은 오히려 질문하는 것이었다.

"언제 돌아가시죠?" 그것이 이 회장의 대답이었다.

"어제 왔습니다. 그리고 내일 갑니다."

이에 이 회장은 식사라도 같이 해야하는데, 도무지 시간이 없다는 표정을 지었다. 이어서 사사가와 선생이 말했다.

"나자로 마을의 나환자 병동을 보고 오는 길입니다. 안아주고 싶을 만큼 젊고 아름다운 여성 환자가 있었습니다. 빨리 나을 수 있도록 해야겠어요."

사사가와 선생의 말투는 거침이 없었고 또한 직설적이었다.

이 회장은 어떠한 발언도 하지 않았다. 한국의 경제 사정이 아직은 열악하다거나, 정치 자금이 우선이니 복지에 관심을 둘 형편이 아니라는 등의 말을 할 법도 한데 말이다. 나는 그러한 이병철 회장을 보면서 '거물은 변명을 안 하고 사는 건가'라는 생각을 했다.

다음 날 아침이었다. 교통부 장관을 지낸 김일환 선생이 계셨고, 사사가와 선생은 아침 식사로 잣죽을 원하셨다. 나는 식사를 앞두고 간단한 기도를 했다. 그 모양을 본 사사가와 선생은 내게 물었다.

"자네, 크리스천인가?"

"예"

"나는 크리스천에게는 보조금을 안 주네."

나는 사사가와 선생의 말에 좀 놀랐고, 의외이기도 했다. 옷에 새겨진 '세계는 한 가족, 인류는 형제자매'라는 캐치프레이즈와 걸맞지 않아서였다.

"크리스천을 반대하시는 특별한 이유라도 있으신가요?"

나는 정중하게 여쭈었다.

"그 친구들은 바보들이야, 일본인이 아니야."

"무슨 뜻인가요? 일본인이 아니라니요?"

"그들은 반대만 한단 말이야. 히노마루(일본기), 기미가요(일본국가),

야스쿠니도 반대하지. 그러니 일본 사람이 아니란 말이야."

나는 회장의 말에 그럴 수도 있겠다 싶었지만, 한편으로는 재미도 있었다.

"선생님께서는 2차 대전의 잘못을 뉘우치고 샌프란시스코와 로스앤젤레스 사이에 신칸센을 놓아주셨다고 들었습니다. 미국이라는 나라는 다민족 사회이고, 또한 국가입니다. 기독교는 국가관을 반대하는 종교가 아닙니다. 한국이 기미가요나 히노마루를 못마땅해하는 것은 천황을 숭배하는 사상이 밑바닥에 있기 때문입니다. 천황께서는 미드웨이 선상에서 인간 선언을 하지 않았습니까. 인간 선언을 한만큼 크게 문제 될 것은 없다고 봅니다. 다만 야스쿠니는 미국이나 한국처럼, 국가를 위해 희생된 사람들을 추모하는 국립묘지를 만들고, 참배는 국민들의 신앙과 종교에 따라 자유롭게 하도록 한다면 문제가 없을 것입니다.

일본의 헌법에는 종교의 자유를 인정하고 있습니다. 소수자의 인권을 존중하는 것이 민주주의요, 국민의 기본적 권리라 생각합니다. 인류 평화를 위해 공헌하셔서 WHO 세계보건기구 건물 앞에는 선생님의 동상이 서 있고, 세계의 훈장이란 훈장은 다 받으셔서 이제 노벨평화상만 남아있는 것 아닙니까. 선생님께서는 오히려 일본보다 더 큰 세계를 꿈꾸어야 하지 않을까요. 그것이 '세계는 한 가족, 인류는 형제자매'가 아니겠습니까. 저는 그 길이야말로 진정한 크리스천의 정신이라고 생각합니다."

내 장황한 이야기에 회장은 고개를 끄덕이며 수긍했다.

"아, 그런가. 그럼 나는 한국의 크리스천이 될까."

좌중에서는 웃음이 흘러나왔다. 그리고는 김일환 선생께서 말씀하셨다.

"윤 군, 오늘 큰 고기를 잡았군. 사사가와 선생이 크리스천이 되면 일본인 모두가 크리스천이 된 거나 다름이 없네."

다시 한번 큰 웃음이 터졌다.

지금도 한일 양국에 커다란 걸림돌이 되어 있는 것은 야스쿠니 문제다. 우연하게도 나는 "괴짜 총리 고이즈미 준이치로"라는 책을 번역하여 한국어로 출판했다. 고이즈미 총리는 총리가 되기 전 한국을 한번도 방한한 적이 없는 정치가였다. 상대는 알아야 한다.

고이즈미는 괴짜요, 강한 개성의 소유자요, 독신이자 외골수 정치가다. '대중의 흥미가 무엇인가'에 대해, 천재성을 발휘하여 알고 대처한다. 그는 자민당이면서 반 자민당을 비판하여 국민에게 박수를 받았고, 야당을 무력하게 만들었다. 파벌을 없애겠다, 자민당을 깨버리겠다는 선거 구호로 예비선거에 당선되었고 총재 자리에 올랐지만, 자민당을 깨버리지 않았다. 지난번 선거에서는 자민당이 대승하여 더 조직이 커졌고, 거기에는 고이즈미 수준의 정치 바둑이 있었다.

그의 저서에는 소년 특공대의 이야기를 흥미 있게 읽고 자랐다고 기록되어 있다. 꽃다운 나이에 자신의 몸을 희생한 소년 특공대. 한국인이 유관순 여사를 찬양하는 것처럼, 그의 순정은 소년 특공대의 희생 위에 오늘날의 일본이 있다고 생각한다고 적혀있다.

대부분의 일본인은 나라를 위해 희생한 사람을 추모하는데 왜 한국, 중국, 미국이 반대하는지 의문을 가지면서도 좀처럼 표시를 내지 않고 있다.

언론이 총리의 참배 문제만을 거론하여 정치 문제가 되고 있어서, 일반 국민들은 이해를 못 하고 있는 것 같다. 전범이 야스쿠니에 안치되어 있다는 말 가지고도 설득이 쉽지 않다.

일본은 '야오요로즈노카미'라 하여 800만 개가 넘는 잡신의 나라로, 천황도, 맥아더도, 모두가 죽으면 신이 되는 문화다.

아이가 태어나면 잘 자라게 해 달라고 새해 첫날 신사에 간다. 장례식 때는 스님이 오셔서 주문을 외우고, 죽은 후 스님으로부터 새로운 이름을 산다. 돈을 많이 주면 높은 이름을 주고, 새로운 이름을 받으면 극락에서 장생한다고 믿는다.

또, 거실의 한 가운데에 불당을 모시고 있다. 기독교와 더불어 다른 종교의 인구가 1%밖에 안 된다 해도 신앙의 자유를 인정한다. 아마도 세계에서 가장 전도하기 힘든 나라가 일본이지 않을까. 그 때문에 야스쿠니 참배를 반대하는 것이 일본 국민에게 어필이 안 되는 것이다. 본질은 그대로 두고 총리의 행동을 지적하니 내정간섭으로만 받아들이고 있다.

정치권 일부에서는 총리의 야스쿠니 문제로 국제관계 악화를 우려하고 있다. 모든 국민이 자연스럽게 추모하는 국립묘지를 일본도 만들어야 한다.

쇄국에 가까울 정도로 외국인의 입국이 까다로운 일본도 국제화, 세계화에 따라 1980년도부터 늘기 시작한 외국인의 수는 200만 명을 돌파했다.

2004년 국제연합의 '인간개발'보고서에 따르면, 현재 캐나다의 토론토에 사는 시민의 50% 이상이 다른 나라에서 출생한 사람이다.

앞으로 서울이나 동경이 토론토처럼 되는 것은 시간문제라 생각한다. 외국인 노동자를 받아들였더니 문화가 들어왔다는 독일의 경험은 여러 가지로 의미가 크다. 한·일 양국의 현안이 되는 야스쿠니 신사 참배 문제도 어느 땐가는 일본인의 의식이 국제화, 다양화가 되어서 국립묘지의 참배를 더 자연스럽게 하지 않을까 생각한다.

일본은 한국의 이웃이다. 그리고 한국은 일본의 이웃이다. 이웃이 싫다고 해서 이사를 할 수도 없는 숙명적인 이웃이다. 한국의 대중문화가 일본을 휩쓸고 있다. 그뿐이랴. 한국의 아름다움, 한국의 식문화, 한국의 멋진 패션이 세계에 진출하고 있다. 한국문화이기 때문이 아니라 아름답고, 맛있고, 멋있기 때문이다. 한국에도 일본문화가 많이 들어와 있다. 한국과 일본은 숙명적인 이웃 아니던가.

한국의 좋은 점을 일본에 소개하고, 일본의 좋은 점을 한국에 소개하는 역할이 나의 Life Work이다. 국가 간에 아직 해결하지 못했던, 얽혀있는 문제들을 하나하나 현명하고 지혜롭게 풀어나가야 하지 않겠는가.

통역이 필요한 나라

현대사회는 국가 간 다양한 협력을 해야 하고 충분한 의사소통 없이는 일의 성과도 평화도 기대할 수 없다. 여기에 필요한 것이 바로 통역이다.

급격한 국제화의 추세에 따라 상품과 자원이 이동하고 인적 교류가 늘어나면서 인구의 이동도 많아졌다. 교토에는 국립교토 국제회의장이 있다. 그 규모가 대단히 크고 시설이 잘되어 있어 놀랐다. 그러나 서울의 코엑스나 싱가포르의 국제회의장에 비하면 화려함과 크기가 비교조차 되지 않는다. 그 때문에 교토 시장은 이나모리 교세라 회장을 이사장으로 모시는 자리에서 교토회의장을 더 큰 규모로 건설하지 않으면 대규모 국제회의나 행사를 유치할 수 없다고 말했다. 한국은 불과 얼마 전까지만 해도 언제쯤 이렇게 훌륭한 국제회의장을 가질 수 있을까 하며 부러워했었다. 지금은 일본 사람들이 오히려 한국에 밀리고 있다고 초조해한다. 세상이 많이 바뀐 것만은 틀림없는 사실이다.

국제회의에 있어 가장 중요한 것은 의사소통으로, 충분한 의견 개진과 소통이 이루어져야 소기의 성과를 얻을 수 있다. 그러니 시설확장도 확장이지만 무엇보다 통역의 장애가 있어서는 안 될 것이다. 통역이란 말이나 글을 상대방 나라의 말로 전해주고 상대방의 말을 다시 우리말로 옮겨오는 역할로, 잘못되면 엄청난 파장과 커다란 분쟁의 소지가 되기도 한다. 그만큼 통역은 중요하다.

교토는 옛날부터 절약하는 문화가 있다. '못다이나이(勿体ない)'라는 표현은 아깝다는 뜻이다. 또 '손톱으로 불을 밝힌다'는 의미로 '쯔메니히오 도모스(爪に火を点す)'라는 일본말은 검약 정신을 뜻하는 말이다.

일본에 다케무라 겐이치竹村健—라는 거물 평론가가 '일본의 상식이 세계에 나가면 비상식이 되고, 또 세계의 상식이 일본에 오면 비상식이 된다.'는 말을 만들었다. 즉 일본은 도무지 이해되지 않는 생각이나 습관이 많은 나라라는 것이다.

주한일본대사를 지내신 분 중에 우시로쿠 도라오後宮虎郎라는 분이 계셨다. 그분은 한일 관계가 가장 어려울 때 부임하셔서 고생도 많이 하셨다. 대사님이 외무성을 퇴임한 후 교토에 있는 국제회관의 관장 일을 맡고 계셨을 때였다.

"아드님은 무슨 일을 하고 지내시나요?" 하고 묻자, "우치노 무스코 와 데키가 와루이."라고 대답했다. 자기 아들이 별로라는 뜻이다.

"아, 그러세요?"

옆에 앉아있던 아내가 내 발을 살짝 밟았다. 그리고는 얼른 내게 대사님의 아들에 관해 이야기해 주었다.

"대사님의 자제분은 게이오 대학을 졸업하고 지금은 일류기업에 근무하고 계세요."

아내의 말을 들은 나는 이상했다. 왜 그렇게 훌륭한 아들을 두셨으면서도 대사님은 '데키가 와루이(못난이)'라고 했을까. 나는 그 말을 곧이곧대로 들은 것이다. '그럴 리가 있겠습니까?'라고 나는 부정했어야 했다.

또 하나의 예는, 내가 도쿄의 중심지역에 '고향의 집 도쿄'를 추진할 때였다. 법인을 새로 설립하는 것, 부이사장은 해당 구의 사람이어야 한다는 것, 법인 사무소는 해당 구에 있어야 한다는 등의 요구를 했다. 나는 나중에 고생하는 것보다 처음에 고생하는 게 낫다는 생각으로 구청에서의 요구사항을 하나씩 해결해 나갔다. 그리고 구청의 추천을 받아 도쿄도의 예산 설명회에 참가했고, '고향의 집 도쿄'의 건립일이 순조로울 것으로 생각했다.

그러나 나와 함께 설명회에 참석했던 아내와 딸은 분위기로 보아 어렵다고 판단했다. 얼마 후 구청에서는 나에게 해당 구민만을 수용하겠다는 각서에 사인하면 예산을 지원해 주겠다는 마지막 카드를 내놓았다. 나는 다른 법인에도 이런 각서를 받고 있느냐고 물었다. 내 물음에 구청 직원은 대답했다.

"사실은 고향의 집 홈페이지를 보았습니다. 고향의 집은 너무 유명해서 우리 구에 완성이 되면 우리 구민뿐 아니라, 도쿄를 비롯하여 가와사키, 요코하마 등의 한국인 고령자들이 몰려올 것으로 예상을 했습니다. 하지만 우리는 구민을 위한 행정을 하는 곳이니 다른 주민이 우리 구의 예산으로 시설을 이용하는 것은 무리입니다. 그러니 당신에게 허가해 주기 위해서는 여기에 먼저 사인을 해 주십시오."

나는 그 직원의 요구에 이의를 제기했다.

"노인시설을 더 늘리기 위해 도쿄에 만들려는 것이 아니라 도쿄에 있는 10만의 우리 동포들의 노후를 위한 것입니다. 이 지역의 인구가 60만 이상인데 그중 재일 한국인은 3,000명입니다. 구민만 이용한다면 200명 정원에 재일한국 노인은 한 사람꼴입니다. 나도 구청의 사정을 듣고 한 가지 제안을 하겠습니다. 100명의 정원에 50명은 현지 구민이 이용하고 나머지 50%명은 도쿄에 사는 고령자가 이용할 수 있도록 하면 어떻겠습니까?"

내 말에 구청장과 의논을 해보겠다고 했다. 문득 나는 딸이 했던 말이 생각났다.

"아빠, 어려울 것 같아. 포기하는 게 어때?"

일본학교에 다닌 딸은 일본인의 말뿐만 아니라 표정과 분위기를 읽은 것이다. 만약 한국이었다면 어떠했을까. 처음부터 불가능한 일이라고 했을 것이다. 일본 생활에 웬만큼 익숙해졌다고 생각했지만. 아직도 나는 일본인의 의중을 제대로 파악하지 못하고 있었다. 덕분에 오사카와 도쿄를 수십 차례 왕복하는 고생은 수포가 되었다.

고향의 집 도쿄가 세워지기까지는 그 이후에도 네리마구練馬区, 신주쿠구新宿区, 기타구北区등 3개 구의 실패를 딛고 4번째 도전이었던 고토구江東区에서 비로소 실현되었다.

딸 녹이의 원장 취임

1998년 4월이었다. 공생원 원장을 하는 누나가 느닷없이 오사카의 '고향의 집'으로 찾아왔다.

"여러 가지 생각을 해봤는데 지금 공생원에는 새 일꾼이 필요해. 그래서 말인데 녹이가 원장을 맡았으면 좋겠구나. 새 시대에는 새 일꾼이 필요해. 이제 녹이의 시대가 온 것 같다."

연락도 없이 일본까지 온 누나는 다짜고짜 녹이에게 공생원을 맡으라고 했다. 놀라웠다. 그런 일은 지금까지 생각해 본 적도 없었다. 게다가 공생원을 떠나올 때의 일도 생각났다. 그때 일본으로 가겠다고 했을 때 아무도 붙잡지 않아 내심 서운했었는데 이제 와서 녹이더러 공생원을 맡으라니. 게다가 새 시대 새 일꾼이라니.

"아직 어리고 경험도 없는데······"

나는 말을 얼버무렸다. 사실 나는 딸에게 그 어려운 일을 맡으라고 하고 싶지 않았다. 고생은 나만으로도 충분했다. 딸은 그저 딸의 인생을 살기를 바랐다. 이제 25살인 딸이 무얼 알겠는가? 자신 없어 하는 내 말에 누나는 정색하며 말했다.

"너는 25살에 공생원 원장이 되었다. 녹이는 너희들 모습을 보고 컸고, 일본과 외국의 대학원에서 복지를 전공한 국제인이 아니냐? 녹이만한 적임자가 어디 있겠냐?"

"다른 사람은 없을까요? 녹이에게는 아직 박사과정이 남아있어요. 지금 일하게 되면 나처럼 공부를 못하게 될지도 모르는데 어떻게든 공부는 마치게 하고 싶어요. 게다가 결혼도 안 했는데……"

나는 누나의 표정을 살피며 조심스럽게 내 속내를 털어놓았다.

"그걸 모르는 건 아니다. 그래서 녹이 엄마에게는 미안해서 말을 할 수가 없다. 하지만 공생원 원장은 아무나 못 해. 그 어려운 일을 누가 하겠니? 아무리 생각해봐도 지금이 녹이가 목포에 올 시기다. 목포 사람들도 윤학자의 손녀가 돌아왔다고 기뻐할 것이고…… 그러니 내 말대로 하자."

나는 녹이를 키우면서 후계자로 생각한 적이 한 번도 없었다. 가정환경이나 부모의 욕심 때문에 자식이 희생되어서는 안 된다는 게 평소의 내 생각이었다. 그런 탓에 나는 녹이에게 부담을 주지 않으려고 집에서도 친구가 되어 같이 놀아주었다.

"아빠, 집에서 나와 친구처럼 놀고 밖에 나가서는 일 잘해?"

나와 아내는 웃었다. 딸이 보기에 그런 내가 걱정되었던 모양이었다. 하긴 철없이 놀았으니 딸의 눈으로 보아도 영락없이 아이 같았을 것이다. 그런 사람이 어떻게 공생원 일을 하는지 딸은 나름대로 걱정되었던 모양이다.

딸은 영국으로 고등학교를 보냈다. 그 딸이 커서 시키지도 않았는데 사회복지를 전공하겠다고 의논해왔다. 나는 어머니가 내게 말했던 것처럼 네가 좋아하는 길을 선택하라고 했다. 사회복지는 강요해서 되는 게 아님을 너무나 잘 알고 있었기 때문이었다. 일종의 사명감이나 소명 의식이 없이는 하기 어려운 일이 사회복지 쪽의 일이다. 나는 그 딸에게 세 가지 길에 관해 이야기했다.

"그래, 네가 복지 공부를 해보겠다니 기특하구나. 어렸을 때부터 보아 왔으니 이상할 것도 없지. 암튼 복지라고 해서 다 아버지처럼 하는 것은 아니다. 더욱더 폭넓게 생각할 필요가 있다. 하나는 세계무대로 나가 봉사하는 길이 있고, 또 다른 하나는 대학에 가서 학생을 지도하는 길이 있다. 그리고 나머지 하나는 복지 현장에서 일하는 길이다. 어느 것도 다 만만치 않은 일이다. 하지만 말이다. 복지 현장을 선택할 경우 박사과정은 끝내고 참여해라."

녹이는 그런 내 말에 고개를 끄덕였다. 그런데 지금 누나가 녹이를 데리러 온 것이다.

"본인에게 물어봅시다. 본인의 생각이 중요하니까요."

나는 아내의 표정을 살피며 대답했다. 목포에서 고생했던 경험이 있는 아내는 긴장하기 시작했다. 하지만 무조건 반대하지는 않았다. 아내는 본인에게 물어보자는 내 말에 동의했다.

녹이가 돌아왔다. 누나는 메모해 온 것을 꺼내더니 녹이에게 차근차근 설명해 나갔다. 나와 아내는 딸이 100% 거절하리라고 믿고 있었다. 그런 까닭에 진지한 표정으로 녹이를 설득하는 누나에게 내심 미안한 마음마저 들었다. 한데 누나의 설명을 다 듣고 난 녹이는 잠시 생각에 잠겨 있더니 나와 아내를 한번 힐끗 보고는 입을 뗐다.

"고모님의 이야기를 들으니 이 일이 나의 운명이라고 느껴집니다. 할머니부터 시작해서 아버지가 이어 오신 일입니다. 어찌 내 일이 아니겠어요. 그러니 목포에 가겠습니다."

운명. 운명이라니. 아직도 어리다고 생각해온 딸의 입에서 나온 말에 나와 아내는 놀라지 않을 수 없었다. 아내는 눈이 동그랗게 벌어져서는 나와 녹이를 번갈아 가며 쳐다보았다. 딸은 웃으면서 말했다.

"어머니가 목포에 가셨을 때는 23살이셨어요. 녹이는 25살이란 것을 잊으셨어요?"

딸의 말에 아내는 울상이 되었다 .

"나에게는 네 아빠가 있었는데도 힘들었어."

"어머니. 걱정하지 마세요. 나는 잘 할 수 있어요. 그것보다 일본 국적인 내가 한국에 가서 일하다 보면 어려운 일을 당할 수도 있을 거예요. 그러니 보험이나 들어주세요. 혹시 또 알아요? 죽어라 고생하다 정말 죽게 되면 어머니 아버지한테 효도 못 하게 되잖아요. 그러면 죄송해서 어떡해요?"

농담으로 말했지만 나는 딸아이의 각오를 느낄 수 있었다. 어린 나이에 죽음까지 각오하고 공생원으로 가겠다는 용기가 어디서 생겼을까. 언제 저렇게 컸던 것일까. 늘 어린애로만 보였는데 딸은 슬금슬금 저 혼자 커왔던 모양이었다.

"녹이야. 네가 할아버지, 할머니, 아버지가 이어온 사업을 지키러 가겠다니 눈물이 나올 만큼 고맙다. 그런데 다시 생각해 볼 수 없겠니? 고아원 일은 너무나 어려운 문제들이 많단다. 게다가 너는 일본 어머니 밑에서 일본 교육을 받고 자랐다. 한국과 일본 사이에는 여러 가지 문제가 있지만 그중 가장 중요한 것은 자존심 문제다. 너는 열심히 일하겠지만, 직원들이 네가 일하는 방식이 일본식이라고 오해를 하거나 따르지 않을 경우도 있다. 한국 직원의 생각을 바꿀 수는 없다. 그러니 스스로 너 자신을 죽이는 길밖에 없다. 할머니가 모두에게 존경을 받았던 이유는 자신을 조금씩 죽여 가는 삶을 살았기 때문이다. 너에게 그런 고통을 주고 싶지 않다. 더욱이 지금 공생원은 아빠가 운영하던 때보다 정부의 지원이 많아져서 관청의 간섭도 많고, 직원들을 통솔한다는 것도 여러모로 힘이 들 것이다. 게다가 또 예산도 다르다. 그저 막연히 '할 수 있다'라는 생각만으로는 어려운 일이 그 일이야. 하지만 젊기 때문에 할 수 있는 일도 있다. 너는 젊고 지혜로우니 잘 헤쳐나갈 수 있으리라 믿지만 그래도 모든 것은 하나님께 기도드리고 감사하면서 결정하는 것이 좋겠다."

나는 조심스럽게 녹이를 설득했다. 내 은근한 회유에도 불구하고 녹이는 생각을 굽히지 않았다. 결국 녹이의 목포행이 결정되었다. 이사님들은 기뻐했다. 만장일치로 공생원 원장을 승인받은 자리에서 딸은 한국어로 인사했다.

"앞으로 공익성, 투명성, 전문성을 가지고 시설 운영을 하고자 합니다. 잘 부탁드립니다."

딸아이의 의젓한 모습에 아내는 흐뭇한 표정으로 내게 말했다.

"아버지보다 훌륭하죠?"

나는 아무 말도 할 수 없었다. 그저 감개무량할 뿐이었다. 눈물이 나오려는 것을 애써 참았다. 슬쩍 훔쳐보니 아내의 눈에는 어느새 그렁

그렁 눈물이 맺혀 있었다. 드디어 공생원에 세대교체가 이루어졌다. 3 대에 걸쳐 고아원 운영을 하게 된다니. 이것은 사람의 힘으로는 할 수 없는 일이다. 억지로 하고자 해도 안 되는 일이 이 일인 것이다. 이것은 필시 누군가의 힘이 작용한 것이리라 믿는다. 아버지, 어머니이거나, 또는 하나님일지도 모른다. 그게 우리 가족의 사명이자 소명인지도 모른다. 아니, 고맙게도 다른 사람이 우리를 그렇게 하도록 만들어주었을 것이다.

녹이가 중학교 때 학교에서 실시한 앙케트에서 제일 싫어하는 일이 사회사업이라고 썼다고 한다. 그 이유는 사회사업을 하는 아빠가 언제 나 사람들에게 고개만 숙이고 있기 때문이라는 것이었다. 그 딸이 영 국에 가서 공부하며 생각에 변화를 가져온 것이다. 세월은 흐르고 변 했다. 그 흐른 세월 속에 얼마나 많은 변화가 있었는지 모른다. 하지만 진리는 절대 바뀌지 않는다. 그 진리 앞에 나는 머리 숙인다. 언젠가 녹 이가 지금의 나의 심정을 이해하는 날이 올 것이다.

5장

사회사업과 나

가나야마 대사

　아사히신문 서울 특파원 오카이岡井 기자가 새파랗게 젊은 원장인 나를 가나야마 마사히데金山政英 대사에게 소개했다. 서양풍의 인상에서 매우 온화한 느낌이 엿보였다. 사토佐藤 총리로부터 윤학자田內千鶴子 여사의 이야기를 들었다. 부임 인사가 끝나는 대로 만나려고 했다는 말이었다. 가나야마 대사는 어머니가 돌아가신 것도 모르고 계셨다. 오카이 기자가 "젊은 나이에 대단한 일을 하고 있다고 말했다. 목포에 가서 공생원을 취재했는데 320명이나 되는 고아들을 키우는 일을 하고 있다."는 등의 말을 해주었다.

　가나야마 대사는 차분하게 들으면서 어려운 일이 있으면 언제든지 의논해 달라. 내가 할 수 있는 일이라면 돕도록 하겠다고 말씀하셨다. 나는 용기를 얻었다. 이분이라면 어떤 얘기를 해도 되겠다는 생각이 들었을 때, 나는 불쑥 "목포시민에게 사과해 주십시오."라고 말했다. 순간, 가나야마 대사는 얼굴이 심각한 표정으로 굳어지더니 나를 향해 물었다.

"내가 왜 사과를 해야 합니까?"

목포시에서 일본 여인이었던 어머니의 장례식을 최초의 시민장으로 치러 주었다. 그때 장관과 도지사도 참석했는데 일본대사 자리만 비어있어서 무척 아쉬웠다고 설명했다.

가나야마 대사는 "목포시로부터 시민장 연락을 받지 못했다. 이유야 어떻든 윤 상 말대로 대사로써 인사를 드렸어야 했는데 잘못되었다. 3만 명은 어렵더라도 목포시에 계시는 유지 3백 명은 대사의 이름으로 초청해 달라. 내가 직접 목포에 내려가겠다."고 했다. 옆에서 듣고 있던 오카이 기자는 무척 기뻐하는 표정이다.

가나야마 대사는 다음 해 봄날(4월 12일), 목포를 방문했다. 일행은 10여 명으로 부산 총영사관 직원들도 함께였다. 나는 생각해 보았다. 불행했던 과거 때문에 어머니는 얼마나 많은 마음고생을 하셨을까? 일본 여인이었기에 감당해야만 했던 고통이 적지 않았을뿐더러 양국의 국교가 정상화되어 일장기를 앞세우고 일본을 대표하는 대사가 공생원을 방문한다고 하는 일은 어머니 시대에는 꿈도 못 꾸었을 것이다. 아마도 이날의 모습을 천국에서 내려다보시면서 기쁨의 눈물을 흘리고 계시리라 생각한다. 우리는 어머니의 마음으로 돌아가 대사님을 진심으로 환영했다. 아이들은 태극기와 일장기를 고사리손으로 정성껏 그렸고, 기미가요를 연습했다. 거기에는 한국도 일본도 따로 없었다. 다만 두 나라 사람의 마음이 하나가 되어 일생을 고아들을 위해 헌신한 어머니를 존경하는 마음뿐이었다.

가나야마 대사는 "오랜 외교관 생활을 해왔지만 이렇게 감동을 한

일은 일찍이 없었습니다. 일본대사관을 서울에서 목포로 옮겨야 하겠습니다."라고 말씀하셨다. 그리고 "부탁이 있습니다. 여러분이 다우치 여사를 사랑해 주신 것처럼 여기에 있는 그 아들 윤기도 사랑해 주십시오. 일본대사관도 최선을 다해 돕겠습니다."라고 인사말을 끝냈다. 강당 안에는 기쁨과 희망, 감동만이 있었다. 이것이 나와 가나야마 대사와의 만남이었다. 가나야마 대사는 이 사실을 외무성으로 보고했다. 훗날 외무성을 퇴임하신 가나야마 대사를 공생원의 이사장으로 모셨다. 사회복지사업은 얼마나 마음의 문을 크게 여는가 하는 것이 중요한데, 저렇게 높은 분이 맡아주실 리가 없다고 아예 포기해버렸더라면 공생원도 나의 역사도 달라졌을 것이다. 내가 하는 일의 뒤에는 항상 가나야마 대사가 계셨다.

1997년 11월 1일 저녁, 가나야마 대사가 돌아가셨다는 연락을 사위 곤도씨로 부터 받았다. 11월 1일이라니. 전날 31일에 고치에서 있었던 다우치 치츠코 기념비 제막식을 지켜보시고 돌아가셨단 말인가. 마음이 착잡해졌다. 장례식은 동경에 있는 가톨릭 성당에서 거행되었다. 대사님의 화려했던 지난날의 활동에 비하면 조촐한 기분이 들었다. 그러나 무엇보다도 조용하고 엄숙한 가톨릭 의식과 분위기가 마음에 들었다. 마지막으로 관속에 한 송이의 꽃을 가슴에 얹으면서 "정말 감사했습니다."라고 인사를 드렸다.

서울에서 온 이혜숙, 가나야마 대사님과 오랫동안 일해 오셨던 최서면崔書勉 원장, 그리고 김용성 회장과 함께 장례식장을 나와 근처의 찻집으로 향한 우리들은 고인에 대한 추모의 대화를 오랫동안 나누었다. 그동안 최서면 원장과 가깝게 지내지 못했기에 자주 말씀을 나누는 기회가 없었다. 그러나 우리 두 사람에게는 사업의 든든한 후원자를 잃은 공통점이 생겼다.

"윤 군, 가나야마 대사님이 자네를 아들처럼 생각했는데 어떻게 관계가 시작되었나?" 최서면 원장이 나에게 물었다. "대사님이 부임하신 후 신문기자의 소개였지요."라고 대답하자 "나보다 먼저 만났었군. 나는 가나야마 대사가 퇴임한 후에 어느 분의 사무실에서 만나게 되었으니까. 그런데, 어떻게 해서 가나야마 대사가 그렇게 자네와 공생원 일을 열심히 하게 됐나?" 최서면 원장은 그동안 궁금했던 것이 많았던 모양이다.

"가나야마 대사님의 깊은 신앙과 한일관(韓日觀)이었지요."

"그분이 크리스천이란 걸 처음부터 알았나?"

"몰랐어요."

"대사가 서울을 비우게 되는 일이 여간해서 어려운데 어떻게 공생원에 가게 되었나. 그 먼 목포까지 말이야."

"가나야마 대사님은 매우 자상한 분이셨어요. 그리고 뭔가 시원스러워 서구적인 분위기가 엿보였어요. 제가 어려워서 말도 잘못하고 있으면 담배를 계속 피우시면서 자상하게 대해주셨어요."

"어떻게?"

"내가 할 수 있는 것은 사양하지 말고 부탁하라고 그러시더군요. 그래서 어머니가 생명을 바친 공생원에 오셔서 아이들을 만나 주시라고 말씀드렸지요."

"그리고?"

"목포시민에게 사과해 달라고 했어요."

"무슨 사과를 대사가 하나?"

"글쎄요, 제가 그때 말을 잘못했어요. 사과라는 말이 외교관에게 있어서 얼마나 중요하다는 것을 몰랐었지요."

"그래, 대사님이 뭐라고 하시던가?"

"자상하시던 얼굴이 변했어요. 그리고는 무슨 사과를 목포 시민에게 해야 하느냐고 하시더군요. 화도 내지 않으시고…"

"그거야 일류 외교관이 실제의 감정을 어떻게 표정에 나타내시나. 그러나 마음속으로는 자네가 괘씸한 놈이라고 생각했겠지."

"글쎄 말이에요. 저도 식은땀이 나올 지경이었어요. 그러나 이야기를 했지요. 어머니가 돌아가셨을 때 그때 목포역 광장에는 수많은 사람이 모였었거든요. 보건사회부 장관, 전라남도지사, 그리고 일본대사 자리가 마련되어 있었는데 대사 자리만 비어 있었어요. 뭔가 목포시민에게 미안하더라고요. 서울에 계셔서 한·일간의 경제 협력하시느라 차관 서류에 서명하시는 것도 중요하지만 이런 자리에 오셔서 일본인 다우치 치즈코를 시민장까지 해주어서 고맙다는 말씀 한마디 하시면 한·일간의 응어리가 화해로 변하지 않았을까 하는 저의 마음이었지요."

"그래서 대사님은 뭐라고 말씀하시던가?"

"부임해서 여기저기 인사하러 다니다 보니 돌아가셨다는 것도 몰랐다. 만나고 싶었는데… 대사님은 그릇이 큰 분이었어요. 3만 명의 시민은 다시 못 모이더라도 3백 명만이라도 대사님이 초대하겠다고 하시더군요. 그래서 목포시장과 의논했어요."

"그래서 가나야마 대사님이 목포에 가시게 되었구나."

"목포에서 공생원을 도와야겠다고 생각하셨던 것 같아요."

"그런데 어떻게 가나야마 대사님을 이사장으로 모시게 됐는가?"

"외무성을 그만두셨기에 어느 날 아예, 이사장을 맡아달라고 부탁을 드렸지요. 그랬더니 가나야마 대사님의 말씀이 재미있었습니다. 도쿄에 사는 내가 한국 사회복지법인의 이사장을 하려면 박 대통령에게 물어봐야지 하시더군요. 그 후 육인수 선생(육영수 여사 오빠)이 가나야마金山 대사는 한국식 이름으로 김金 대사니까 괜찮다고 하셔서 승낙하셨어요."

"언제 그만두셨나?"

"제가 나이 50이 넘었을 때 명예 이사장으로 모셨지요."

"가나야마 대사가 통일교와 관계했다고 문제가 된 것은 없었나?"

"한국에서는 없었지요. 그런데 일본에서 어려움이 많았어요. 재일한국인 양로원을 만드는데 회장이 가나야마 대사라 기독교계에서 협조를 거부했어요."

"모금에 지장이 많았겠군."

"대사님이 한국에 오시면 제가 가톨릭 성당에 안내했었지요. 김수환 추기경과도 가까웠고 따님이 한국 청년과 결혼했을 때 주례까지 해주셨어요. 대사님의 신앙은 가톨릭이었지만 일한문화교류협회라는 단체가 통일교와 관계가 있어 문제 삼았어요. 그릇이 큰 분이었어요. 세상 사람들의 이야기 같은 것에는 신경 쓰지 않고 한국을 위해서 통일교도 이용한 것 같아요."

"그건 나도 동감이야. 가나야마 대사님이 한국에 묻히겠다고 한 것은 보통 일이 아니지. 보통 사람들은 한·일간의 벽을 넘지 못하는데 이분은 그것을 넘은 사람이지."

"저하고 북한에 함께 가기로 약속했었는데, 건강이 회복되지 않아서… 대사님은 역사를 보는 눈이 있었어요. 한반도의 평화와 안전을 위해서는 일본이 북한과 국교를 정상화하는 것이 필요하며 일본이 그 역할을 해야 한다고 강조했지요."

"왜? 북한에 가려고 했나?"

"북한의 청소년들에게 꿈을 키워주고 싶었어요. 한운사 선생은 직업훈련원의 이름을 평양 일기원(―技院 ; 하나의 기술을 가르치는 곳)으로 하자고 했어요."

"그리고 또 다른 에피소드는 없나?"

"대사님은 이발소에 가실 때 꼭 화분을 사서 가셨어요. 당신을 아름답게 해준 데 대한 답례라고 하더군요. 또한, 필리핀의 전범 석방에 노력하신 것은 세계적으로 알려진 외교관의 공로였습니다. 그리고 언젠가 누군가와 전화를 하고 계셨는데, 목포 고아원 원장과 점심 약속이 있다면서 거절하셨어요. 저는 전화의 상대가 누굴까 하고 궁금해하고 있었는데 정일권 국무총리라고 말씀하시기에 얼마나 죄송했는지 모릅니다. 비록 작은 약속이라도 소중하게 지키시는 분이었어요. 일본은 지금 망국의 길을 걷고 있다. 근대사를 보면 일본은 힘이 세지면 이웃 나라를 해친 역사가 있다. 지금과 같은 경제 우선 정책은 아시아에서 고립된다. 일본은 생각을 바꾸어야 한다. 일본의 이익보다 아시아의 이익을 위해 원조해야 한다고 하셨습니다."

이야기를 나누던 우리는 한동안 말이 없었다. 가나야마 대사님에 대한 이야기를 하자면 끝이 없다. 머리 숙여 명복을 빌 뿐이다.

일본인 고아 야마모토

시라하마白浜 온천의 식당에서 요리사로 일하는 야마모토 요시히데 山本吉秀씨를 만나게 되었다. 고치高知의 박애원 원장인 다케다武田 선생의 소개였다. 그는 어렸을 때 목포 공생원에서 어머니가 일본으로 귀국을 할 때 함께 왔다는 이야기했다. 나는 네 살 때의 일이라서 거의 기억을 하지 못했다. 어머니도 나에게 그런 이야기를 하지 않았다. 그가 사는 와카야마和賀山는 사카이의 고향의 집에서 그리 멀지 않은 곳이다. 그가 일한다는 시라하마 온천은 전국에서 유명한 관광지로 손꼽히는 곳이 다.

나는 야마모토씨에게 연락하고 아내와 함께 찾아갔다. 그는 슬하에 두 아들을 두었고 현명하고 활동적인 부인과 함께 행복한 가정을 꾸미 고 있었다. 얼핏 보기에 나이가 나하고 비슷하지 않을까 생각하고 물 어보니 1938년생이라고 했다. 나보다는 네 살이나 위였다.

그는 어머니 덕분에 한국에서 일본으로 돌아올 수 있었다고 감사해

했다. 박애원의 다케다 원장님이 잘 보살펴주신 덕분으로 결혼도 할 수 있었고 집도 마련해 자식들과 함께 행복하게 지내고 있다고 했다. 옆에 있던 아내가 일본식으로 무릎을 꿇고 바닥에 닿을 정도로 머리를 숙여 인사를 했다. 아내의 인사에 그는 오히려 미안해했다.

"다케다 원장님께서 다우치 선생님이 일본에 자주 오시고 박애원과 교류를 계속하고 있다고 말씀을 하셨습니다. 그 얘기를 듣고 언젠가는 만날 수 있겠다는 생각했습니다. 저희가 찾아가서 인사를 드리는 것이 예의인 줄 압니다만……"

그는 우리가 찾아온 것이 몹시 미안했는지 연신 안절부절못했다. 그러나 표정으로 보아 마음의 여유가 있어 보였고 나름대로 지역에서는 신망도 얻은 것 같았다. 그는 자기 아들이 이번에 결혼하는데 피로연에 와달라고 초청했다. 꼭 참석해서 축하의 말을 해달라고 부탁했다. 일본의 결혼식은 신랑, 신부의 가족을 합쳐 50명 정도가 결혼식에 참석하고 피로연으로 같이 식사하는 것이 보통이다. 호텔에서 많은 사람을 초대하여 거창하게 결혼식을 하는 경우도 있지만 대부분 그런 경우는 사회적으로 성공한 인사들이 자신의 세를 과시하고 싶거나 인정받고 싶은 마음에 자식들의 결혼식을 이용해서 성대하게 치르는 것이다. 나는 야마모토 씨에게 축하의 말을 건네고는 어쩌다 고아가 되어 공생원에 들어와 생활하게 되었는지 물었다.

그는 어린 시절 경기도 수원역 근처에 살았는데 어머니가 일찍 돌아가셨다고 했다. 게다가 아버지마저 군에 입대하게 되어 하는 수 없이 삼촌 댁에서 생활하게 되었다고 했다. 수원의 한 국민학교에 다니고 있던 어느 날, 학교에서 도시락으로 인한 사건이 일어났는데, 야마모토 씨가 누명을 쓰게 된 모양이었다. 어린 나이에 억울하기도 하고 화가 나서 견딜 수가 없었다고 했다. 그는 홧김에 기차를 탔는데 그게 화근이었다. 기차는 종착역인 목포에 도착했고 기차에서 내린 손님들은 제 갈 길을 찾아 뿔뿔이 흩어지는데 막상 그는 갈 곳이 없었다. 지친 몸에 배도 고팠다. 그저 두려운 마음으로 주변을 두리번거리고 있는데 경찰관이 불렀다. 경찰이 이것저것을 물어보았으나 그는 대답하지 않았다. 사실대로 말을 했다가는 자신의 무모한 행동에 대해 혼이 날 것이 두려워 끝내 말을 하지 않았다. 경찰은 자기 집으로 데리고 가서 하룻밤을 재웠다. 그러나 여전히 아무런 대답을 하지 않는 그에게 가족이나 연고자를 찾아줄 수 없다는 판단을 내리고 미아로 분류하여 공생원으로 데리고 왔다고 답했다. 나는 궁금하여 그에게 물었다.

"윤치호 씨, 그러니까 공생원 원장을 하던 분의 모습을 기억하세요?"

"글쎄요, 원장선생님 다음가는 지도원 선생은 기억이 납니다. 그 선생한테 돌을 던지며 싸웠던 생각은 나는데……"

"그 사람 이름은요?"

"기시모토라고 했어요."

"그때 일을 생각나는 대로 얘기 좀 해 주세요."

나는 그리운 그 시절에 관해 이야기해 달라고 부탁했다.

"아랫집 윗집이 있었어요. 기시모토 선생은 윗집에 살았고. 그 집 뒤로 올라가면 화룡샘이 있는데 거기에서 우리는 빨래를 했지요."

그는 정확하게 기억하고 있었다. 지금도 그곳에는 화룡샘이 있다. 야마모토씨는 계속해서 말했다.

"그때 우리는 신발도 없이 맨발이었어요. 바다에 나가 몸을 씻었지요. 겨울엔 너무나 추웠고, 잠옷이 없어 흙이 묻은 옷을 그냥 입고 잠을 잤지요. 물론 갈아입을 옷도 없었고, 따뜻한 물로 목욕할 형편도 못 됐지요."

"먹는 것은 어땠어요?"

"소금이랑 고추밖에 없었어요. 식기도 없었고요. 주식은 보리였고 하루에 두 끼니뿐이었어요. 밥은 언제나 큰 냄비로 만들었는데 소금은 항상 포켓에 넣고 다녔어요. 개구리를 가끔 잡아먹기도 했는데 고기를 먹었던 기억은 별로 없어요. 어느 날인가 칫솔처럼 수염이 달린 돼지고기를 먹고는 무척 좋아했던 적이 있어요. 지금 생각해 보면 순수하게 자연식을 한 셈이지요. 하하하……"

그는 마치 그 시절로 돌아간 듯 즐거운 표정을 지었다. 하긴 지나간 시절이 아무리 고달팠을지라도 회상의 기제를 통과하면 모든 게 다 아름다워 보이는 법이었다.

"공생원에는 얼마 동안 있었어요?"

내 물음은 계속되었다.

"1년 이상 있었습니다. 공생원 건물에는 바다가 보이는 쪽으로 창문이 있었고 그 앞에 넓은 운동장이 있었습니다. 그리고 강당에는 오르간이 있었어요. 강당의 창문을 통해서 바다와 섬들이 보였는데 매우 아름다운 풍경이었다고 기억이 돼요."

"일본으로 돌아올 때의 기억을 말해주세요."

"목포에서 송별회를 해주었어요. 처음으로 하얀 밥을 먹었습니다. 나는 짐 보따리 네 개를 들고 부산에 도착했어요. 항구의 창고 같은 곳에서 가마니를 깔고 잠을 잤습니다. 식사는 배급이었고, 다우치 여사와 할머니, 누나, 모토이 씨 그리고 저까지 다섯 명이 깡통에 밥을 받아와서 먹었어요. 그때 누나하고 장난치며 놀았던 기억이 납니다. 부산까지 윤치호 원장선생님이 오셨습니다. 큰 배가 와서 탔는데 이등석이었습니다. 기차도 이등석이었거든요. 배 안에서 DDT(일종의 살충제)를 뿌리고 꼬박 3일이 걸렸지요. 배에서 준 건빵이 무척 맛있었어요. 하카타항(후쿠오카의 항구)에 도착한 후에 고치로 갔습니다."

나는 야마모토 씨의 이야기를 들으면서 울었다. 그의 이야기는 곧 나의 이야기이기도 했기 때문이다. 나는 공생원 시절에 보리밥을 소금에 찍어 먹었다. 배가 고파 벽의 흙을 긁어먹기도 했다. 세수는 바다에 가서 하고 옷은 입은 채로 자고 목욕을 하지 못한 것도 기억이 났다. 얼마나 씻지 않았으면 몸에 때가 누룽지처럼 붙어있었을까.

당시 그는 8살이었고 누나는 6살의 어린 나이였다. 누나와 같이 재미있게 놀았다는 사실을 강조하는 것으로 미루어 보아, 야마모토 씨의 첫사랑이 누나였는지도 모르겠다.

다른 누구의 증언보다도 실감 나는 사실을 들을 수 있어서 기뻤다. 또 외할머니와 어머니, 야마모토 씨와 누나, 그리고 내가 깡통을 들고 밥을 얻기 위해 줄을 서 있는 모습을 그려보았다. 한 편의 영화에 나오는 슬픈 장면 같았다.

일본에 와서 '중국 잔류고아'라는 말을 들었을 때 그 말을 선뜻 이해할 수 없었다. 왜냐하면 고아라고 하면 어린아이가 떠올랐는데 TV에서 소개하는 잔류고아는 모두 60살이 넘은 노인들이었기 때문이다. 하지만 앞뒤 사정 설명을 듣고 나서야 이해가 되었다.

일본이 패망했을 때 중국에서 미처 데리고 오지 못한 어린 생명들이 지금은 성장하여 노경에 이른 것이다. 패전의 혼란 속에서 자신들의 목숨조차 부지하기 힘든 처지에 이르자 함께 피난하지 못하고 중국 땅에 그냥 두고 올 수밖에 없었던 자식을 이르는 말이 '중국 잔류고아'인 것이다. 세월이 흘러 사람들은 자신들의 핏줄을 찾아달라며 TV에 나와 애절한 호소를 했다.

한국의 이산가족 찾기와 다를 것이 없다. 그러나 한국의 이산가족 찾기는 눈물과 감동이 있었고 각 사회단체가 관심을 보이면서 전 국민이 함께 울고 웃었다. 며칠 밤낮에 걸쳐 그들의 헤어진 사연을 듣고 전쟁이 가져다준 이산의 아픔을 같이 나누었다. 헤어졌던 가족들이 만나는 순간 부끄러움도 잊은 채 얼싸안고 뛰고 땅바닥에 뒹굴며 우는 그들을 보면서 새삼 가족의 소중함을 뼈저리게 실감할 수 있었다.

그러나 일본은 그렇지 않았다. 전후 경제성장의 덕택으로 자유를 구가하며 평화롭게 살아온 일본인들에게 있어서 중국 잔류고아 문제는 잊어버렸던 지난날의 악몽을 되살리는 반갑지 않은 일이었다.

NHK TV에서 특별히 가족을 찾기 위한 시간을 마련했다. 일본의 가족을 찾기 위해 출연한 잔류 고아들은 그때의 기억을 말하면서 '누가 이 사람을 모르시나요.' 하고 호소했다. 그들의 모습은 고생스러웠던 지난날을 연상케 하는 초라한 모습이었다. 부모 없이 사는 삶이 얼마나 고단했을까. 굳이 듣지 않아도 짐작할 수 있었다. 그러나 사람들은 시큰둥했다. 아무리 나를 기억하는 사람이 있으면 나와 달라고 애원해도 반응이 없었다.

한국에서는 이산가족 찾기가 국민적 관심사가 될 만큼 반응이 커지자 기업들이 발 벗고 나서서 스폰서를 해주었지만, 일본에서는 기업의 호응이 없었다. 결국 TV 방송국만 열심히 외쳤고 그 성과는 크지 않았다. 언제부터인가 일본인들에게 중국 잔류고아 문제는 이미 잊힌 옛일이 되어버렸고 자신들과는 관계가 없는 일이 되어버린 것이다. 일본인 아내, 그리고 딸, 절반이지만 일본인의 피가 흐르고 있는 나는 이래서는 안 된다는 생각이 들었다.

그 순간 나는 어머니를 떠올렸다. 비록 자신이 낳지 않은 아이이지만 야마모토를 자식처럼 끼고 일본까지 데리고 온 어머니가 새삼 크게 느껴졌다. 나이 드신 어머니와 누나, 나를 데리고 그 험한 길을 가는 것도 벅찼을 텐데 어찌 다른 고아 아이를 데리고 올 생각을 할 수 있었을까. 게다가 홑몸도 아니고 당신 역시 쫓겨 가는 처지에 말이다. 늘 타인을 먼저 생각하셨던 어머니의 그 사랑의 성품이 떠올라 다시 한번 머리가 숙어진다.

이방자 여사

가나야마金山 대사로부터 이방자 여사를 만나보라는 연락이 왔다. 이 방자 여사는 조선 왕조의 마지막 황태자인 이은李垠 전하의 비(妃)전하가 아닌가. 일본의 황실 출신이니 나를 도와주시려고 하는 걸까? 아니면 돌아가신 어머니를 기억하고 격려하시려는 것일까? 나는 여러 가지로 궁금한 생각이 들었다.

이방자 여사와 어머니가 만나게 된 것은 1966년 4월이었다. 일본 외무성에 근무했던 가토 치카加藤千佳라는 여류 비행사가 친선을 위해 서울에 왔을 때, 어머니는 그녀를 서울 시내 충현영아원으로 안내하고 덕수궁에서 기념사진을 함께 찍었다. 그 사진에는 이방자 여사와, 이은 전하, 어머니. 가토씨, 그리고 동양 통신사의 이지웅 편집국장 내외분 이 있었다. 이 국장은 어머니를 도와주신 분이다. 어머니는 1967년 한 국사회복지대학 설립 발기인 대표였다.

26살 무렵에 만난 적이 있었으니 이방자 여사는 어떻게든 나를 도와줄 생각으로 불렀을지도 모른다고 생각했다. 약속 장소인 워커힐 커피숍으로 달려갔다. 이 여사님은 치마저고리를 곱게 차려입으신 모습이었다. 그 옆에는 김우현 목사가 자리하고 있었다. 김 목사는 나의 아버지가 신학교에 다니던 시절의 은사이신데 공생원 창립 50주년 행사에도 참석하신 적이 있다.

이방자 여사는 '사회복지법인 명휘원 이사장' 명함을 나에게 건넸다. 목사님은 상무이사였다. 두 분 모두 80살이 넘으셨다. 나는 긴장을 풀지 못하고 앉아 있었다. 이방자 여사가 3억 원을 모아 달라고 일본어로 말했다. 나는 내 귀를 의심했다.

"경기도 광명시에 명휘원을 만듭니다. 거기에 필요한 비용입니다."

여사의 표정은 조금도 흐트러짐이 없는 순수한 모습 그대로였다. 커피를 마시는 나를 온화한 눈으로 보고 계셨다. 3억 원 모금 문제를 왜 나에게 의논하는지. 의아한 시선으로 나는 김 목사님을 바라보았다. 김 목사님이 설명하셨다.

이방자 여사와 함께 동경에 가서 외무성과 경단련, 국회를 방문하여 호소했지만 반응이 없었다고 했다. 그래서 가나야마 대사를 만나러 사무실에 갔더니 윤기를 만나 의논해보면 길이 있을지 모른다고 해서 오늘 연락했다고 설명하였다.

이방자 여사라면 누구라도 만날 수 있을 텐데, 3억 원 정도를 가지고 고생을 하고 계실까 하는 생각이 들었다. 일본 중앙공동모금회 오노 아키라 사무국장의 말이 떠올랐다. 황족의 이름을 들먹이며 모금을 한다는 것은 의심스러운 일이라고 했다.

이런 경우에 이방자 여사의 모금 활동을 어떤 시각으로 볼 것이며,

또 이방자 여사나 모금에 있어서 유리하게 작용할지, 아니면 불리하게 작용할지 판단이 서지 않았다. 하지만 나는 대답을 드려야 했다. 나 같은 사람을 불러 고개 숙여 말씀하시는데 대한 최소한의 예의라고 생각되었다. 이방자 여사의 숭고한 마음에는 자존심 같은 것은 찾아볼 수가 없었다. 그래서 나에게까지 의논하신 것이다.

"일본 선박진흥회의 사사가와笹川 회장님에게 일단 요청을 드려보지요. 그리고 황실 쪽에 비전하를 도와주실 분은 안 계실까요?"

"다카마쓰미야高松宮라면 관련이 있어요."

내 말에 비 전하는 대답하셨다. 나는 걱정이 되었다. 이방자 여사가 선박진흥회 회장에게 3억 원을 요청한다면, 실무자들은 예산을 조정하여 절반 정도 책정하는 것이 일반적인 관례였기 때문이다. 그러나 그런 이유로 더 많은 금액을 요청하라는 말을 이방자 여사께 할 수가 없었다. 나의 예측대로 들어맞았다. 일본선박진흥회에서 1억 5천만 원을 보내왔다. 이방자 여사와 김우현 목사가 나를 낙선재로 와달라고 했다. 낙선재는 비전하가 살고 계시는 곳이다. 생활비와 관리비는 정부 예산으로 지급되고 품위 유지를 위해 비서나 운전기사도 파견되어 있어 큰 불편은 없어 보였다. 사회사업을 하시지 않으면 남에게 부탁하는 일도 없을 텐데 괜한 고생을 하시는 것 같다. 이방자 여사와 김 목사는 나머지 반을 걱정하고 있었다. 나에게 어떻게 해야 나머지 1억 5천만 원을 확보할 수 있겠는지 묘안을 내놓으라는 무언의 메시지를 나에게 보내고 있었다. 나는 말했다.

"일본에서 50%를 보내온 것은 다행입니다. 한국도 체면이 있습니다. 비전하께서 돌보시는 신체장애인들은 한국 아이들입니다. 나머지는 우리 정부와 의논을 합시다."

그랬더니 김 목사님의 표정이 굳어졌다.

"정부 보조금을 받게 되면 비전하가 관리들의 감사를 받게 된다. 그럴 수는 없다."

나는 놀랐다. 사회복지법인 인가를 받은 명휘원이 정부의 보조는 물론, 식량이나 부식비도 일절 받지 않고 있다는 말이다. 오직 이방자 여사 한 사람에게 의존하고 있었다. 이것은 이방자 여사에게 너무 가혹한 부담이며 압력이 될 수밖에 없는 일이라고 생각되었다.

"그러면 비 전하는 감사를 받지 않아도 되는 명예직으로 하면 어떨까요? 실제로 법적 책임져야 하는 이사장보다는 상징적인 명예 이사장이나 총재라는 직함이 더 어울릴 것 같습니다. 그리고 이사장은 김 목사님이 하시면 됩니다."

내 제안에 이방자 여사는 이렇게 말씀하셨다.

"나는 감사를 받아도 좋아요. 나는 비전하가 아니라 그저 이방자입니다."

나는 한국이 일본보다 풍요하지는 못해도 정부의 입장에서 사회복지시설에 대한 구체적인 지원을 하고 있다는 것을 상기시키며, 제도의 틀 안에서 도움을 받는 걸 외면할 필요가 없다고 말씀드렸다.

어느 날 한일의원연맹 간사장으로 수고하시는 최영철 의원 부부와. 천명기 전 보사부 장관과 함께 낙선제에서 차를 나눈 적이 있었다. 응접실을 둘러보던 천 장관이 거기에 있는 병풍을 가리키며 국보급이라고 감탄을 하고 있었다. 나는 '이방자 여사께서는 돈이 필요해서 그 병풍을 팔아야 할 형편'이라고 말했더니 모두 의아해했다. 이방자 여사가 무슨 돈이 필요하겠느냐는 것이다.

그 후 여러 경로를 통해 한국 정부에 요청하여 나머지 1억 5천만 원을 마련하여 명휘원을 운영할 수 있게 되었다. '명휘'는 이은 전하의 호이며 전하의 뜻을 이어 한국의 신체장애인을 위한 시설을 운영하게 된 것이다. 이 무렵 김 목사님은 나에게 명휘원을 맡아 운영해 달라고 요청하셨다. 그러나 나는 공생원을 운영하는 데다 명휘원의 설립 배경과 공생원의 설립 배경은 임금님과 거지 대장의 차이만큼 그 색깔이 다르기 때문에 정중하게 거절할 수밖에 없었다. 대신 가톨릭 수녀회 같은 단체에 운영을 맡기는 것도 생각해볼 필요가 있겠다고 제안을 한 적이 있다.

그 후 1982년, 나는 동경으로 옮겨 활동하고 있을 때였다. 이방자 여사님으로부터 전화가 걸려왔다. "서울의 이입니다."라고 하셨다. 나는 그날을 잊을 수가 없다. 1982년 5월 31일이었다. 아카사카에 있는 프린스 호텔에서 만나기로 했다. 나는 초등학교 5학년생인 딸과 함께 나갔다.

프린스 호텔은 이방자 여사와 인연이 매우 깊은 곳이었다. 이방자 여사가 사셨던 곳은 지금의 호텔 별관이었다. 어린 시절 뛰어놀던 정원이며 남아있는 저택을 보시는 감회가 남다를 수밖에 없는 곳이다.

어떤 경위로 저택이 아카사카 프린스 호텔이 되었는지는 알 수 없으나 저택을 넘겨야 할 정도로 전후 어려운 환경에 처했던 것만큼은 분명했다. 일본의 황실로부터 관계가 끊어지고 한국으로 귀국하고 싶어도 당시 이승만 정부의 협조가 없어 실현되지 못했다. 결국 한·일 양국 사이에 얼크러진 역사의 불행한 상징이 되었고, 해방의 혼란과 곧 이어진 6·25전쟁으로 정부나 국민들의 관심 밖에서 희생될 수밖에 없었다.

이방자 여사는 나에게 이구(영친왕의 외동아들, 왕세자)씨가 도쿄에 있는데 혼자 서울에 남아있는 줄리아(이구의 부인)가 불쌍하다고 하시면서 이구 전하가 빨리 한국으로 돌아왔으면 좋겠다고 말씀하셨다. 그리고는 아카사카 프린스 호텔을 다시 찾을 수는 없을지. 또 전후에 개인이 소장하시던 문화재를 한국으로 보냈는데 그 가운데는 유명작가의 그림이라든지, 문화재급에 해당하는 훌륭한 물건이 많았다며 만약 되찾을 수 있다면 상당한 재산 가치가 있을 것이라 말씀하셨다.

1986년 봄, 서울에서 가나야마 전 주한일본대사의 희수연이 있었는데 이방자 여사께서도 참석하셨다. 그 자리에서 여사님은 당신도 2년 후면 미수(88세)라며 순진한 표정으로 말씀하셨다. 88세를 눈앞에 두신 분이 복지자금을 마련하시느라고 서울과 동경을 오가며 모금을 하시는 것이 마치 혼자서 감당하기 어려운 고독한 전쟁을 하고 계시는 것 같았다.

이은 전하를 한국에서 잃고, 이구 전하는 동경에 사신 탓에 의지할 곳 없는 노인네와 다를 것이 없었다. 아무리 지체가 높은 조선왕조의 마지막 비 전하이시지만 보통의 인간들이 갖는 바람이 어찌 없겠는가. 나는 또 한 명의 다우치 치즈코를 보는 것 같아 눈시울이 뜨거워졌다.

나는 오늘을 사는 일본인들에게 이렇게 말하고 싶다.

"비 전하 오랫동안 수고하셨습니다. 이제는 저희가 도와드릴 테니 88세 미수연에서는 복지자금을 걱정하지 마세요."

나는 성공회의 이마무라今村秀子씨에게 이방자 여사의 사정을 얘기했더니 1,000만 엔의 성금을 희사해 주었다.

고생하지 않아도 될 길을 선택하신 이방자 여사가 사회에 남기신 족적은 여러 가지 의미가 있었다. 첫째는 일본 여성의 성실한 모습이 며 두 번째로는 한국의 고위층이나 재벌 부인들이 사회사업에 관심을 두도록 볼런티어 운동을 시작한 일이다. 그리고 셋째는 신체장애인의 복지를 개척했다는 점이다.

어느 날 윤석중 선생이 한국의 황실 비전하와 거지 대장 아들 윤기 와의 관계는 좋은 동화의 소재감이라고 말씀하신 적이 있다.

그 후 오카야마岡山로 가는 신칸센으로 이방자 여사와 김우현 목사 그리고 나, 셋이서 일을 보기 위한 여행을 한 적이 있었다. 그 자리에 서 "어떻게 해서 우리 셋이 합류가 가능했을까요."하고 물었더니 "내 가 윤기 아버지 윤치호의 스승이었으니까 가능했지."라고 김 목사님이 자랑스럽게 말씀하셨다. 그 말을 듣던 이방자 여사는 이렇게 말씀하셨 다. "복지에 관한 일이니까 가능했지요." 너무나 순수한 생각이시고 매 사에 임하시는 자세가 그러하셨다.

나는 일본 정부가 아카사카 프린스 호텔 구관만이라도 이은 전하의 기념관으로 복원해 준다면, 지금은 비록 지하에 계시지만 비전하께서 얼마나 기뻐하실까 생각해 본다. 일본 황실의 귀족으로 태어나 한·일 간의 얼룩진 현대사의 주인공이 된 이방자 여사는 영욕과 굴곡의 상처 가 심했던 인생을 살아오시면서도, 고결한 품위와 인자한 자세를 흐트 러짐이 없이 지켰다. 조선왕조의 마지막 비전하로서 보다는 사회사업 을 위한 봉사자의 역할을 자청하시었다는 것은 현대를 사는 우리에게 많은 생각을 하게 한다.

기부가 버릇이라는 분

전후 고도 경제 성장으로 정신없이 달려가던 일본이 버블경제라는 늪에 빠져 허우적거렸다. 일본인들은 이 시기를 '잃어버린 세월'이라고 표현한다. 그 세월이 30년 가깝게 되어버렸다.

일본은 원래 모방을 좋아하는 민족이다. 메이지유신 이래로 모방을 할 수 있는 목표가 유럽이었고, 2차 대전 이후에는 미국을 모방했다. 어떻게 하면 유럽이나 미국을 앞서가느냐가 목표였다. 1980년대 중반기에 일본은 드디어 미국을 넘어서게 되었다. 일본식 경제 시스템을 배우러 오는 서양 사람들이 많아지면서 일본인들은 오만해지기 시작했다. 미국의 땅을 사고, 빌딩을 사고, 미국인이 자랑하는 영화사까지 사들이면서 우쭐해 했다. 처음으로 세계를 앞장서다 보니 목표가 없어져 버려 어디로 가야 할지 몰라 그저 갈팡질팡할 뿐이었다. 일본인은 2등으로 가야 정신적 안정을 찾는다는 어느 일본인 교수가 한 말이 인상적이었다.

일본의 경제가 침체하면서 '고향의 집'의 기부자도 옛날보다 많이 줄어 추위를 느낄 정도였다. 이런 불경기가 계속되면 '고향의 집 고베' 건설에 필요한 모금도 어렵지 않을까 걱정되었다. 그런데 '기부하는 것이 쿠세(버릇)입니다'라고 말하는 사람을 만나게 됐다. 너무나 자연스럽게 쿠세라고 말을 해 내 귀를 의심했다. 쿠세란 '버릇이 되어 있는 동작이나 언어', '보통과 다른 특징'이라고 소학관(일본 대형 출판사)의 국어사전은 기록하고 있다.

A 씨가 '마음의 가족' 회보를 보고 장학금을 50만 엔 보내왔을 때 그 안에는 5년간 보내겠다는 약속의 서신도 들어 있었다. 그 후로 한참이 지난 뒤에 그분에게서 다시 서신이 왔다. 그 서신 내용은 자신이 언제까지 살지 모르겠다며 5년 치를 한꺼번에 보내겠다는 내용과 함께 약속한 돈이 들어있었다. 그리고 '고향의 집 고베' 건설을 위해 한 평분인 45만 엔씩을 매달 보내겠다고 했다. 참 고마운 분이었다. 그분이 내게 보내준 건 돈뿐만이 아니었다. 용기와 의지도 함께 주었다.

어느 날 고향의 집을 방문해도 좋겠냐는 그분의 전화가 걸려왔다. 나는 너무나 반갑게 어서 오시라고, 언제든 환영한다고 대답했다. 만나보니 그분은 키가 크고 아주 평범한 일본인이었다.

"정말 감사합니다. 공생원 원장을 하는 딸이 너무 감격하고 있습니다. 선생님께 큰 용기를 얻고 있습니다."

나는 다시 정중하게 감사 인사를 드렸다.

"뭐 대단한 일은 아닙니다. 기부는 제 삶의 보람입니다."

그의 한 마디 한 마디는 소박했다. 그는 담담하게 자신의 인생담을 들려주었다.

"2차 전쟁에서 돌아오니 부모님은 이미 돌아가신 뒤였습니다. 6남매의 장남인 내가 가장이 되었죠. 책임지기 위해 취직을 하려고 아버지 친구 되는 분을 찾아갔었습니다. 그분은 '대학은 나와야 한다.'며 장학금을 주셨고, 덕분에 학교를 졸업하고 은행에 취직할 수 있었습니다. 그동안 형제자매를 돕느라 정신없이 고생도 했습니다. 그러다 40세부터 저의 노후를 위한 저축을 하기 시작했습니다. 65세로 정년퇴직했지만, 관련 회사에 재취직해 5년간 그 보수를 유네스코에 기부했습니다. 아내가 치매에 걸리자 회사를 그만두고 병간호를 했으나, 지금은 아내도 세상을 떠나고 혼자 살고 있습니다. 죽을 때 돈은 아무 소용이 없지요. 가져갈 물건도 아니고요. 그래서 다 주고 떠날 작정으로 기부를 하고 있습니다. 지금은 암 환자의 가족회와 교통사고로 부모를 잃은 고아들의 장학금을 지원하고 있습니다."

"저희의 활동은 어떻게 알았습니까?"

"신문을 봤습니다."

"기부하는데 이유라도 있습니까?"

"조금 전에도 말씀드렸다시피 재산은 저세상으로 가지고 갈 수 없고 자식들에게 남겨줄 필요도 없습니다. 세상을 위해 조금이라도 도움이 되었으면 하는 마음으로 기부를 하고 있지요."

"기부하시는데 용기가 필요하지 않으신지요?"

"이제 쿠세(습관)가 되어버렸습니다. 돈이란 벌기보다 좋은 곳에 쓰기가 더 어려운 것 같습니다."

나는 머리가 숙어졌다. 한눈에 보기에도 그리 건강이 좋아 보이지 않았다.

"수술 후 한 끼 먹는 데 2시간이나 걸려 하루에 두 끼만 먹고 있습니다. '고향의 집 고베'완성을 빨리 보고 싶습니다. 우리들 세대에 저지른 문제를 우리들 세대가 해결한다면 후세들에게 그나마 짐이 덜될 텐데 말입니다."

나는 더 할 말이 없었다. 그분은 세상을 달관하고 계셨다. '고향의 집 고베'가 완성되었을 때 그는 다시 찾아와 이렇게 말했다.

"80세까지 살 줄 몰랐는데 이렇게 장수하게 되었습니다. 80세부터 85세까지 타는 보험금을 받게 되었는데 내가 사는 동안은 탈 수 있는 보험이지요. 이 모두를 당신이 하는 일에 기부하고 싶습니다. 나의 보람은 당신이요, 당신이 있어 살맛이 납니다."

정말 당신의 말처럼 기부가 쿠세가 된 분이셨다. 내가 하는 일이 그분에게는 보람이라고 했다. 가슴이 뭉클해졌다. 그분의 기부는 책임감으로 나에게 얹혔다. 정직으로 보답하는 것이 나의 답례라 생각하며 살고 있다. 사회사업가로서 이것보다 더 큰 보람이 어디 있겠는가.

호텔 경영

이와사키 레이코岩崎令子 사장은 일본 고치에서 '고치 그랜드 호텔'을 운영하는 경영인이시다. 어머니가 돌아가셨을 때, 슬픔에 잠겨 있는 나에게 선뜻 어머니가 되어 주겠다고 나선 분이기도 하다.

이와사키 사장은 상수도를 설치하는 자금을 모금하여 공생원에 수도가 들어올 수 있도록 도움을 주셨다. 당시 공생원은 수도 시설이 없어 아이들은 바닷물로 목욕을 하고, 바다에서 배추를 씻어 김치를 담가야 했다. 그만큼 상수도 설치가 절박했었다. 물로 인한 어려움은 공생원 뿐만이 아니었다. 동네에 있는 공동우물은 수량이 부족해 마을 전체가 곤란을 겪었다. 빨래는커녕 식수조차 부족했다. 몇 차례 물 때문에 마을 사람들과 분쟁을 겪은 뒤로 시간을 정해 공동 우물을 이용하게 되었다. 자정까지는 동네 사람들이 사용하고, 자정부터 새벽까지는 공생원이 사용하도록 규칙이 정해졌다. 그 약속 때문에 공생원 아이들은 밤새 물을 길어야 했고, 물 당번을 한 아이들은 잠이 부족해 학교에서 줄기 일쑤였다. 그런 아이들에게 수도를 놓아준 이와사키 사장은 구세주 같았다.

이와사키 사장의 남편은 일본군 장교로 2차 대전에 출정해 대만에서 전사했다. 젊은 나이에 과부가 된 점은 어머니와 비슷했다. 사장에게는 아들이 한 명 있었으나 안타깝게도 지적 장애인이었다.

그녀는 경영인으로서의 활동뿐만 아니라 각종 사회 활동에도 열심이었고, 조그마한 여관이었던 '스즈'를 굴지의 '고치 그랜드 호텔'로 키워낸 여걸 중의 여걸이다. 전쟁 유족들의 전국 모임인 일본유족회의 상무이사라는 중책을 맡고 있었고, 아들이 지적장애인인 관계로 장애인 단체의 후원도 하고 있었다.

여사는 나를 아들처럼 생각해 자신이 쌓아온 다방면의 네트워크를 알려줬다. '수선화 합창단'을 데리고 고치에 갔을 때는 아이들에게 흔쾌히 방을 내주었고 내가 모셔야 할 분들에게는 숙박은 물론이고 VIP로 대접해 주었다. 여사가 더 존경스러웠던 점은 그렇게 호의를 베풀어 주면서도 오히려 훌륭하신 분들이 호텔에 묵어주어 영광이라며 겸손을 잃지 않는 자세였다. 자신의 분야에서 성공을 이룬 사람들은 무언가 다른 게 있다는 것을 그분을 통해 다시 확인했다.

나는 손님을 모시고 고치에서 숙박할 때가 많았다. 언젠가 일본대사이자 공생복지재단의 이사장을 역임하신 가나야마씨와 호텔에 묵었다. 이와사키 사장은 대사님이 방으로 돌아가자 나에게 할 말이 있다고 하였다.

그녀는 나에게 놀라운 제안을 했다. 호텔의 후계자가 되어 달라는 것이다. 공생원을 맡아 일으키고 서울에 직업훈련원도 만들었으며, 정부로부터 땅까지 선물 받았으니 이제는 이 호텔을 맡아 달라고 했다. 엄청난 제안이었다. 이 큰 재산의 후계자가 되라니.

2층 커피숍의 밖으로는 가가미강이 유유히 흐르고 있었다. 고치 그랜드 호텔은 고치시의 중심부에 있다. 후계자라는 말은 단순히 사장을 맡으라는 말은 아닐 것이다. 남자로 태어났으니 한 번쯤 이런 호텔을 경영해 봐도 좋겠다는 생각이 잠시 스쳐 갔다. 이게 꿈일까, 생시일까. 짧은 시간에 나는 꿈과 현실 사이를 오갔다. 나는 내 생각을 사장님께 말씀드렸다.

"오늘 일은 제 일생에 영광으로 간직하겠습니다. 저는 사회사업가입니다. 저에게는 꿈이 있습니다. 그 꿈은 어려운 사람들을 돕는 일입니다. 지난번 사장님께서 어려운 공생원을 도와주셨듯이 저도 그런 일을 해보고 싶습니다."

"윤 상. 나는 그동안 윤 상을 계속 봐왔어요. 내게는 조카들을 비롯한 친척들이 많아요. 그들에게 이 호텔을 맡긴다면 현상은 유지는 할수 있겠지요. 몇 사람 밥 먹고 지내는 정도는 하겠지요. 하지만 윤 상은 달라요. 잘만 하면 이 호텔이 공생원의 수입원이 될 수도 있고, 또 유익한 곳에 사용할 수 있는 자금원이 될 수도 있어요."

이 얼마나 감사하고 고마운 일인가. 기업의 사회 공헌까지 염두에 둔 한 경영인의 혜안이 아닌가. 그러나 나는 승낙할 수 없었다.

"이와사키 사장님! 이 호텔은 단순한 호텔이 아닙니다. 이 호텔은 사장님의 남편이고 자식입니다. 아니, 사장님의 생명입니다. 그리고 호텔의 고객들은 사장님의 기쁨이자 보람입니다. 돌아가시는 순간까지 이 호텔의 사장이셔야 합니다. 만약에 사장직을 그만두신다면 그날부터 할머니가 되시며, 또 치매가 생길지도 모릅니다. 사장으로서 항상 긴장된 생활을 하고 계시니 지금의 젊음을 유지하고 계신 겁니다."

내 말에 이와사키 사장님은 한동안 깊은 생각에 잠겨 있었다. 그리고는 진중한 어조로 말씀을 하기 시작했다. 호텔 운영의 키포인트를 말씀해 주신 것이다. 호텔은 고객에게 세 가지 맛을 주어야 한다고 하셨다.

첫째는 마에아지(前味). 소문이라고도 할 수 있고, 이미지이기도 하다. 사람들에게 그 호텔에 가고 싶은 마음이 생기도록 해야 한다는 것이다. 둘째는 혼아지(本味). 이 호텔에 와서 묵고 보니 소문대로 과연 좋았다는 뜻이다. 셋째는 아토아지(後味). 호텔을 떠나면서 이 호텔에 다시 오고 싶은 마음이 생기도록 하는 것이다.

그러기 위해서는 서비스나 모든 면에서 좋아야 한다는 것이다. 단순하지만 호텔에 대한 사장님의 핵심적이고 함축적인 말에는 성공한 사람의 노하우가 들어있었다. 나는 감탄을 했다. 이와사키 사장님이 오랜 세월에 걸쳐 터득한 노하우의 결정체를 한순간에 전수받았으니 나는 대단한 행운아인 셈이다.

"직원 한 사람이 잘하면 손님 25명을 데려오고, 직원 한 사람이 잘못하면 손님 25명이 도망간다는 평범한 진리가 이 업계를 설명해주고 있지요."

나는 사회사업을 하면서 많은 사람을 만났다. 그러면서 자연스럽게 거절하는 용기도 필요하다는 것을 절감했다. 이와사키 사장은 아무 일도 없었던 것처럼 내 말을 받아주었다.

인생이란 참으로 묘한 것이다. 호텔업과 전혀 관계없는 인생이라고 생각했는데, 내일이 호텔업과 전혀 관계가 없는 게 아니다. 고향의 집 운영도 생각해보면 호텔운영과 다를 바 없다. 일반 호텔이 단기 숙박소라고 한다면 양로원은 장기 숙박소이다.

일본 정부가 사회복지 구조개혁을 단행하면서 2000년도부터 양로원도 이용자가 선택할 수 있도록 하고 있다. 사회복지도 서비스 경쟁시대로 돌입한 것이다. 이와사키 사장이 말씀하셨던 마에아지, 혼아지, 아토아지가 나의 사회복지 경영에 도움이 될 줄은 몰랐다. 나를 키워준 이와사키 사장님께 고개 숙여 감사를 드린다.

그런데 그 호텔이 최근 도산했다고 한다. 후계자 결정을 하면서 불안해하시던 이와사키 사장의 모습이 새삼 떠오른다. 그래서 더욱 죄송한 마음뿐이다.

꿈의 여행

어린 시절, 어른이 되면 꼭 해봐야겠다는 것 하나쯤은 누구나 다 가지고 있을 거다. 나 역시 그런 꿈이 있었다. 지금은 고인이 되었지만. 한때는 한국 고아들의 어머니요, 복지계의 지도자로 군림했던 '황온순 여사'의 이름을 기억하는 사람도 있을 것이다. 황 여사는 6·25 때 전쟁고아들을 비행기에 태워 서울에서 제주도까지 피난시킨 따뜻한 어머니였다. 그 유명한 이야기는 전송가라는 영화로 제작되기까지 했다. 나도 언젠가 공생원의 아이들을 어머니의 고향 고치현으로 초대하고 싶은 생각이 있었으나, 어려운 형편에 그저 꿈으로만 간직하고 있을 때였다.

영화 '사랑의 묵시록'을 고치에서 상영했을 때, 고치현 의원이 찾아와서 고치에 어머니에 대한 흔적이 아무것도 없으니 기념비라도 세웠으면 어떠냐고 의사를 타진해 왔다. 나는 그다음 말에 놀랐다.

"고치는 역사적으로 중요한 인물이 많이 나온 지역입니다. 전후에 수상을 비롯하여 일본의 정치를 주도한 사람들이 많습니다. 앞으로의 세기는 타인과 더불어 살지 않으면 안 됩니다. 이웃을 사랑하는 마음을 고치의 어린이들에게 심어주기 위해서는 어머니의 삶을 본보기로 삼아야 합니다. 고치에 어머니의 기념비를 세운다면 아이들에게 좋은 교과서가 될 것입니다."

정치하는 사람은 표를 얻기 위해 행동하는 것으로 이해했으나 가끔은 진심으로 봉사를 하는 사람도 만날 수 있다. 그 순간에는 누구나 다 그렇겠지만 나 또한 그런 사람을 만났을 때는 진심으로 경의를 표한다. 어쨌든 시골의 현 의원이지만 고치사람 같으면 생각해 볼 수 있는 일이라는 느낌이 들었다. 일본 땅 어머니의 고향 고치에 사랑의 기념비가 세워진다면 기뻐할 사람이 누구일까 생각해 보았다. 아마도 어머니가 키운 아이들일 것이다. 그리고 어머니와 함께 동고동락한 옛날의 직원들일 것이며, 뒤에서 어머니를 도와준 분이라 생각했다. 지금 공생원에서 생활하고 있는 아이들도, 직원도, 모두 기뻐할 것이다.

이 모든 분을 고치에 초대하려면 비행기 한 대 가지고도 부족했다. 나의 마음은 뜨거워지기 시작했다. 여행사에 의뢰했다. 가능하면 광주 공항에서 고치 공항으로 직행하고 싶었다. 광주 공항은 국제공항이지만 고치 공항은 국내선이기 때문에 법무부와 세관의 직원을 그날만을 위해서 파견해야 하니 허가에 시간에 걸린다고 했다. 출발 시각 역시 확인할 게 많아 가까운 때가 되어야만 정확한 시간이 정해진다고 했다. 이런 일에는 발 벗고 나서주는 사람이 없으면 안 된다. 복지 공부를 했으면서도 여행사에서 부사장으로 근무하고 있는 한 후배에게 모든 것을 의뢰했다.

여행 계획이 더 구체적으로 되자 기뻐한 사람은 목포의 아이들보다 고치 시민들이었다. 고치 공항이 생긴 이래 한국에서 직행 비행기가 아이들을 태우고 온다는 뉴스가 고치 신문의 톱뉴스가 되었다. 고치 신문의 기자가 이 기사의 타이틀을 한글로 뽑은 것을 보더라도 얼마만큼 비중을 두었는지 알 수 있었다. 238석으로 된 비행기가 결정되었다. 공생원의 중·고등학생들과 직원들, 그리고 옛날의 직원들과 공식 관계자로 구성했다. 어머니가 키운 고아들이 3,000명이나 되므로 나머지 사람들에게는 사정을 설명하고 양해를 구했다.

아이들은 태어나서 처음 여권을 만들었다. 그러기 위해서는 먼저 호적부터 정리해야 하는 아이들도 있었다. 사진을 찍고 여권에 사인하는 이 모든 행동이 처음 해보는 일이었다. 당시 원장을 맡고 있던 누나는 내 생전 이렇게 기쁜 일은 처음이라 했다. 나도 기뻤다.

하지만 우리의 비행기 요금이 일반 비행기 요금보다 많이 쌀 것이란 나의 기대는 여지없이 빗나갔다. 그 비행기가 그곳에서 우리들을 다시 싣고 돌아오면 경비가 절감되지만 일단 한국으로 날아갔다가 다시 데리러 와야 하므로 2번 왕복하는 셈이었다. 그런 탓에 요금이 싸지 않았다. 하지만 아내도 기뻤던지 저금통을 모두 털어주었다. 덕분에 꿈의 여행은 시작된 것이다.

1997년 10월 30일 9시까지 광주 아시아나 항공 전세기에 오르기 위해서 아이들은 7시에 공생원을 떠났다. 서울에서, 부산에서, 목포에서 반가운 얼굴들이 모여들었다. 공생원 가족들에게는 큰 잔치이자 기쁨이었다. 수속은 여행사와 항공사 직원들이 잘 도와줘 순조롭게 탑승을 했다.

10시 30분. 238명을 태운 전세 비행기는 공생원 가족들만 태우고 이륙하기 시작했다. 비행기가 굉음을 내며 활주로를 미끄러져 가자 아이들이 으악, 비명을 질렀다. 창밖의 하늘과 함께 땅이 광활하게 펼쳐져 있었다. 광주의 시가지가 한눈에 들어왔다. 높은 아파트가 많이 보였고 차들은 장난감처럼 작았다. 비행기는 조금씩 흔들렸고, 어느 순간에 구름 속을 날고 있었다. 승무원의 안내방송이 있었다. 고치까지는 한 시간 조금 걸릴 거라고 했다. 비행기는 그 순간에도 구름 위를 날고 있었다. 자주 타는 비행기였지만 그 순간만큼은 기분이 달랐다. 이날을 얼마나 꿈꾸어왔던가. 오늘따라 하늘의 구름은 감촉 좋은 솜털 같아 내려서 걷고 싶은 충동을 느꼈다. 하늘도 이전의 하늘이 아니고, 구름도 이전에 보던 구름이 아니었다.

"오 하나님 당신이 창조하신 지구는 너무나 아름답습니다."

나도 모르게 감탄사가 터져 나왔다. 그 사이에도 태양은 창문으로 들어오고 아이들은 흥분에 들떠 탄성을 내지르며 창밖을 쳐다보고 있었다. 하늘을 나는 전세기 안에는 목포시장님, 의장님, 도의회 의장님을 비롯한 복지관계자들도 함께 타고 있었다. 하긴 그분들뿐인가? 비행기 안에는 사랑도 있고, 우정도 있고, 희망도 있고 감동도 있었다.

이 얼마나 감동적인 여행인가.

이 얼마나 감사한 여행인가.

이 얼마나 기쁜 여행인가.

이 얼마나 은혜로운 여행인가.

사람으로 태어나서 이 같은 감동을 맛본 사람도 드물다. 아버지, 어머니께 미안했다. 두 분이 사셨던 그 어둡고 괴로웠던 시대에 비교하면 지금은 세상이 너무나 좋아졌다. 공생원을 떠나는 아이들에게 직장을 찾아주거나 살길을 마련해주느라 다른 생각은 할 수도 없었는데, 이제는 아버지 어머니 덕분에 이런 꿈의 여행도 할 수 있어 그저 감개가 무량할 뿐이었다.

"공생원 가족 여러분, 우리 공생원 가족 노래를 불러봅시다."

나는 제안했다.

같은 때 같은 땅에 태어난 우리
한마음 한뜻으로 자라는 우리
힘든 일 어려운 일
이겨나가는 정다워라
우리는 공생원 가족

뒷동산은 유달산 해맞이 동산
앞바다는 다도해 희망의 등대
힘든 일 어려운 일
이겨나가는 튼튼해라
우리는 공생원 가족

※아동문학가 윤석중 선생이 특별히 목포에 오셔서 작사해 준 가사이다.

아이들의 노래가 비행기를 뚫고 아버지 어머님이 계시는 천국으로 퍼지는 것 같아 갑자기 눈물이 쏟아졌다.

"여러분의 여행 기간은 4박 5일입니다. 고치에서 2박, 오사카의 고향의 집에서 2박을 하게 됩니다. 그동안 여러분들은 따뜻하고 친절한 사람들을 만나게 될 것입니다. 사람이 사람을 사랑하고 서로 돕는 것이 최고의 아름다움이고 기쁜 일입니다. 이 사실 하나만 여러분이 기억해준다면 나는 더 바라지 않겠습니다. 오늘이 꿈의 여행이 고맙거든 어른이 되었을 때 이웃 사람에게 기쁨을 주는 사람이 되기를 바랍니다."

나는 아이들에게 부탁했다. 시코쿠 산맥을 넘었을까, 넓은 바다가 시야에 들어왔다.

"애들아. 저 아래 보이는 바다가 태평양이다."

내 말에 아이들은 모두 창밖을 내려다보았다. 어머니가 어서 오라고 손짓하는 것만 같다. 4박 5일의 꿈의 여행은 그렇게 시작되었다. 아이들은 그때 무슨 꿈을 꾸었을까?

어느 여인의 편지

초면에 서면으로 인사를 드리게 되어 죄송합니다. 저는 도쿄 코이와小岩에 살고 있는 40대 한여성[4]입니다. 제 남편 한남성은 현재 도쿄 구치소에 수감 중입니다. 몇 개월 전 경찰의 불심검문에 비자가 없다는 이유로 잡혀가 아라카와 구치소에 3개월 수감되었다가 지금은 1년 6개월의 실형을 받고 도쿄 구치소에 수감되어 있습니다.

현재 상고심에서 재판이 진행하고 있는데 최종 판결은 8월쯤에 있을 예정입니다. 그러나 최종판결에서 장기복역을 피할 수 없을 것 같습니다.

수감생활을 벗어나기 위해 변호사도 선임하여 갖은 노력을 다 해보았으나 아무런 효과가 없기에 이렇게 원장님에게 도움을 청하기 위해 펜을 들었습니다.

제 남편은 어린 시절을 공생원에서 자랐다고 했습니다. 저는 오로지 고독한 남편을 형무소 생활에서 구해주고 싶은 간절한 소망뿐입니다. 비자가 없다는 이유만으로 1년 6개월이라는 긴 세월을 형무소에서 보내야 한다는 것은 너무나 억울합니다.

---

4) 실명을 밝히기 곤란하여 편의상 한여성, 한남성으로 표기함

제 남편에게 힘이 되어 주실 것을 간절히 바랍니다. 꼭 연락해 주시기 바랍니다. 이만 두서없는 글을 줄이겠습니다.

2003년 도쿄 코이와에서 한여성 드림.

낯선 사람으로부터 편지를 받은 나는 매우 당황했다. 그 편지 속에는 사랑하는 사람의 안위를 걱정하는 여인의 간절한 마음이 담겨 있었다. 소망이 간절한 만큼 붓으로 쓴 편지는 글자마다 정성이 가득했고 그렇게 애틋한 여인의 간절함이 내 마음을 아릿하게 만들었다. 그 여인의 마음은 그렇다 하더라도 낯선 타국의 형무소에 갇혀있는 사람의 심정은 오죽하겠는가?

"윤기 원장님이세요? 전화가 오지 않으면 어떡하나 걱정하고 있었는데, 이제 우리 남편 살았네요."

전화기 속에서 여인은 안도의 숨을 내쉬는 것 같았다. 나는 여인의 반응에 놀랐다. 마치 내가 전화를 한 것만으로 사건이 다 해결된 것처럼 말하기 때문이었다. 나의 어떤 점이 그 여인에게 그토록 믿음을 줄 수 있었을까? 내심 곤혹스러웠다.

"저희는 원장님의 실력을 믿고 있습니다."

그 여인은 나를 너무 과대평가하고 있었다. 전화를 끊고 난 후에도 오랫동안 여인의 음성이 내 귓가를 맴돌았다. 내가 어려움에 부닥쳐있는 사람들에게 그렇게 크게 보인다는 말인가? 나는 스스로 반문하지 않을 수 없었다. 그녀가 내게 거는 기대가 너무 컸다. 또 그만큼 내 마음은 무거워졌고 부담이 되기도 했다.

나는 그 여인이 가르쳐 준 변호사의 연락처를 한동안 들여다보다가 목포 공생원으로 연락을 해 보았다. 다행스럽게 '한남성'이라는 사람의 기록이 남아 있었다. 공생원에 들어온 날이 1975년 7월이라고 기록되어 있었다. 그때는 내가 원장을 맡고 있을 때였다. 그의 카드에 남아 있는 기록을 보았을 때 문제의 한남성 씨는 나름대로 착실하게 살았던 것 같았다. 나는 내심으로 안심이 되었다.

한남성 씨의 공생원 입소기록을 보면 역전의 한 식당에서 식사하는 도중에 어머니가 버리고 가버렸다는 내용이 들어있었다. 외모는 잘 생겨서 눈이 크고 건강했다고 적혀 있었다. 잘생긴 남자아이를 버리고 간 어머니는 살아생전에 마음이 편치 않았을 것이다.

다섯 살의 한남성은 그렇게 해서 공생원에 오게 된 것이다. 밥을 먹고 있는 사이에 어머니가 없어졌으니 밥을 먹을 때마다 무의식 중에 어떤 공포감을 느꼈을 것 같다. 또한 다섯 살 꼬마에게 어머니는 하나의 우주이고, 세상의 전부일 텐데, 그 전부를 잃어버린 상실감과 배신감은 어떠했겠는가?

지금은 부모가 있어도 이혼을 했거나 돌볼 수 없는 사정이 발생할 경우에는 아동을 보호하는 측면에서 입소를 허락하고 있다. 이런저런 사정으로 버림받은 아이 중에는 해외로 입양되어 보내지기도 한다. 그 시절 해외로 입양되어 간 아이들 가운데는 훌륭한 사람이 되어 자기를 버린 한국으로 돌아와 가족을 찾으려고 하는 사람도 있다. 그러나 한남성 씨의 경우는 안타깝게도 일본의 형무소에 갇혀 있는 처지가 아닌가? 어쩌면 이러한 결과에는 내 책임도 크다는 생각이 들었다. 그 생각에 내 마음이 조급해졌다. 나는 한남성 씨의 호적등본을 보면서 마음이 어두워졌다.

출생—출생지 미상.
호적상속일—연월일 미상.
호주상속—전 호주 사망

세상에는 이렇게 가혹한 운명의 주인공들이 많이 있다. 한남성 씨에게 무슨 잘못이 있기에 이런 운명을 가지고 태어났을까. 호적상으로는 연고를 찾을 수 있는 단서는 아무것도 없었다.

나는 한남성 씨의 변호사를 만나보았다. 30살이 약간 넘어 보이는 젊은 사람이었다. 이렇게 젊은 변호사가 무슨 도움이 되겠는가 싶어 약간은 불안했다.

"방법이 한 가지 있기는 합니다만, 선생님이 해주실 수 있을지……."

젊은 변호사는 난감한 표정으로 나에게 말했다.

"말씀해 보세요."

"재판할 때 증인으로서 서 주십시오. 장담은 못 하겠지만 선생님이 증인을 서주신다면 형기 단축이 가능합니다. 한남성 씨의 어린 시절은 어땠습니까?"

"착한 아이였습니다. 이곳에 오기 전에 구치소에 가서 한 군을 만나고 오는 길입니다. 잘생긴 얼굴에 어두운 데라고는 찾아볼 수 없었습니다. 훌륭하게 성장해 주어 고마웠습니다."

"그런 점을 말씀해 주시면 정상참작이 됩니다."

정상참작이라. 변호사는 한 군이 법을 어긴 사람이라 굳게 믿고 있는 것 같았다. 나는 온몸에 힘이 빠졌다. 법무부 장관, 검찰총장도 필요 없다는 데는 까닭이 있을 것이다.

나는 오사카로 돌아왔다. 그 후 며칠이 지난 어느 날, 고향의 집 어르신들과 이야기를 나누고 있는데 직원이 편지 한 통을 가지고 왔다. 편지를 받아 들고 발신인을 확인해보던 나는 놀라지 않을 수 없었다. 그도 그럴 것이 편지를 보낸 곳이 도쿄 구치소였고 다름 아닌 한남성 씨가 보낸 편지였기 때문이었다.

불미스러운 장소에서 원장님을 뵙게 되었던 한남성입니다. 매일 하나님께 기도하며 생활하고 있고 용기와 희망을 북돋아 주는 아내가 있기에 지금의 수감생활을 잘 극복하고 있습니다.

앞으로 수감생활이 얼마나 될지 모르지만 이번 일을 반성하고 있습니다. 출감 후에는 새로운 삶을 살아가도록 하겠습니다.

2003년 9월 16일
도쿄 구치소에서 한 남성 올림

나는 눈을 감았다. 기도는 항상 마음을 편안하게 해주었다. 나는 평소 일을 할 때나 차 안에 있을 때나 심지어 엘리베이터 안에 있을 때도 시간이 주어지면 기도를 했다. 기도는 나의 습관이 되었다. 나는 무엇을 해달라고 기도하지 않는다. 그저 하나님과 대화를 한다. 이런 기도를 드리고 나면 내 안의 비굴함이 없어지고 당당해진다. 하나님은 이런 나에게 상대의 눈치를 보지 않고 나의 소신과 하고 싶은 말을 분명하게 할 수 있는 능력을 주신다. 실력자를 만났을 때도 나는 마찬가지다. 나의 자신감과 당당함은 하나님이 주신 선물이라고 생각한다.

재판장에 도착하니 부인 한여성 씨가 기다리고 있었다. 나를 보자마자 초면임에도 불구하고 설움에 복받친 듯 눈물을 보였다.

"감사합니다. 감사합니다."

그녀는 감사하다는 말을 연발하면서 내 손을 꽉 잡았다. 드디어 재판이 시작되었다. 한남성 씨가 들어왔다. 내 차례가 되어 선서한 후 증인석에 앉았다. 재판관석을 바라보니 다섯 명의 판사가 앉아 있고, 그중 두 명은 여성판사였다. 나는 순간 여성의 모성본능에 호소하면 좋겠다는 생각이 들었다. 어린 시절 어미로부터 버림받고 홀로 이 세상을 살아온 한남성 씨의 딱한 처지를 호소한다면, 자식을 키워본 여성은 누구나 안타깝게 여길 것이고 이해를 해줄 것이다. 변호사의 질문이 시작됐다.

"한남성 씨와는 언제부터 아는 사이입니까?"

"한국의 아동복지시설 공생원에서 원장을 할 때, 제가 키운 아이입니다."

"어렸을 때 어떤 아이였습니까?"

"말썽을 부리는 아이들은 지금도 기억을 하지만 한남성 군은 문제가 없었습니다. 한 군의 얼굴을 보는 순간 착하게 성장해 주어서 고맙다는 생각이 들었습니다."

"공생원이라는 곳은 어떤 곳입니까?"

"전쟁을 전후해서 한국의 고아 3,000여 명을 키운 윤학자, 일본 이름 다우치 치즈코 여사가 일생을 바쳐 일했던 곳입니다. 저는 다우치 치즈코의 장남으로 어머니의 유지를 받들어 공생원의 원장이 되었고, 지금은 김치와 우메보시를 먹을 수 있는 재일 한국인을 위한 양로원 '고향의 집'을 운영하고 있습니다."

"마지막으로 한마디 해 주실 말씀이 없습니까?"

"어머니는 평소에 일본인은 정직하다, 근면하다, 친절하다고 했습니다. 공생원을 찾아오는 일본인들은 어머니 말씀대로 모두 따뜻한 분들이었습니다. 현재는 공생원에서 생활하는 아이들이 성장해서 나갈 때쯤이면 자신의 힘으로 살아갈 수 있도록 직업훈련을 시키고 있습니다. 서울에 직업훈련원을 만들어 운영하고 있지요. 젊은이에게 새로운 출발을 할 수 있도록 기회를 주시기 바랍니다. 한남성 군이 공생원 입소 기록에는 '동녘 동(東)'인데 초등학교 입학 때는 '한가지 동(同)'으로 되어 있습니다. 사무를 담당하는 사람이 틀린 한자를 사용하게 되면 그것이 자기 이름이 되어 버립니다. 여행사에서 잘못 기록했을 가능성이 있습니다."

나의 진술한 증언을 듣고 있던 판사들의 표정이 많이 누그러진 듯했다.

오사카로 돌아온 지 며칠 되지 않았는데 한여성 씨로부터 전화가 걸려 왔다.

"원장님 덕분에 다음날 출감되어 한국으로 떠났습니다. 이 은혜 잊지 않겠습니다. 정말 감사합니다."

그녀의 음성은 한결 밝았고 희망에 차 있었다.

2006년 4월, 누님이 돌아가셨을 때 장례식장에서 키가 훤칠하고 잘생긴 젊은이가 다가와서 내게 큰절을 했다. 나는 순간 그를 알아보지 못했다. 그러다 자세히 보니 한남성 씨였다. 그의 씩씩한 모습이 믿음직스러웠다.

"그때는 정말 고마웠습니다."

절을 마친 그는 마주 앉으면서 말했다. 나는 오히려 잘 있어 준 그가 고마웠다. 내가 공생원 원장을 그만둔 이래 오랫동안 누님이 아이들의 뒷바라지를 해왔다. 그 누님의 장례식에 잊지 않고 와준 아이들이 모두 자랑스러웠고 고마웠다.

지금도 유달산 기슭에 있는 공생원에는 따뜻한 어머니의 손길이 필요한 어린 생명들이 생활하고 있다.

거절하는 용기

공생복지재단 이사회가 목포에서 열렸다. 서울에서 내려온 강남대학의 윤도한 이사장과 노상학 교수와 함께였다. 재단의 감사를 맡은 임상배씨가 운영하는 동방상호신용금고에 들리게 되었다. 목포역 정면에서 마주 보이는 현대식으로 멋지게 지어진 건물에 커다란 간판이 붙어 있어 쉽게 알아볼 수 있었다.

내가 목포에서 활동하던 60~70년대에는 이렇게 훌륭한 건물을 볼 수 없었다. 처음으로 목포를 찾아온 분들은 간선도로에 신호등이 없어서 놀랐다는 얘기를 자주 들었다. 그만큼 도시의 발전이 되지 않았다는 얘기다.

가끔 오는 고향이지만 올 때마다 어머니 가슴 같은 유달산이 반겨주는 것 같고 바람을 타고 풍겨주는 비릿한 생선 냄새는 나를 어린 시절로 안내해 주는 듯했다.

"이렇게 반듯한 건물 주인이 임 사장이구먼… 아직 나이도 젊은데,"

"젊기는요, 나이가 50이 넘었는데…"

"지난번 명함을 보니 목포시 체육회 부회장까지 맡고 있던데, 지방에서 체육회 부회장이면 거물이지요. 회장은 시장이 하게 되어 있으니까." 하며 추기니 민망했는지 겸손하게 설명했다.

"고생도 많이 했어요. 상고를 졸업했는데 윤 회장하고는 같은 학교가 아니라서 거리에서 마주치면 인사만 나누는 정도였지요. 친구 서철균과는 오랫동안 JC 활동을 했었고, 나는 건축업으로 주로 주택 사업을 많이 했지요. 그 후, 약간의 힘이 생기자 지금의 동방상호신용금고를 인수했는데 그것이 성공을 거둔 셈이지요."

친구 철균이가 먼저와 입구에서 기다리고 있었다. 친구를 따라 들어가니 직원들이 밝은 미소로 인사를 건넨다. 세련된 모습들이다. 3층 사장실로 안내되었다. 비서가 단정한 모습으로 인사를 한다. 이렇게 사업에 성공할 만큼 돈복을 타고났을까? 당연히 그의 노력의 대가라고 느껴졌다. 서로의 대화가 끝날 때쯤이었다.

"윤 회장 자네도 한번 생각해봐, 모금이나 기부금도 좋지만 3년 만기의 금리가 49%이니 연간 13%나 되는데 세금을 제외해도 8%는 되니까 10억 엔을 저금하면 800만 엔의 금리수입이 생긴다. 깊이 생각해 보게."

투자해 볼 것을 권했다. 나는 지난날이 생각났다. 다른 신용금고를 운영하고 있던 사장이 나에게 신용금고를 인수하라고 권유했던 적이 있었다. 1970년대 초였으니까 큰 자금이 아니더라도 인수가 가능했었다. 은근히 욕심도 부릴만했지만 나는 거절하고 말았다. 한 길을 가야지, 사회사업을 한다면서 금융업에 손을 댄다는 것은 어울리지 않았으며 내 마음이 허락하지 않았다.

이렇게 가난한 자와 부자의 차이가 생기는 것 같다. 가치 기준과 사고의 차이만큼 돈을 버는 방법과 활동의 무대가 다르기 때문이다.

"고맙네, 한번 맛있는 음식을 먹어보면 괜히 입맛만 버리지 않겠는가. 그만두겠네."

"투자만 해 놓으면 이익이 날 텐데, 수입을 올려서 사회사업을 하면 되잖아."

그는 법인의 감사를 맡고 있어 재단의 재정 형편이 어렵다는 것을 잘 알고 있어서 걱정이 돼서 해주는 말이었다. 사회사업을 하다 보면 귀에 솔깃한 말도 많고 유혹도 많다.

"타고난 팔자가 거지 대장 아들이 아닌가, 내 분수대로 하는 것이 좋지 않겠어?"하고 얘기를 끝냈다. 그는 어떻게 생각했을까. 친구를 뒤로하고 건물 밖으로 나오는데, 노 교수가 웃기는 말을 했다.

"나는 윤 회장 따라서 으리으리한 방에 들어갔는데 갑자기 거지 대장이라. 그럼 나는 거지 대장을 모시고 다니는 사람이잖아. 하하하"

"운명을 어길 수 있나요, 거지 대장 아들은 거지 대장 아들이지."

윤도환 이사장이 옆에서 거들며 맞장구를 쳤다.

"나는 거지 대장 아들이 부럽네. 그래도 대장의 아들이 아닌가?"

우리는 모두 웃고 말았다.

"그렇다. 앞으로도 거지 대장의 아들로 살아가자. 이것이 나의 운명이고 길이다."

나는 한동안 공허해진 마음을 달래며 되새겼다.

호암상

2006년 6월 1일 제16회 호암상 시상식이 서울 서소문 호암 아트홀에서 거행되었다. 이날의 호암상 시상식은 한국의 노벨상이라는 권위에 걸맞게 주최 측에서 삼성그룹의 이건희 회장을 비롯한 재단 관계자들과 한명숙 국무총리 등 정·관 및 학계 인사, 그리고 사회 각계각층에서 1,000여 명이 참석해서 큰 성황을 이루었다.

호암상은 삼성그룹의 창업자인 호암 이병철 회장이 생전에 강조한 과학기술에 대한 중요성과 문화 정신의 함양을 기리기 위해 고인의 사후인 지난 1990년 제정된 시상제도이다. 시상 부문은 과학·공학·의학·예술·사회봉사 등 모두 5개 분야로서 매년 각 부문에서 특출한 업적을 남긴 사람들 가운데서 엄격한 심사를 거쳐 선정된다. 부문별 상금만도 2억 원으로 국내 최대 규모이지만 권위에서도 타의 추종을 단연 불허한다.

마침내 시상식 차례가 되었다. 사회자가 내 이름을 부른 후 공적 사항을 읽어 내려갔다. 이어서 호암재단 이사장인 이현재 전 국무총리로부터 상장과 부상 수여가 거행되었다. 상장에는 이렇게 쓰여 있었다.

사회봉사상 윤기
귀하는 목포 '공생원'과 재일 교포 노인 홈 '고향의 집' 등을 통해
한국과 일본에서 불우한 어린이와 노인들을 위해 헌신함으로써
사회적 귀감이 되었기에 사회봉사상을 드립니다.
2006년 6월 1일 호암재단 이사장 이현재

눈물이 핑 돌았다. 단상의 옆자리에 함께 앉은 아내를 쳐다보았다. 역시 눈시울이 붉어져 있었다. 수상 소감을 말할 차례였다. 나는 지금까지 한국과 일본 두 나라에서 여러 차례에 걸쳐 상이나 표창장, 또는 감사장을 받곤 했지만 수상 소감을 얘기할 때면 언제나 가슴이 설레곤 했다. 이날은 목까지 맸다. 나는 떨리는 목소리로 수상소감을 이렇게 말했다.

"하늘에 계시는 아버님과 어머님에게 호암상 수상 소식을 먼저 보고드리는 것을 여러 선생님은 용서해 주십시오. 지난 1928년 그 어려웠던 시절에 목포에서 '거지 대장'이라는 소리를 들어가면서 '공생원'을 힘들게 꾸려 가시던 아버지. 6·25 때 행방불명이 되시자 일본인 어머님은 고군분투하셨습니다. 남편이 돌아오기만을 기다리며 3천여 명의 고아를 길러내 세상에 내보내시고 57세의 연세로 돌아가셨습니다.

7세 때 한국에 오셔서 50년간 유창한 한국말로 김치를 드시며 사셨

던 어머니. 마지막에 병상에서 "우메보시(매실장아찌)가 먹고 싶다"라고 하셨지요. 어머님의 그 말씀이 되어 일본에 '고향의 집'을 세울 수 있었습니다. 오사카 사카이市의 '고향의 집', 고베의 '고향의 집'에서는 한 많은 인생을 살아오신 한국의 어르신들이 김치를 먹으며 아리랑을 부르면서 평안하게 지내고 계십니다. 이제 교토에 또 하나의 '고향의 집'을 짓습니다. 엄청난 힘이 필요합니다. 바로 이때 이 커다란 상을 주셨습니다. 용기백배해서 나가겠습니다.

오늘 호암상을 수상하고 보니 문득 윤석중 선생께서 지으신 '세계지도'라는 노래가 생각납니다. '학교에서 그려 오라는 세계지도 밤새껏 그렸는데 절반도 못 그렸네. 내 나라 네 나라가 없이 세계가 하나라면 세계지도 그리기가 얼마나 쉬울까.' 국경과 민족을 넘어, 이념과 종교를 넘어 세계의 평화와 화합을 위한 행복공동체 만들기에 전력하고 계신 호암상 설립자 이건희 회장님, 그리고 호암재단 이현재 이사장님과 재단 관계자분들에게 경의를 표합니다. 끝으로 오늘의 이 기쁨을 공생원 가족들과 일본 '고향의 집' 어르신들, 그리고 봉사자와 후원자 여러분들과 함께하고자 합니다. 감사합니다."

생각해 보면 호암상은 나에게는 너무 과분한 상이었다. 함께 수상한 분들의 면면을 보더라도 그렇고 또 사회봉사 부문에서 나보다 훨씬 더 뛰어난 업적을 남기신 분들도 많았다. 그런데도 호암상 심사위원들이 군이 나를 선정한 뜻은 돌아가신 부모님에 대한 재평가와 더불어 나의 인생과 사회사업의 비전에 대한 격려와 기대의 차원이 아니었을까 하고 나름대로 해석하고 있다.

이제 내 나이 70대 중반이다. 일을 내려놓고 편안히 노후를 즐길 나이이지만, 나에게는 아직도 할 일이 많이 남아 있다. 재일 동포가 많이 거주하는 10개의 지역에 '고향의 집'을 짓는 일과, 미국과 중국, 독립국가연합(옛 소련연방) 등 해외동포들이 사는 곳이라면 장소를 불문하고 찾아가 '고향의 집'을 세우는 일이다. 주위에서는 나에게 그 일 다 하려면 500년은 살아야 한다고 웃는다.

호암상은 나에게 크나큰 영광을 안겨주었다.

세계의 유행어, 공생

나에게는 아직도 풀리지 않은 의문이 있다. 아버지의 죽음이 바로 그것이다. 국군이 들어오고 인민군이 퇴각했을 때 인민위원장을 지낸 아버지는 방첩대에 끌려가 3개월간 감옥살이를 했다가 풀려났다.

그 이후 아직 행방불명이다. 당시 한반도는 낮에는 국군이, 밤에는 인민군의 빨치산이 지배하던 혼란의 시대였다. 이데올로기의 갈등이 첨예하게 대립하던 시절이었기 때문에 자기편이면 무조건 옳고, 그렇지 않으면 죄인이 되었다. 이 틈에 공생주의는 먹혀들어 가지도 않았다. 분명한 것은 윤치호의 공생은 어느 쪽에도 해당하지 않았다는 사실이다.

어머니는 돌아오지 않는 아버지를 기다리며 아이들 끼니 걱정에 시름이 깊었다. 누구를 돕는다는 자부심 따위 없이 오로지 굶고 있는 아이들을 챙길 궁리만 하셨다. 인류 역사상 가장 위대한 사람이 누구냐고 묻는다면 나는 자신 있게 '어머니'라고 대답할 것이다. 그 어려웠던 시절 내가 낳은 자식도 아닌데 그렇게 많은 아이를 어떻게 똑같은 마음의 크기로 나눠주면서 기를 수 있었을까. 어머니의 삶은 사랑이나 자비라는 표현만으로는 부족하다. 어머니가 가진 사랑과 희생의 본질은 무엇이었을까? 인간애를 뛰어넘는 희생과 헌신의 정신이다. 희생과 헌신. 그 안에는 모성이 있다. 예수님은 희생과 헌신과 사랑으로 인류를 구원하셨다. 신성의 사랑은 모성을 뛰어넘는다. 그 위대한 사랑함이 있기에 아직 인류는 희망이 있다. 일가친척이나 친구 하나 없는 이국의 땅에서 남편마저 사라졌으니 어머니의 마음이 얼마나 두렵고 초조했을까. 그렇게 기댈 곳 하나 없는 현실에서 어머니에게 용기를 주고 힘이 되어준 건 공생원 아이들이었다. 어머니는 공생원 아이들과 공생의 삶을 실천한 것이다. 여자는 연약하지만, 어머니는 위대하다는 말도 있다. 그녀가 키운 3,000명의 아이는 지금 사회 곳곳에서 자신의 몫을 다하며 열심히 살아가고 있다.

건축가 쿠로가와黑川는 그의 저서에서 '공생 사상이란, 조화와 타협, 공존, 혼합, 절충 등과는 다른 사상이다. 공생은 다른 문화, 대립하는 존재, 이질적인 요소를 인정하고 경의를 표하는 것이다.'라고 말하고 있다. 경의까지는 아니라도 서로 다른 전통문화나 나와 다른 개성을 인정하는 것부터 공생은 시작한다. 여기에 더해 그는 '공업화 사회의 원동력이었던 경제계가 자유경쟁이 아닌 공생을 제창하는 것은 어떤 의미에서 자기부정을 포함한 대담한 전환'이라고 피력했다. 그의 말처럼 최근 경제계도 공생의 논리가 주목받고 있다.

후지디럭스의 고바야시 요타로小林陽太郎는 그의 논문에서 '일본에 있어서의 공생철학'을 논하고 있고, 소니 회장이었던 모리타 아키오盛田昭

氏는 '일본형 경영의 위기'라는 글에서 공생을 이야기하고 있다

일본에서 본격적으로 공생 운동이 시작된 것은 1922년 공생회를 조직하면서부터다. 그의 영향을 받은 시바노조 죠지芝增上寺의 관장은 불교 강좌에서 공생에 대해 이렇게 피력하였다.

"인간은 고기나 야채를 먹지 않고서는 살 수가 없다. 무기물의 미네랄이 없이는 살아갈 수는 없는 것이다. 그뿐만 아니라 인간은 장에 여러 가지의 균이 있음으로 살아간다. 인간은 다른 생명, 자연에 의해서 살아갈 수밖에 없는 존재이다. 인간은 죽어서 재가 되고, 대지로 돌아가 식물이나 동물, 다른 생명에게 양식이 된다. 공생이란 이렇게 삶은 주고받는 관계이며, 불교의 사상은 이 공생에 있다."

공생은 이렇듯 종교와 이념과 분야를 넘어 그 가치를 인정하고 있다. 사람은 각자의 삶의 목표에 따라 천태만상의 길을 걸어간다.

어렵던 시절, 목포의 한 기독교 전도사는 공생을 부르짖고 실천했다. 다리 밑에서 불을 쬐고 있는 7명의 거지 아이들을 데려와 함께 거주하며 공생의 삶을 산 것이다. 자기 식구도 먹고살기 힘든 시대에 아버지 윤치호는 무슨 배짱으로 그 길을 선택했을까. 어머니는 아버지를 기다리셨으면서도 돌아오지 못할 것을 알았다고 했다. 어려운 사람을 보면 가진 것을 모두 나눠주는 성품이셨으니 기대를 할 수가 없었다. 어쩌면 가진 모든 것을 나눠주는 그 성품이 아버지를 죽음의 길로 인도했는지도 모른다. '다 같이 더불어 살아가자'라는 생각보다 세계 평화를 뒷받침해 줄 철학이 어디 있겠는가. '공생원'이라는 이름. 나는 아버지로부터 지구만큼 커다랗고 소중한 유산을 받았다.

고하도

고하도라는 섬을 아는가? 목포 항구의 남쪽 해안을 감싸 안는 듯 서 있다. 아니, 반달 모양이기보다는 한 마리의 용이 누워 있는 듯한 형상 이다. 고하도는 목포항의 자연 방파제 역할을 하고 있다. 산줄기가 이 어져 오다 문득 끝나는 북쪽 비탈은 병풍바위의 벼랑이 깎아질러 물 건너 유달산과 마주 보며 서 있고, 서쪽에는 낙화암 같은 기암절벽이 있는데, 우리들은 용머리라고 불렀다. 동쪽으로는 영산강 하구와 접해 있다. 지금은 영암군과 연륙 되어 있다.

나는 아침에 일어나면 고하도를 보고, 해가 질 때도 고하도를 보면 서 자랐다. 석양의 아름다움을 어떻게 표현해야 할지. 장엄하면서도 황 홀하다고 해야 할까. 그저 감탄사가 절로 나온다. 하루 동안 대지를 덥 히던 태양이 일손을 멈추고 바닷속으로 휴식을 취하러 들어갈 때면 하 늘도, 구름도, 갈매기도, 바다도, 섬도, 취항하는 배도, 황금빛 저녁노 을로 물들면서 목포의 밤이 시작된다. 특히 석양 가운데서도 고하도와

장도 사이로 지는 8월의 석양이 아름답다.

고하도에는 국립감화원이 있었다. 감화원은 비행소년이나 보호자가 없는 소년을 보호하고 교육해 갱생하는 시설이라고 나와 있다. 실제로 그 유래는 일본에서 1890년 이후 민간 독지가에 의해 일본 각지에 설치되면서 감화원이 운영되기 시작했고 1900년에 감화법이라는 것이 제정되어 설치가 의무화되었다.

즉, 감화원은 비행 소년들을 교화 시켜 다시 사회로 복귀할 수 있도록 재교육을 하던 '아동보호시설'이다. 지금은 '아동복지시설'에서 '아동자립지원시설'로 이름이 바뀌었다. 고하도 '감화원'은 1938년에 설치되었다가 해방 후에는 보건사회부가 '국립감화원'으로 운영해 왔다.

어느 날 아이들 50여 명이 고하도 감화원에서 공생원으로 입소해 왔다. 형들 말로는 죄가 없는 아이들만 뽑아서 왔다고 했다. 그들 중에는 똑똑하고 영리한 아이들이 많았다. 학교에 입학하자 축구 선수나 반장이 됐다. 그들이 영웅처럼 보였다. 그 형들로 인해 갑자기 고하도가 더 가깝게 느껴졌다. 일요일이면 고하도에 가서 놀았다. 다도해에 솟은 둘레 10Km의 작고 아름다운 섬. 고하도는 내 꿈이자 쉼터가 되었다.

고하도에서 보는 목포항 또한 아름답고 활기차 보인다. 소나무로 우거진 이 섬은 새들에게는 천국이나 다름없다. 둥지를 치고 새끼를 낳고 먹이를 잡으러 나갔다 돌아와 휴식을 취하는 곳. 풍부한 먹이와 주변의 비경은 새들에게는 더없이 좋은 환경이었다.

고하도 병풍암

층암절벽 하 좋아라

창파 부딪치니

다시 한결 좋아라

이 강산 이 유적 두고

차마 못 떠나길래

그 누구 불러다가

그림 한 촉 그리고 지고

허고 빈자리에

화제는 내가 쓸세.

이은상 시인이 고하도의 정취를 읊은 시다. 이 한 수의 시에 고하도의 풍경이 생생하게 그려진다.

고하도의 용머리를 돌아서면 선착장이 잘 꾸며져 있었다. 그곳에서 소학교의 교정을 만나볼 수 있었다. 교실과 원장실은 작고 아담했고, 숙소는 기왓장 하나하나도 바람에 날아가지 못하도록 구리철사로 꼼꼼하게 묶어 놓았다. 여기에 살던 소년들은 미지의 바깥세상을 동경해 생명을 건 탈출을 감행하기도 했다. 이들에게 섬은 감옥이었고 육지는 자유였다. 육지에 새로운 천지가 있고 희망도 성공도 약속되어 있을 것이라고 믿었다. 자유롭게 섬과 육지를 넘나드는 새들을 부러워하다가 어느 날 그들은 새들처럼 섬을 벗어났다.

대학에서 복지 행정을 구수하게 가르치던 구자헌 교수는 당시 보건

사회부 국립사회사업 지도자 종사자 훈련원장을 하고 계셨다. 회의에서 만났을 때, 목포의 고하도에 있는 국립감화원을 다녀왔었다고 하시며 고하도 이야기를 꺼내셨다. 유네스코 청소년 전문가들이 한국의 청소년 교육 현장을 보러 왔다가 목포 고하도의 국립감화원을 보고 육지로 이전할 것과 고하도의 자연환경을 살려 청소년의 야외 활동장으로 만들라는 내용을 건의했다고 했다. 그러면서 구 교수는 나를 지목해서 이야기했다.

"윤 군, 뭐 하는 거야? 거기서 이 나라 청소년들의 꿈 무대를 펼쳐 봐. 아이들이 땀 흘려 보람을 느끼는 청소년 농장을 만들어야 한다."

나는 보건사회부를 찾아가 국립감화원 폐쇄 소식을 확인한 후, 거기에 소, 돼지, 닭 등을 키우는 청소년 자립 농장을 만들겠다고 건의했다. 너무나 간단히 허가를 받았다. 고하도에 밤나무와 복숭아나무, 포도나무를 심기 시작했다. 그 나무가 자라 가지마다 주렁주렁 열매가 매달려 있는 상상만 해도 행복하고 부자가 된 듯했다. 고하도 청소년 농장의 꿈에 부풀어 있었다. 그 꿈을 위해 지극정성으로 나무들을 보살피고 관리했다.

1971년 6월 일본항공의 기부로 완성된 아동숙사 'JAL 하우스' 준공차 마츠오 시즈마松尾靜麿 사장이 목포까지 방문했다. 목포 시장은 마츠오 사장에게 해안을 순찰하는 경비정으로 다도해의 아름다운 경관을 보여드렸다.

"참으로 아름답습니다. 지중해 연안보다 더 훌륭합니다. 국립해양공원으로 지정하여 자연환경을 보호한다면 세계의 관광객이 목포로 모일 수 있을 것입니다."

고하도 땅을 불하받은 후에 JAL 사장을 만났다. 사장은 회장이 되어 있었다. 마츠오 회장은 말했다.

"윤 원장, 자네가 고하도 개발을 위해 할 일은 자연 보호 하는 일일세."

나는 고하도의 자연을 지킬 수 있는 관리인을 둘 수 없어 알맞은 시설을 생각했다. 그때 누군가가 장애인 천국을 만들면 좋겠다고 조언을 해 주었다. 나는 장애인 재활원을 개설했다. 윤석중 선생이 '세계 장애인의 날'을 기념하여 노래 하나를 보내 주었다.

사람눈 밝으면 얼마나 밝으랴
사람귀 밝으면 얼마나 밝으랴
산너머 못보기는 마찬가지
강건너 못듣기는 마찬가지

마음눈 밝으면 마음귀 밝으면
어둠은 사라지고 새세상 열리네
달리자 마음속 자유의 길
오르자 마음속 평화동산

남대신 아픔을 견디는 괴로움
남대신 눈물을 흘리는 외로움
우리가 덜어주자 그 괴로움
우리가 달래주자 그 외로움

한 사람의 꿈은 한 사람으로 끝난다. 그러나 여러 사람이 함께 꾸는 꿈은 실현된다. 고하도와 유달산 케이블카 타당성 조사가 40여 년 전부터 여러 측면에서 진행되었다. 그만큼 오랫동안 시민들의 희망이었는지 모른다.

마츠오 일본항공 회장의 '지중해 연안보다 아름답다.' 하신 말씀이 귓가에 들려온다. 고하도를 보러 세계 사람들이 얼마나 올까? 나는 고향으로 돌아가 천만 송이 꽃을 심는 일을 하고 싶다.

사회사업과 나

사회사업을 하는 나를 사람들은 '좋은 일을 한다.'고 칭찬한다. 그 칭찬에 마음이 아름다운지 스스로 물어본다. 그렇지 않다. 또 사람들은 나를 사랑이 많은 사람으로 보기도 한다. 그러면 또 마음에 사랑이 많은가 자문해 본다. "사랑은 온유하며 시기하지 아니하며……"라는 구절이 있다. 과연 그러한 사랑이 마음속에 있는가 생각해보면 나에게는 그런 온유함이나 사랑이 부족하다고 여겨진다.

그럼 나는 왜 사회사업을 하고 있는가. 적성에 맞기 때문이다. 솔직히 고백하자면 사회사업을 하는 가장 큰 이유는 내가 좋아서 한다. 어려운 사람을 돕는다고 생각하는 건 오만이나 자만일 수 있다.

나도 많은 사람의 도움을 받는다. 그러나 어머니처럼 암 진단을 받고 일본에서 수술하라는 의사의 권유를 뿌리친 채, 돈이 있으면 아이들의 교육비에 쓰고 싶다는 희생정신이 나에게는 없다. 만약 내가 암에 걸려 생사의 기로에 처해있다면 타인을 걱정하는 것보다는 나를 먼저 걱정할 것이다.

6 · 25 전쟁이 터졌을 때, 공산군이 쳐들어오면 기독교인은 참살당한다. 일본인 부인까지 있으니 위험하다며 주위 사람들은 걱정이 되어 아버지 윤치호에게 빨리 피난을 가라고 권유했지만, 아버지는 단호하게 고개를 가로저었다.

"내가 피난을 가면 이 아이들은 어떻게 합니까? 나는 이 아이들을 놓아두고 나만 도망갈 수 없소"

아버지의 말이었다. 아버지 윤치호의 고아 사랑 정신이 내게 있는지 생각해보았다. 부끄럽게도 그런 용기가 없다. 이렇듯 성인과 같은 부모의 핏줄을 받았으면서도, 왜 아버지의 용기나 어머니의 겸손한 사랑만큼은 이어받지 못했을까. 성인군자는 자기가 되려고 해서 되는 것이 아니다. 그가 걸어온 행적을 보고 다른 사람의 평가를 통해서 일컬어지는 것이다. 타고난 천품이 일반인과 다르다.

내가 젊은 나이에 공생원 원장이 되었을 때 너희 아버지는 이렇게 했다거나 너희 어머니는 이런 분이었다고 사람들은 나에게 말했다. 어머니 아버지와 같은 인간이 되도록 주문했다. 이야기만으로도 나는 숨이 막힐 것 같았다. 나는 윤치호가 아니며 다우치 치즈코도 아니었다. 인물도, 시대도, 환경도 다르다. 나는 흉내를 내는 것은 진실이 아니라고 생각했다. 나는 윤기 식으로 사회사업을 하겠다고 선언했었다. 못난 놈이라고 비난했을지도 모른다. 그러나 후회하지 않았다. 나의 방식대로 나에게 충실하면서 살아왔다. 부족하지만 꾸준하게 쉬지 않고 열심히 살아온 것에 대한 나만의 기쁨이 있다.

자신의 분수를 알아야 한다는 말이 있다. 아버지 인생 40년, 어머니

인생 56년, 내 인생 76년이 된다. 아버지보다는 36여 년을, 어머니보다는 20년을 더 살고 있다. 그래도 부모님이 남기신 업적에 비교하면 나는 아직도 멀었다. 어느 사이에 나는 아버지 어머니와 대화하면서 당신 같으면 이 어려운 문제를 어떻게 풀겠느냐고 지혜를 구한다.

부모님과의 대화가 나의 유일한 재산인 것 같다. 아버지가 지니셨던 뜨거운 정열 역시 나의 혈관 속에 고스란히 흐르고 있음을 기쁘게 생각한다. 나 같은 인생도 사회사업을 하고 있다. 다른 사람들이 나를 보고 윤기 같은 사람도 사회사업을 하는데…… 하고 용기를 얻어 이 땅을 조금이라도 살기 좋은 세상으로 만드는 데 동참했으면 좋겠다. 그렇다면 참으로 기쁠 것이다. 아직 부모님 앞에 부끄러운 자식이지만 거지 대장 윤치호의 자식으로 태어난 것을 감사드린다.

복지는 신뢰사회

처음으로 제주도에 갔을 때 세 가지 많은 것은 바람, 돌, 여자라고 들었다. 바람도 많고 돌도 많고 여자가 많아서 삼다도라고 부른다고 했다.

그런데 반대로 세 가지가 없다고 했다. 그것은 집에 대문이 없고 도둑이 없으며 거지가 없다는 거다. 참으로 평화스러움을 말해주고 있다. 도둑과 거지가 없으니 이상 사회라는 생각이 들었다. 부러운 얘기다. 그러나 정작 제주도 사람들은 사람이 살 곳이 못 된다고 말한다.

내가 일본에서 살게 되었을 때, 오사카의 이쿠노구生野區에는 쓰루하시鶴橋라는 재래식 시장이 있다. 이곳은 오사카의 제주도라고 할 만큼 제주도 사람이 많이 살고 있다. 제주도 분들은 끈기가 있고, 근검절약하며 거짓말을 하지 않는다고 자랑했다. 그리고 협동심이 강하다고 했다.

고베神戶에 가면 나가타長田라는 지역이 있다. 그곳은 오래전부터 고무신이나 운동화 등 여러 가지 신발을 만드는 중소기업이 밀집해있어 일본의 신발 시장을 좌우할 만큼 비중이 높은데, 대부분의 제주도 사람들이 이 일에 종사하고 있다고 한다. 남들이 하기 싫어하는 일을 충실히 해오면서 차별이 심한 일본에서 신용을 쌓아 왔고 시장 점유를 넓혀 왔다고 한다. 듣기만 해도 흐뭇한 이야기들이다.

도쿄에서 재일 동포를 위한 양로원을 만들겠다고 바쁘게 움직이고 있을 때였다. 일본의 유명한 스가와라 분타라는 인기 배우가 나를 돕겠다고 나섰다. 특별히 한국과 인연이 있었던 것은 아니지만, 굳이 이야기하자면 같은 도에이東映 소속으로 한국계 야구선수인 장훈 선수와 의형제라는 인연뿐이다. 장훈 선수는 3,000개의 안타를 날려서 일본 야구 사상 신기록을 세워 당시로써는 잘 나가는 유명 야구선수인데 스가와라 분타는 야쿠자 영화에서 3,000명의 사람을 죽인 역할을 했기 때문에 이것을 인연으로 하여 의형제가 되었다는 꾸밈없는 이야기가 매우 인상적이다.

어느 날 장훈 선수가 나에게 권했다. 재일 동포를 위한 양로원을 제주도의 서귀포 같은 곳에 만들면 많은 사람이 기뻐할 것이라고 설명했다. 사람이 나이가 들면 고향으로 돌아갈까, 아니면 일본에 뼈를 묻을까 망설이게 되며 또한 생각도 시계추처럼 왔다 갔다 한다는 것이다. 이런 점을 생각해 보면 제주도의 서귀포에 있는 KAL호텔 근처에 양로원을 만들면 어떻겠냐는 것이다.

제주도라고 하니 귀가 번쩍 띄었다. 제주도는 내 일생을 통해서 잊을 수 없는 곳이다. 6 · 25전쟁 이후 전쟁고아들의 자립 정착 프로그램으로 어머니는 제주도에 공생 목장을 만들었다. 그 당시 목포에서 배를 타면 17시간이나 걸리던 시절이었다. 산천단이라는 수백 년 묵은 소나무가 있었고 한라산에서 내려오는 맑은 물이 좋았다. 여름이면 제주도에 가서 지냈던 추억이 지금도 내 머릿속에 생생하게 남아 있다. 잃어버린 목장을 되찾을 수는 없겠지만 아직도 어머니의 숨결이 산천단의 풀 한 포기마다에 스며있을 것 같았다.

얼마 후, 나는 가나야마 대사 그리고 배우 스가와라 분타씨의 부인 후 미코씨와 함께 제주도를 방문했다. 제주도 장지사가 친절하게 맞아 주었다. 그날 제주도청의 홍순만 국장은 나를 지프에 태운 후 해변에 있는 부랑인 보호시설인 희망원으로 안내했다. 홍순만 국장은 옛날 어머니가 제주도에 공생목장을 운영하던 시절에는 신문기자로서 활동했었다. 5·16 쿠데타 이후에 공무원으로 발탁되어 도청의 국장으로 일하고 있는 제주도의 문화인이었다. 일본의 저명한 작가인 시바 료타로 司馬遼太郎 선생이 제주도에 오면 항상 동행하여 제주도의 역사와 풍물을 소개하며 안내를 도맡아 하는 중요한 역할을 하는 분이다.

매우 열악한 시설과 어려운 여건 속에서 근무하는 직원들의 노고에 감탄할 정도였다. 홍 국장은 우리가 이곳에 온 배경을 알고 있었다. 그는 심각한 표정으로 나에게 말했다. 재일 동포를 위해 양로원을 짓는 것도 중요하지만 지금 어렵게 운영되고 있는 부랑인 보호소를 맡아 달라는 요청을 했다.

또 그는 나에게 제주시의 강창봉 국장을 소개해 주었다. 강 국장 또한 서도를 하는 분으로 훌륭한 분이었다. 소박한 제주도 뚝배기로 저녁을 함께했다. 2시간 가깝게 나눈 대화는 제주도의 문화, 역사, 제주도민의 생활상이나 특징에 관한 것들이었다. 매우 해박한 지식과 신뢰

할 만한 인품을 갖춘 분들이어서 이분들이라면 제주도에서 일을 할 수 있겠구나 하는 마음이 우러났다.

부랑인의 70% 이상은 정신요양이 필요하기 때문에 희망원과 정신요양전문 시설로 부문을 구분하여 운영하는 것이 효과적이라는 나의 의견에 100% 동감을 해주었다. 결국 재일 동포를 위한 양로원을 설립하기 위한 제주도 여행은 부랑인 보호 시설의 재건이라는 어려운 일을 맡게 된 여행이 되었다.

고향에 대한 열정과 향토에 대한 사랑을 진지하게 생각하는 두 분 국장에게 큰 감동을 하였고 지금의 제주 희망원과 정신요양원 자리는 그분들이 추천해 주신 곳이다. 시설의 운영이 어렵고 공무원의 시각으로 문제를 해결하는 데는 한계가 있었으며 전문성도 필요했다. 그러나 서로가 서로에 대한 신뢰가 없이는 이뤄지지 않을 일이었다. 흔히 복지국가, 복지사회를 논하지만 나는 사람과 사람이 신뢰하는 사회가 복지사회라고 후배들에게 강조하고 있다. 신뢰 사회는 평안함이 있다. 신뢰 사회는 안심할 수 있다. 신뢰 사회는 여유가 있다.

나는 '고향의 집'을 운영하면서 사카이시堺市, 고베시神戸市, 교토시京都市와 오사카후大阪府 효고겐兵庫縣 교토후京都府, 그리고 긴키코세이교쿠近畿厚生局 등의 감사를 20년간 받아 왔다. 감사를 받고 나면 마음이 평화로워지는 느낌이다.

먼저 감사의 프로세스를 말하고 싶다. 3월 예산 이사회, 5월 결산 이사회가 끝나면 세무서와 시市 · 현縣 · 부府. 관계되는 곳에 결산서를 보낸다. 보내온 법인과 시설의 조서를 작성하여 송부한다. 담당자는 재료를 검토 확인한 후 의문점이 있으면 전화를 해서 묻는다. 그리고 감사를 나가겠다는 통보를 하거나 이사장인 나의 일정을 물어 결정한다.

대부분 감사는 4, 5명이 나오는데 리더가 한 분, 사회복지법인과 시설 행정을 담당하는 분, 회계를 전문적으로 보는 분, 노인시설이기 때문에 영양사와 노인건강관리와 메뉴 그리고 간호 서비스 사항을 체크하는 분 등으로 구성된다.

점심 식사는 자신들이 도시락을 준비해서 갈 테니 차와 커피 정도의 신세를 질 수 없겠느냐고 연락을 해 올 때도 있다. 너무 여유가 없고 냉정한 태도가 아닌가 하는 느낌이 들었다. 식사하면 식사 대금이 얼마냐고 확인 후 대금을 지불하고 영수증을 받아 갔다. 일을 처리하는 과정을 지켜보면 스케일이 작은 것처럼 느껴졌지만 어느 사이에 나 자신도 익숙해져서 부담이 없고 편안한 기분을 느낄 수 있었다.

감사를 오는 사람들은 대게 9시 30분에 도착해서 차 한 잔을 나눈다. 그리고 정해진 시간이 되면 일어서서 리더가 인사를 하고 팀을 소개한다. 이어서 법률 몇 조에 의해서 감사를 실시하겠다고 선언한다. 제법 긴장감이 흐르고 엄숙한 분위기가 감돈다. 순서에 따라 먼저 시설을 돌아본다. 그때 그들은 시설을 신축했을 당시 제출했던 시설의 사용 용도를 변경하여 사용하고 있는지를 확인한다. 두 번째는 입소 어르신들의 생활 상황을 점검한다. 개인의 사생활은 지켜지고 있는가. 이용자 명단과 일치하는가, 비상시에 대비하여 물건 등이 정리 정돈이 잘 되어있는가 등을 확인한다. 그리고 정해진 감사실에서 미리 서류 파일 등을 확인하고 감사원과 우리 직원이 면접시험을 보는 것처럼 질의응답을 하면서 감사가 진행된다.

오랜 기간 일본의 공무원들로부터 감사를 받아오면서 그들이 고맙다는 생각이 들었다. 마치 새해를 맞이하여 집안을 대청소하듯이 감사 일정이 정해지면 직원들은 시키지 않아도 감사 준비에 들어가고 그동안 미루어 놓았던 서류 정리도 빠짐없이 점검하고 보완을 한다. 자동으로 정리 정돈이 되고 청소가 된다. 감사가 진행되는 동안 각 시설장은 뒷좌석에 앉아서 감사하는 상황을 참관하며 내용을 철저하게 점검하기 때문에 직원들의 업무 내용은 물론 관련된 사항까지 속속들이 알 수 있어서 직원들의 지도와 업무 수행에 큰 도움이 된다.

오후 4시 30분쯤이 되면 일단 우리 직원들을 퇴석시킨다. 감사 지적사항 등을 분야별로 정리한 후에 그것을 복사해 달라고 한다. 다시 직원들을 합석시키고 감사팀의 리더가 지도사항을 낭독하고 직원들의 동의를 요청한다. 이의가 있는 경우에는 직원의 설명을 듣고 해당 부분을 삭제하는 경우도 있다.

감사의 시작으로부터 끝날 때까지 전 과정이 매우 투명하다. 마지막으로 이사장의 답례 인사를 겸한 소감을 말하게 된다. 기업의 경우 해당 분야의 전문 컨설팅 회사에 의뢰하여 업무지도나 효율 증대, 또는 생산성 향상을 얻기 위하여 상당한 금액을 지불하게 되는데 이렇게 비용을 들이지 않고 무료로 감사 지도를 해주니 고맙다는 인사를 하지 않을 수 없다.

이사장의 입장에서는 1년에 한 번이 아니라 두 번, 세 번 해 주었으면 좋겠다는 인사를 하면 직원들은 놀라서 의아해한다. 감사팀이 어떤 시설에 감사를 나가면 입구에서부터 환영하지 않는 분위기를 느끼기도 하는데 '고향의 집'에서는 "어서 오십시오."하며 감사팀을 환영해주니 오히려 고맙다고 한다.

나는 평소에 직원들의 실수나 잘못이 있으면, 사실 그대로 설명과 보고할 것을 요구한다. 사실 그 이상 중요한 것은 없다. '사실 그대로를 놓고 무엇을 시정해야 할 것인가 어떻게 보완해야 할 것인가 대책을 마련할 수 있다.'라고 이야기한다.

퇴근 시간을 지키라고 날마다 노래한다. 습관이 되어 퇴근 시간이 넘도록 일하고 있는 모습은 그렇게 좋아 보이지 않는다. 시간 내에 열심히 일하고 퇴근 시간에 맞추어 기분 좋게 퇴근하는 직원들을 보면 내 마음이 상쾌해진다.

30년이 넘도록 일본의 공무원들과의 관계를 맺으면서 업무와 연결되어 식사해본 적이 없다. 또 조그마한 김 정도의 선물조차 하지 않았다. 물론 그들은 받지도 않는다. 연말이 되어 우리가 만든 달력을 가지고 인사를 하러 가면 그들은 난처한 표정을 했다. 주고받는 풍토가 없어진 지 오래다. 가끔 신문에 공무원의 부정이 보도되기도 하지만 사회복지 현장에서는 전혀 느낄 수가 없다. 윗물이 맑아야 아랫물이 맑다는 옛말이 있다. 그들이 올바른 자세를 갖추고 있기 때문에 민간인인 나도 그들을 보고 정자세로 대하게 된다. 특별할 것이 하나도 없는 당연한 관계이다. 당연한 것이 당연하게 취급되지 않거나 받아들여지지 않을 때 소리가 난다.

이렇게 복지 활동은 운영하는 사람이나 이용하는 사람뿐만 아니라 감독을 맡은 행정 기관이 서로 신뢰하는 가운데 본래의 목적을 달성할 수 있으며 운영의 성과를 올릴 수 있다고 하겠다. 복지사회는 신뢰 사회다.

언제나 실습생

나는 2020년 3월로 사회복지 인생 55년을 맞이한다. 다른 직업이라면 한 해 한 해의 업적이 연륜으로 쌓여간다. 그래서 55년은 그간의 일의 부피일 수 있다. 경륜과 관록의 연(年)일 수 있다. 그러나 사회사업가는 제로 인생이다. 제로 인생은 해를 이어도 제로 인생 같다. 나는 55년을 합해도 제로 인생이다.

내가 사회사업 일을 하기 시작했을 때 공생원 어린이는 320명, 직원은 모두 20여 명이었다. 처음엔 아이 한 명당 부식비 하루 30원과 외국의 한 달 원조 생활비 5달러에 감사해야만 했다. 사회가 필요로 하는 일을 하다 보니 재활원도 생기고, 요양원도 생기고, 부랑인 보호소도 생겨났다. 정말 요람에서 무덤까지의 사회복지를 하는 셈이다. 그동안 지역도 늘어나 지금은 목포, 서울, 제주 그리고 일본의 사카이. 오사카, 고베, 교토, 도쿄로 넓어졌다. 그때와 비교하면 보조금과 사회사업의 양도 많이 늘었다. 이런 물량의 성장과 경제적 풍요와 더불어 지금

나는 55년 전의 사회사업보다 더 사회사업가다운지를 생각해 보면 부끄럽다.

사회사업은 정의와 사랑과 열정이 필요하다. 사랑에 가치를 두고 소유보다 존재에 가치를 두는 사람에게 가장 알맞은 직업이다. 사회사업가의 실천은 사랑의 실천이다. 사회사업만큼 사랑의 실천을 위해 싸우는 직업은 없고, 사회사업만큼 사랑을 필요로 하는 직장이 없다. 사회사업은 사랑의 공기다. 새로운 사회사업에 대한 나의 애착이 나를 지금까지 달리게 했다. 나의 반생은 마라토너의 삶이었다. 밤도 낮처럼 뛰었다. 쉬지 않고 달린 길들을 모은다면 지구 몇십 바퀴나 돌았을 거리이다. 그야말로 세계 일주 몇십 번이나 한 셈이다. 사회사업가의 소명 의식이 자꾸만 쇠퇴해 가는듯한 시대에 '나 같은 사회사업가, 나 같이 사회사업밖에 모르는 사회사업가가 있다는 것은 사회사업에 용기를 주는 일이다!'라고 믿고 뛰었다.

사회사업가는 퇴근 시간이 없다. 나는 늘 출근 중이었고, 어디를 가도 근무 중이었다. 오나가나 사회사업이었고 55년의 근무였다. 나는 지금도 휴식이 없다. 휴식을 취하면 죄지은 사람처럼 불안하다. 사회사업은 55년 동안 나를 달리는 사람으로 만들어버렸다. 대관절 나의 어느 구석이 사회사업이 천직이게 만들었을까?

사회사업가는 사회를 앞장서는 것 같지만 실은 항상 사회에 뒤떨어진다. 하루하루의 일에 쫓기다 보면 새로운 것을 좇을 여력이 없다. 오래전의 경험이 그대로 현실에 반영되기도 하고, 변하지 않는 마음이 있어야 한다. 성장을 멈춘 55년이다. 사회사업가가 아니었으면 무엇이 되어있을까? 평생 다른 생각을 해본 적이 없다. 한 번도 자기 직업에 흔들리지 않았다는 것은 축복이다. 전혀 요령 부리지 않고 달리기만 한 인생이었다. 바보 같은 생각이 나를 55년 동안 달리게 만든 원동력이다.

사회사업가는 여러 층의 사람을 만난다. 안 만나는 직업이 없다. 아이들이 문제를 일으키면 선생님도 찾아가고 사고를 치면 경찰서도 찾아가고, 법원도 찾아가야 한다. 아이들을 취직시키려면 여러 장의 보증을 서야 했고 부탁을 했다. 그런 것이 전혀 싫지 않았다. 당연히 내가 해야 할 일이라고 생각했다. 나는 사회사업가가 아니었으면 만나 뵙지 못할 분들을 만났고, 사회사업가가 아니었으면 경험하지 못할 여러 일을 했다. 이것이 사회사업가의 특권이고 매력이고 보람이다.

사회사업가는 사회와의 접촉이 많다. 사회사업은 나를 여러 분야에 눈뜨게 해주어 나의 인생의 폭을 넓혀주었다. 나는 정확하게 1966년부터 지금까지 그러니까 제3공화국에서 문재인 정부에 이르기까지 줄곧 사회복지와 함께 한 55년이다. 한국 현대사 55년만큼 진폭이 큰 시대도 드물다. 경제개발의 역사였고 민주화의 역사였다. 공산주의와 민주주의의 대결의 역사이기도 했다. 나의 사회사업 인생 55년은 사회 곁에서 사회를 체험한 증인의 세월이었다. 이런 시기에 사회의 증인이 된 행운아였다. 우리 사회는 농경 시대에서 산업 시대로, 그리고 정보화 시대로 급속히 진전했다. 사회사업의 활동은 이런 급변을 뒤따르기 바빴지 개혁을 몰랐다. 사회발전의 최후진에 사회사업이 있었다. 사회가 아무리 동요하더라도 사회사업도 따라 동요해서는 안 된다.

사회사업은 문제라는 문제는 모두 짊고 살아야만 한다. 그래서 사회사업가에 대한 사회의 인식이 아름답기만 한 것은 아니다. 그러나 나는 따가운 시선들 속에서도 사회사업가인 것이 조금도 부끄럽지 않았다. 부끄러웠다면 55년은 계속되지 못했을 것이다. 내 별명이 '움직이는 청구서'인데, 그 별명만큼 나는 여기저기 많은 부탁을 했다. 여러 가지 문제에 부딪힐 때마다 회피하지 않고 그 문제를 해결해 나갔다. 어디서 그런 용기가 나왔는지 알 수 없다.

사회사업가는 사회가 현장이다. 사회사업가의 행동실천은 그 사회의 요구를 대변하는 것이다. 나의 행동실천은 얼마만큼 사회의 요구에 충실했을까? 사회사업은 니드(need)가 있으면 바로 실천하는 직업이다. 사회사업의 실천 없이 사회의 행복은 없다. 사회사업은 보조금이 없어도 실천하지 않으면 안 된다.

사회사업가의 행동은 작은 소리도 크게 울린다. 사회사업가는 항시 그 사회를 보다 깨끗하게, 보다 살기 좋게 하는 일이다. 사회사업가의 더러워진 마음은 그 지역사회를 깨끗이 할 수 없다. 그렇다면 나의 행동은 모두를 위한 것이었던가? 얼마나 지역사회를 좋고 아름답게 했는가? 나의 사회사업 55년. 사회사업에 이바지한 것이 무엇인가를 자문해 보면 부끄러워진다. 그러나 나는 사회사업은 평생을 바칠만한 가치가 있는 직업이라는 것을 증명하기 위해 평생을 바쳤고 이것이 나의 사회사업에 대한 기여라고 생각한다.

사회사업가들은 끊임없이 자신에게 묻는다. 나 역시 자신에게 질문을 던진다. 사회사업 정신과 사회사업의 키가 자란 만큼 자랐는가? 빈곤에서 풍요로 환경이 바뀌는 동안 사회사업의 열정 또한 식어버린 것이 아닌가?

사회사업에 의지하지 말라. 이것이 사회사업과 평생을 살아오면서 터득한 나의 계명이다. 사회사업은 동기 조성이고 희망의 약이다. 스스로 해야만 한다. 사회사업이 신용을 회복하자면 신뢰가 가장 큰 가치여야 하고, 자립이 지조보다 더 가치 있어야 하고 고독을 이겨야 한다. 사회복지는 항상 새로운 물결이다. 사회사업의 실천은 하루하루가 새로우므로 하루하루가 실습이다. 사회사업가는 사회복지를 언제까지나 실습생처럼 두려워해야 한다.

나는 지금도 실습생이다.

6장

다시 오소서
영원한 청년 윤치호

다시 오소서
영원한 청년 윤치호

누가 그를 모른다 하리오
사람은 누구나 평등하다
더불어 사는 사회를 꿈꾸던
거지 대장, 바보 대장 그 이름이여
영광의 시온이 빛나는 길을 걸어
별이 되어 밝히신 이곳으로 오소서
행동하는 영원한 청년, 윤치호여!

누가 그를 모른다 하리오
스스로 택한 가시밭길에
먼저 자기를 버리고 얻은
품에 안은 일곱 명의 부모 없는 아이
영광의 시온이 빛나는 그 길에 선
사랑과 용기의 아버지 복지순교자
행동하는 영원한 청년 윤치호여!

아버지 윤치호가 남긴 혼

세상에 태어난 날짜는 알아도, 세상을 떠난 날짜는 모르는 아버지의 생애! 그가 남긴 유달산 기슭, 사랑의 동산에는 오늘도 아이들이 평화롭게 뛰어놀고 있다. 얼마나 많은 생명이, 얼마나 많은 사람이 윤치호의 기도와 사랑을 듣고 배우며 성장해 나갔는가? 설령 이 세상에서 다시 못 만나더라도 천국에서 만나자는 외할머니의 말씀을 기억하고 있다.

"아버지의 뜻이 하늘에서 이루어진 것 같이…"

예수에 대한 믿음과 고아들에 대한 사랑을 실천하고 짧은 생애를 마치고 떠난 사람. 내가 선한 싸움을 싸우고 나의 달려갈 길을 마치고 믿음을 지켰으니…

또한 죽은 자에게 세상을 떠난 날짜가 무슨 의미가 있겠는가? 다만 살아있는 사람들의 기억을 위하여 필요할 뿐…

아버지의 고향 옥동 입구의 언덕길은 길길이 자란 나무로 마치 수목의 동굴 같았다. 이름도 모를 아름드리나무들이 높이 치솟아 하늘을 덮고 있는 곳이다. 아버지가 태어난 곳에서 마주 보면 아름답게 보이는 노적봉 산마루에 대대로 내려온 파평 윤씨 가문의 묘지가 있다. 말 없이 흘러버린 세월과 함께 나의 조상들이 잠들어 있는, 사랑의 이름이 새겨진 동산이다. 산 아래 영산강이 유유히 흐른다. 먼지를 피우던 때와는 달리 잘 포장된 도로 위를 자동차들이 달리고 있다.

예수에 대한 사랑, 치호에 대한 사랑, 고아들에 대한 사랑, 세상을 떠난 사람……

어머니 치즈코는 비록 한국인이 아니었지만, 언어와 풍습이 다른 나라에서 부모님으로부터 엄격하게 자라서 그녀의 이상과 사명과 생명을 바친 곳이 한국이었다. 사랑하는 윤치호를 존경했기에 한국의 흙에 묻혀 한국의 흙이 되기를 원했다. 치즈코의 유언에 따라 그의 유해는 남편의 고향으로 옮겨졌다. 남편의 나라로, 남편 곁으로 가고 싶었던 그녀는 죽어서도 남편을 기다리는 길을 선택했다.

노적봉의 묘지는 윤씨 가문의 마지막이 아니라 사랑의 출발지이다.

어머니가 돌아가시던 날, 함께 임종을 지켜보던 원생 희덕이는 내 어깨를 끌어안으며 "윤기! 윤기는 이제 아버지, 어머니의 몫까지 더 많은 일을 해야 한다. 하나님의 위로와 사랑 속에서…"라고 말하지 않았던가…

소슬한 바람이 불던 날, 나는 어머니의 묘를 찾았다. 눈물을 삼키며 어머니 치즈코가 선택한 윤씨 가문의 묘소를 다시 한번 바라보았다. 어쩔 수 없는 죽음이 다우치 치즈코의 육체를 흙 속에 묻게 했으나, 그녀의 손길에서 자란 사람들은 지상과 그것을 뛰어넘는 부활과 영혼의 나라가 있음을 알게 할 것이다.

치즈코의 묘에는 치호가 남긴 도장을 같이 묻었다. 그녀가 좋아했던 성경 구절과 함께 다음과 같이 새겨져 있다.

여호와는 나의 목자시니 네게 부족함이 없으리로다.

한국 고아의 어머니 윤학자 여기에 잠들다.

그리고 윤치호의 혼과 같이 언제까지나….

태어난다는 것은 죽음을 전제로 하는 것이다. 사람은 누구나 죽는다. 그리고 그때를 아는 사람은 아무도 없다. 그러나 그가 남긴 신앙과 사랑, 공생의 정신은 그의 혼이 되어 우리로 하여금 쉬지 않고 뒤를 잇는 일을 하게 한다.

올해 2019년은 아버지가 태어난 지 110주년이 되는 해다. 아버지를 기다린 생애였다. 이제 억울하지만, 본적지가 있는 고치시高知市에 사망 신고를 해야겠다.

아버지 더 기다리지 못해 죄송합니다. 다음 세상에선 아버지 어머니 모시고 살고 싶습니다.

1937년 6월 23일 동아일보를 보고

내 나이 8세
행방불명되신 아버지

일본통치 시대가 끝났을 때
일본 여인과 결혼한 이유로
친일파로 몰린 아버지

마을 사람들이 몰려왔을 때
어머니가 일본인이어도
우리들의 어머니라고
고아들이 인간 띠를 만들어
죽음을 면한 아버지 어머니

최남단 목포까지 단숨에 내려온 6·25 인민군
대반동 동장과 민족의 철천지원수라는 이유로
인민재판을 받게 되자

이번엔 마을 사람들이 생명을 지켜주었다

네 편 내 편으로 갈라진 마음
인민군의 명령으로
인민위원장을 지냈다는 죄목으로
국군 방첩대에 구속된 아버지

윤치호는
공산주의자가 아니라고
수많은 사람의
구명운동으로 석방된
아버지

고아들의 식량을 구하러
광주 도청에 가서 일을 보고
한양여관에 잠든 아버지를 데리고 간 이들은 누구였을까
밤 12시쯤 찾아온 세 명의 청년들
그들을 따라나섰다
행방불명이 된 아버지

고통과 고난으로 점철된
아버지의 생애는 누구를 위한 것이었을까
아버지가 닮고자 했던 그분, 예수

사랑하는 아내를 두고
자식들을 두고
고아들을 두고
소식이 없으신 아버지
돌아오지 못하는 마음은 오죽할까

어머니는 기다리다 지치고 지쳐
고아들 키우느라
야금야금 당신의 육신을 제물로 내놓았지
이제라도 돌아올까
시선은 아버지 떠나던 그 길 위에 머무는데
세월은 야속해
56세
어머니에게 허락된 시간은 거기까지였다

아버지 안 계신 윤 씨 선산에
아버지 도장으로 위로 삼고
먼저 가서 기다리는 어머니
그 어머니가 가신 지 이제 51년

2019년 6월
아버지는 110세가 되었다
8세 소년이었던 나도 77세

69년 아버지를 기다린
세월이 하루만 같아 그리움은 여전히
내 마음속에 뜨겁게 남아있다.

안타깝고
그립고
눈물이 난다

아버지 고향 전남 함평 옥동마을에 가면
윤치호는 줄리아의 사랑을 받았다며
다우치 치즈코, 어머니와의 사랑도 곁들여 들려준다

어려서부터
줄리아 마틴 선교사 이름을 듣고
무산 대표로 국회의원에
당선됐던 임기봉 목사님은
너의 아버지를 알고 싶으면
하천풍인(賀川豊彦)목사님의 글을 보라 하셨다
그 글의 제목은
"사선을 넘어서"
일본의 노동조합을 시작한 분
신용협동조합을 시작하신 분
사회당을 만든 분

고베의 빈민촌에서 하나님의 사랑 나누며 그들과 같이 사신 분
윤치호의 공생 정신과 똑같다.

신사참배 반대 설교로
48회나 경찰에 구속되었다는 아버지

경성 YMCA 야학부
목공과에 입학한 아버지
12세 어린 몸으로 고학의 길에 나섰다
의지할 곳 없어 떠난 방랑의 길
세상의 고독과 쓰라린 풍상을 맛본 아버지
조선 천지를 방방곡곡 유랑하고
동정 없는 세상에 남은 것은
병고와 쓰라린 생활

찬 서리 내리는 목포에 와서
늙은 노모와 토막집을 짓고
세상 어디 등 기댈 곳 없는 고아들을 만나
함께 가족을 이룬 아버지
밤이면 가르치고
낮이면 일터로 나가
몇 푼 안 되는 수입으로
그날그날 어린 고아들을

먹여 살렸다

어느 때는 비관을 하고
몇 번이나 삶에서 도망치려 했다
하지만 목숨은 질겨 번번이 살아났다고
질긴 목숨에 아버지는 다시 일어났다

이왕 죽을 바에야
죽을 용기를 다해
의지할 곳 없는 고아들을 위해
생명 바치는 게 더 귀중한 일임을 깨달은 아버지
그때부터 온전히 아버지의 주인은 아이들이었다

행상 품팔이로
수입이 늘면
고아들을 모아 함께 살며
악전고투를 한 세월
이 정성이 목포 사회에 미담으로 꽃피어
차남석 씨의
두터운 호의로 동정 모이고
고아원을 신축한 아버지
목포 시민의 도움이 있었기에 가능한 일이었다

1937.06.22. 동아일보

"윤치호군 노력으로

고아원을 신축

목포서 후원회조직"

아버지 사진과 함께 세상에 나왔다

나는 아버지를 그리스도 사랑의 길로 인도해 주신 은인의 묘에 한 송이 꽃을 바치고 싶었다. 그 은인의 이름은 줄리아 마틴 선교사님이다. 나는 우연한 기회에 그 소원을 이룰 수 있었다.

홍정길 목사님의 소개로 알게 된 양국주 선생은 LA의 한 공동묘지로 우리를 안내했다. 일찌감치 한국으로 와 한국의 개화와 선교에 힘쓰던 줄리아 마틴 선교사는 그곳에 누워 잠들어 있었다. 안타깝게도 사인은 영양실조였다.

아버지를 아끼고 미국 유학까지 권했던 그분의 사인(死因)이 놀라웠고 가슴 아팠다. 그분은 한국에 와 헌신하면서 자신을 위해서는 따로 준비해 놓지 않으셨던 청빈한 예수의 제자였고 그 모양이 아버지와 같다. 그러니 그분의 눈에 아버지가 보이셨던 모양이다.

나는 내친김에 공생원이 설립된 시기를 전후하여 동아일보 기사를 찾아보았다. 아닌 게 아니라 1937년에서 1939년 동아일보 신문 기사는 내가 몰랐던 다른 세상이 있었다.

거기에 아버지의 기사가 실려 있었다. 고생하셨을 거라 예상은 했지만, 생각 이상으로 고생한 아버지를 접하고 나는 놀라고 또 놀랐다. 나는 기사를 보며 많이 울었다.

아버지가 걸어온 길을 알려주는 몇 조각의 신문 기사는 나에게는 보물이 되었다. 그 기사를 볼 때마다 나는 아버지의 열정을 그대로 느낄 수 있었다. 고아들은 구도라는 섬에 들어가 걸인들의 나라를 이루고 사는 꿈을 꾸기도 했다. 당시 아버지와 고아들이 꾸었던 그 꿈은 내 마음속에 새롭게 발아되었다. 그 꿈은 나를 통해 여전히 살아있던 셈이다.

아직도 끝나지 않은 아버지의 꿈과 나의 꿈을 다 이루려면 반세기는 더 살아야겠다.

〈자료 1〉 1937.06.22.동아일보

윤치호군 노력으로 고아원을 신축, 목포서 후원회조직

〈자료 2〉 1939.06.18.동아일보

걸인의 나라 재생원을 찾아서(3)

그 어머니에 그 아들

불쌍하게만 보여요

(본사특파원 김정실)

〈자료 3〉 1939.06.20.동아일보

걸인의 나라 재생원을 찾아서(4)

만리봉정에 오른 성업

3만원 경비로 재반시설 진보

(본사특파원 김정실)

후문

누구나 일생을 살다 보면 조금은 잘한 일도 있고, 또 잘못한 일도 있을 것입니다. 인생의 어느 시점에 와서 지나온 세월을 회상해 보면, 공은 흔적도 없이 사라지고 과오만 잿더미처럼 쌓여 있는 것을 깨달을 때가 있습니다. 그 사실을 목도했을 때는 마음속에 허무라는 것이 남습니다.

참회란 자기의 잘못에 대하여 깊이 깨닫고 반성하는 일입니다. 아우구스티누스, 장 자크 루소, 톨스토이 같은 위대한 인물들은 참회록을 남겼습니다. 대사상가, 대문학가의 영적 고백이라는 점에서 사람들에게 인생의 지표 같은 역할을 해 왔습니다. 그러나 나처럼 한시도 쉬지 않고 달려오기만 한 사람의 참회는 한낱 감상적인 탄식으로 그치기 마련입니다.

이런 나에게 한국 방송드라마의 원로, 한운사 선생님의 격려가 그 어떤 상보다 더 기쁘고 힘이 됐습니다.

"자네는 부자보다 더 부자라네. 맥을 못 추게 지쳐 있다가도 자네를 만나면 힘이 생기니 이상한 일일세. 가만 생각해보니 사람들에게 용기를 주는 것이 자네의 인생인 것 같네. 그것이 자네의 힘이네."

나를 20대 후반부터 수십 년간 지켜보신 선생님의 말씀이기에 더 행복하고 감사한 말씀이었습니다. 부자보다 더 부자라는 말씀은 돈 한 푼 없어도 꿈이 있다는 뜻입니다. 나는 약한 사람들 편에서 더불어 살자는 공생의 꿈을 안고 인생을 살아왔습니다.

저는 말띠입니다. 말처럼 달리는 것이 나의 운명일까. 특별히 명석하지 못한 머리를 가진 처지라 열심히 달리기라도 해야 했고, 이 태도가 남보다 인생을 더 긍정적으로 살아오게 한 건 아닐까 생각해 봅니다.

때로는 나도 모르게 눈물이 비죽이 새어 나옵니다. 산과 들에 핀 꽃을 보면 전에 없던 관심이 생깁니다. 자연을 일부러 등진 것도 아닌데, 말처럼 달리기만 하느라 꽃에 눈길을 돌릴 여유가 없었습니다.

이제 내 나이 77.

원숙함과 원만함을 친구 삼아 마음의 평화를 즐겨도 좋을 나이건만, 어찌 된 건지 사회사업에 대한 열정은 수그러들지가 않습니다.

젊은이들이 평화와 복지를 위해 세계의 무대에서 활약할 수 있도록 글로벌 복지 인재를 양성하는 일, 고아들에게 웃음과 희망을 줄 수 있는 유엔 세계 고아의 날 제정을 추진하는 일, 민간 차원에서 한·일 평화의 가교 구실을 하는 일 등이 꿈으로, 과제로 남아 있습니다.

그날이 올 때까지 멈추지 않고 달릴 것입니다.